말은 욕망하지 않는다

말은 욕망하지 않는다

강준 장편소설

말을 나면 제주로 보내라
조선의 명마는 내 손에서
만들어 질 것이다

문학나무

욕망과 분투가 세상을 바꾼다

이 소설의 화두는 욕망이다. 인간의 욕망은 때로 심장을 뛰게 하고 삶의 의지를 불태우기도 하지만, 타인의 욕망과 부딪칠 때 갈등의 불꽃을 일으킨다. 욕망은 사욕의 차원을 넘어 공동체를 이롭게 할 때 진정한 가치와 의미가 있다.

조선 선조 때 제주 섬의 말테우리 출신 김만일은 벼슬길에 나섰다가 뜻한 바가 있어 귀향한다. 전마를 기르기 위한 욕망 때문이었다. 중림이 양마에 성공했을 때 나라에 전란이 생겼고 그는 자원하여 전마를 나라에 바쳤다.

중림은 제주 섬이 말 기르기에 천혜적인 환경을 지녔다는 것을 깨달은 예지자다. 우량한 제주의 암말을 육지 국마장에 보내 육성하라는 사복시의 명령에 중림은 오히려 '말을 나면 제주로 보내라'고 항변했다. 결국 조선의 명마는 그의 손에서 만들어졌다.

당시의 말은 오늘날 자동차처럼 인간 생활에 필수재였

다. 중림은 기승용, 전투용, 통신용, 짐 운반용 등 쓰임에 따라 말을 계획적으로 육성했고, 우수한 품종을 얻기 위해 꾸준히 시험하고 연구했다. 그 과정에서 수많은 탐관을 만나 강탈당하고 고통을 받지만 끝내 이겨내고 헌마공신이 됐다.

음해 세력과 싸워 이겨낼 수 있었던 힘은 그의 집념, 종마를 지키고 우량품종을 만들어 내려는 욕망에 있었다. 그의 욕망과 분투에 의해서 세상은 좀 더 유용하게 진화했다.

중림은 업적에 비해 남아 있는 기록은 단편적이고, 그의 생각을 엿볼 수 있는 자료도 거의 없다. 생략되거나 멸실한 부분은 소설로 되살려 보고자 했고, 그래서 작품에 등장하는 인물 대부분은 가명을 썼다. 그의 족적을 따라 전라남도 해남, 강진, 여수, 돌산 그리고 제주의 산마장이 있던 오름을 여러 번 답사하며 작품을 구상했다. 전남 담양 '글을 낳는 집'에서 초고를 쓰고, 해남의 문학의 집 '토문재'와 '백련재'에서 퇴고를 거듭했다.

이 작품을 쓰는데 제주마 연구의 대가 장덕지 박사와 경주김씨 후손 김영순 시인의 도움이 컸다. 감사의 말을 남긴다.

2025년 2월

강준

차례

말은
욕망하지
않는다

을묘년 그해

세상은 언제나 한 치 앞도 알 수 없는 밀림이다. 그 두려움을 극복하기 위해서 인간은 공동체를 만들고 질서라는 울타리를 친다. 그러나 세상은 새로운 질서를 창조하려는 자의 욕망과 분투에 의해서 진화한다.

제주는 예로부터 방성房星이 비추는 말의 섬이다. 방성은 네 개의 별로 이루어지는데, 이는 하늘의 수레를 끄는 네 마리의 말이라고 해서 천사방성天駟房星이라고도 한다.

세종 때 제주에는 10개의 국마장을 두었다. 백약이오름 북서쪽으로 여섯 소장은 제주판관이 관리했고, 7, 8소장은 대정현감, 9, 10소장은 정의현감이 감목관이었다. 제주의 국마장에는 한때 2만여 마리의 말이 있었고 말에 딸린 사람도 2천여 명이나 됐다.

만일의 부친은 정의현청에 속한 말테우리로 10소장에 소속되어 있었다. 10소장은 백약이오름 남쪽 좌보미오름 일대의 수산평이다. 규모를 오름으로 헤아리면 백약이오름, 성불오름, 대록산, 따라비오름, 영주산, 좌보미오름 일대로 소장으로는 가장 넓은 면적을 차지하고 있었다. 10소장에는 암말 100필과 수말 15필을 하나의 패(군)로 해서 군두가 있었고 군두 아래 50필의 말을 책임지는 군부 2명, 25필의 말을 책임지는 군자(말테우리) 4명이 있었다.

경주김씨 후손인 부친은 만일과 두 딸을 낳아 키웠다. 만일도 부친의 일을 보고 배우며 말테우리가 됐다. 만일은 영리했으나 가난해서 향교에 다닐 형편도 경서를 구해 읽을 처지도 못 됐다. 그에게 말테우리는 연명을 위한 수단이었고 내심 과거 시험을 준비하고 있었다.

마상무예는 경서와 더불어 무과의 주요 시험과목이었다. 틈만 나면 나무를 깎아 촉을 만들고 대나무에 끼워 화살을 만들었다. 말을 타고 들판을 달리면서 표적지에 살을 날렸다. 추인芻人을 설치해 놓고 말을 달리다가 막대로 내려치기도 했다. 만일은 친구 덕배와 꿀밤 맞기 내기를 하며 무예를 익혔다. 주로 만일이 져서 맞는 일이 잦았다.

만일의 부친은 나이가 들어 국마장 군자 생활을 할 수 없게 되자 사목장과 개인의 말을 돌보았다. 만일은 부친의 일을 거들던 중 인생 반전의 운명을 만난다.

초목이 이울고 가을이 깊어지면 청초절에 방목하여 관리했던 말들은 소속 마방이나 목장으로 돌려보냈다. 풀을 따라 움직이던 말들은 이때가 되면 마흐니오름이나 물영아리오름 주변으로 모여들었다. 이 부근은 송천의 발원지여서 말이 떼를 이루어 모여드는 곳이다. 부친은 만일에게 문文자 낙인이 찍힌 말들만 추려서 읍내 문 부자네 목장으로 몰아가라고 시켰다. 작고 큰 말들을 모아놓고 보니 백 마리가 넘었다.

수가 많아도 말은 무리 지어 행동하기 때문에 앞장선 수말만 잘 조종하면 나머지는 따라서 움직인다.

만일이 앞장서서 테우리 두 명과 함께 말 무리를 이끌고 무사히 산길을 넘었다. 읍내 외곽에 있는 문 부자네 목장 울타리 문을 열고 말을 안으로 집어넣을 때였다. 일은 다 됐다고 안심하는 순간에 터졌다. 순순히 앞말의 엉덩이를 따라 움직이던 무리 중 맨 뒤에서 투레질하며 씩씩거리던 구렁마 놈이 기어코 사달을 냈다. 그놈은 울타리 안으로 들어가라는 테우리의 지시를 거부하며 앞발을 세우고 목을 흔들더니 갑자기 대열을 이탈하며 뛰쳐나갔다. 그리고는 곧장 새참을 머리에 이고 오는 아녀자들을 향해 달려갔다. 광경을 주시하던 만일은 순간 사고를 직감했다. 급히 고삐를 움켜쥐며 망령이 난 말을 쫓았다.

– 이랴.

지켜보던 테우리들도 만일의 뒤를 쫓아 달렸다. 맨 앞에서 말이 자신을 향해 달려오는 모습을 본 처자가 놀라며 넘어졌다. 쓰러진 처자는 두 손으로 눈을 가린 채 벌벌 떨었다. 땅에 쏟아진 음식 냄새에 흥분한 말은 씩씩거리며 쓰러진 처자에게로 다가섰다.

– 안 돼. 멈춰.

만일은 몸을 날려 말과 여인의 사이를 막아섰다. 간발의 차이로 말은 뒤따라온 테우리에 의해 제압되었고, 만일은 처자를 껴안고 나뒹굴었다.

– 괜찮수가?

만일이 자세를 일으키며 처자를 보는데 향기로운 분 냄새가 야릇했다. 정신을 차리고 청년을 마주보는 처자도 순간 눈이 부셨다. 눈을 감으니 콩닥거리는 가슴 한편에서 황홀감이 밀려들며 머리가 텅비어갔다. 자신도 모르게 짧은 탄성이 흘러나왔다.

– 미덕 아씨 괜찮아요?

뒤따라온 하녀와 테우리들이 모여드는 통에 분위기는 수선스러움으로 바뀌었다.

그제야 만일은 처자가 주인집 외동딸 미덕이라는 것을 알았다.

집에 돌아온 미덕은 눈에서 광채 나는 청년이 눈에 밟혀 아무 일도 할 수 없었다. 가슴은 설렜으나 보잘것없는 테우리란 신분에 마음만 무너져 내렸다.

만일도 미덕의 얼굴이 자주 떠올라 일이 손에 잡히지 않았다. 그러나 가난한 자신의 형편에 어울리지 않는 부잣집 따님이란 생각에 속만 끓였다. 처음 대면한 청춘 남녀가 껴안고 뒹굴었으니 그건 우연이 아닌 천상의 섭리였다.

미덕은 사람을 놓아 총각의 뒷조사를 했다. 그런데 뜻밖에도 경주김씨 양반집 자손이었다. 미덕의 미어졌던 가슴은 다시 쿵쿵거리며 뛰었고 몸은 하늘을 날듯이 가벼워졌다. '당장 만나고 싶다'고 사람을 놓았다.

만일은 단숨에 달려가고 싶은 마음 꿀떡 같았으나 자신의 처지가 한스러웠다. 그래서 '지금은 겨를이 없으니 장차 기회가 되면 연락드리겠다'고 완곡하게 거절했다. 가슴이 아파서 눈물이 다 나왔다.

답신을 받은 다음 날, 미덕은 만일이 일하는 산마장을 찾아내고 혼자서 왔다. 만일이 허물어진 잣담을 손보다가 산막에서 잠시 눈을 붙이고 있는데, 함께 일하는 덕배가 만면에 웃음을 지으며 들어왔다.

– 야, 만일아. 누게고?

– 뭐가?

– 곱닥허게 생긴 아가씨가 널 찾아 왔저.

만일의 얼굴이 발개졌다. 야트막한 둔덕 아래 나무 사이에 의지하여 쳐둔 그늘막 안에 미덕이 앉아 있었다. 미덕은 만일이 안으로 들어오자, 일어서며 대뜸 쏘아부쳤다.

– 영 아까운 청춘 여기서 다 썩힐 거꽈?

만일은 할 말을 잊고 고개를 숙였다.

– 고라봅서. 나가 싫수가?

만일의 가슴이 철렁했다.

– 그건 아니고. 내 형편이….

- 게믄 돼수다. 나가 하고자 하는 대로 할 거시 양?

만일은 대답 못 하고 가만히 쳐다보기만 했다. 어투는 투박했으나 진지한 표정이 그렇게 믿음직스러울 수가 없었다. '나를 이끌어 줄 사람이구나' 대답 대신 말없이 다가서며 미덕을 살며시 안았다. 만일의 가슴이 터질 듯이 뛰었다. 미덕도 뛰는 심장을 주체할 수 없어 가만히 눈을 감았다. 황홀한 순간은 잠시였다. 몰래 뒤따라와 살피던 덕배가 몸을 드러내며 놀렸다.

- 얼레리꼴레리. 알아먹었져. 난 보았져. 얼레리꼴레리.

집에 돌아온 미덕은 자신을 구해 준 은인이니 천상배필이라고 부친을 조르기 시작했다. 가문 좋고 지체 높은 육지 사대부 집으로 혼처를 미리 정해두었다고 만류하던 부친은 죽기를 각오하고 단식하는 고명딸의 성화에, 사흘째 되는 날 그만 두 손 들고 말았다.

결국은 매파를 놓아 혼사를 예비했다. 일찍이 주역을 통달하고 사주팔자에 능통했던 문서봉은 만일의 사주를 보고 깜짝 놀랐다. 김만일의 사주가 범상치 않음을 알고는 당장 정의골 옷귀에 사는 김 씨 댁에 서간을 보냈다.

만일의 부친은 '자제의 학업정진을 도울 것이니 뜻이 있으면 자신의 집으로 보내라'는 내용에 감읍했다.

부친은 저녁에 일에서 돌아온 아들을 불러 앉히고 의향을 물었다.

- 내가 가진 것이 없어 너를 공부시키지 못하는 것이 한

이 되었는데 읍내 남평문씨 집안에서 너를 공부시키겠다고 하니 이것은 하늘의 도움이다. 어찌하겠느냐?

만일은 미덕의 계책이라는 걸 직감했다. 망설일 이유가 없었다.

– 가겠습니다. 가서 꼭 성공하여 돌아오겠습니다.

잠을 이룰 수 없었다. 정든 집을 떠나야 한다고 생각하니 힘들었던 일들이 주마등처럼 스쳤다. 모친은 늦은 밤까지 만일이 가지고 갈 행장을 챙겼다.

만일은 떠날 채비를 마치자 하직 인사를 드리고 길을 떠났다. 매일 마주하는 마을 풍경이었지만 떠나는 아침은 공기도 삽상하고 새롭게 보였다. 부모님은 집 앞에서 아들이 산허리를 돌아 보이지 않을 때까지 꼼짝 않고 서 있었다. 만일도 아쉬워 동네 어구를 벗어나기까지 여러 번 뒤를 돌아보았다. 만일의 나이 청운의 뜻을 품어 두려울 것 없는 스물다섯이었다.

병풍 앞 보료 위에 앉은 미덕의 부모는 얼굴에 가득 웃음을 띠고 만일을 바라보았다. 만일이 조심스럽게 거리를 두며 다가섰다.

– 인사 올리겠습니다. 김만일이라고 하옵니다.

만일은 풀을 먹이고 빳빳하게 다린 두루마기를 입고 갓을 쓴 채로, 왼손으로 오른손을 가려 올리면서 정중하게 꿇어앉아 절을 했다. 문서봉은 만일의 관상을 뚫어지게 바라보았다. 두툼하게 살이 붙은 코와 숱이 많은 머리칼을 보고는 자손 번창에는 문제가 없겠다고 생각했는지 입꼬리를 올렸다. 미덕의 모친이 밖을 향해 소리치자 준비하고 있던 술상이 들어왔다. 만일은 두루마기 자락을 양손으로 걷으며 점잖게 방석 위에 가부좌를 틀고 앉았다. 상품을 살피듯 요리조리 뜯어보던 미덕의 모친이 만족한 듯 웃으며 말했다.

- 아이고 허우대 좋고 잘 생겼져.

사람을 앞에 놓고 거침없이 평가하는 성격은 미덕이와 닮았다.

- 그래. 잘 왔네. 우리 미덕이가 마음 빼앗길 만 하구만. 우선 한 잔 받게. 자네 관상을 보니 우리 미덕이가 굶어죽진 않겠구만.

장인어른이 술을 따르며 덕담을 건네자, 만일은 술잔 밑에 손을 바치며 술을 받았다.

- 그렇게 믿음을 주시니 고맙습니다.

- 자 들게.

만일은 얼굴을 돌려 잔을 입으로 가져갔다.

- 김 서방. 자네 약관이 지났는데 자는 있는가?

입안의 술을 목으로 넘기면서 멍하니 장인을 쳐다보았다.

- 그런 것은 있어 뭐에 쓰겠습니까?

- 아니야. 벼슬길에 오르면 이름보다 자字를 쓰네. 내가 자네 사주를 보고 생각해 둔 것이 있네.

말하며 문갑 위에 둔 문서를 집어와 내밀었다. 만일이 받고 펼쳤다.

– 자네를 앞으로 중림重臨이라 부를 걸세. 무거울 중에 임할 림. 나라 위해 막중한 책임감을 가지라는 뜻이네.

만일은 '중림' 하고 중얼거렸다.

– 어떻게 마음에 드는가?

– 들다마다요. 소자를 그렇게 생각해 주시니 믿음에 부응하도록 노력하겠습니다.

– 그럼 자를 내려받는 의미로 한 잔 더 받게.

장인은 웃으며 잔에 술을 부었다. 만일은 문서를 탁자에 올려놓고 일어서서 절을 했다. 삼배를 올리고 나서, 고개를 돌리고 술을 입 안으로 부어 넣었다.

흡족하게 바라보던 장인이 부인에게 분부를 내렸다.

– 미덕이 들어오도록 하시오.

미덕이란 이름을 듣는 순간 술을 목으로 넘기던 만일은 사레가 들어 캑캑거렸다. 부인이 그 모양이 귀여운 듯 슬며시 웃으며 나가더니 잠시 후 미덕이 들어왔다. 만일은 방문을 열고 들어온 사람을 쳐다볼 생각도 못 하고 옷소매로 입을 가리며 몇 번 더 마른기침을 내뱉었다. 얼굴을 시벌겋게 물들이고서야 상황이 수습됐다.

– 여기 물 들이킵서.

고개를 돌려 쳐다봤다. 하얀 명주 저고리에 잿빛 치마를 곱게 차려입은 미덕이 화사한 얼굴로 웃으며 놋 사발을 내밀었다. 사발을 받아 물을 마시는데 미덕이 만일의 옆에 다소곳하게 앉았다. 문서봉은 만일의 마음을 꿰뚫어 본 듯 고개를 돌리며 웃었다. 만일은 물그릇을 상 위에 내려놓고는 손등으로 쓱 하고 입가를 훔쳤다.

－죄송합니다.

－왜 술을 잘 못하는가?

－아닙니다. 그만 사레가….

－너희 둘에게 한 가지 약조를 받아야겠다. 미덕의 성화에 자네를 우리 집에 들이긴 했으나 당장 혼인은 안 되네. 과거에 급제하기 전까진 방도 따로 쓰도록 하게. 양반이 공부를 안 하면 평생 한량으로 쓸모없는 버새가 되기 쉽네.

－알겠습니다. 공부에 매진해 반드시 벼슬길에 나가겠습니다.

장정은 일정한 나이가 되면 정병正兵으로 군역을 치러야 한다. 그러나 양반집 자제들은 베나 무명 같은 것을 나라에 바쳐 군역을 대신했으니 이를 보인保人이라 했다. 문서봉은 말을 바쳐 만일의 군역을 보인으로 대체시켜 관아에서 일정 기간 구실아치 노릇을 하게 했다.

지방 관청에 반드시 있어야 하는 건물이 객사와 향교다. 객사는 한양이나 외지에서 오는 관리들이 머물거나 나라의 안녕을 위해 재 지내는 곳이고, 향교는 조선의 건국이념인 유학을 공부하기 위해 유림이 모여드는 곳이다. 제주목관아 관덕정 남동 편에 향교가 있었는데 거기는 벼슬길에서 물러난 지체 높던 양반들이 후학 양성을 하던 곳이다. 때로 귀양살이에서 벗어난 선비 중에는 어린 유생들을 대상으로 유학 경전을 가르치는 이도 있었다. 중림은 장인의 덕으로 향교의 일을 거들면서 공부를 시작했다.

그러나 처음에 부친과 한 약속과는 달리 미덕은 한 지붕 아래 사는 중림을 가만두지 않았다. 향교에서 공부하고 돌아오는 중림을 꾀어 해안가로, 오름으로, 경승지 찾아 유람을 다녔다.

어느 날은 둘이서 말을 타고 산천을 돌아다니다 정의현 민오름 부근을 지나게 되었다. 중림은 문득 부모님이 생각났다. 잠시 말을 세우고 자신을 뒤에서 껴안고 있는 미덕에게 넌지시 제안을 했다.

– 이 근처에 우리 증조부님 산소가 있거든. 인사도 드릴 겸 가보겠소? 내가 재미있는 얘기 해줄게

– 낭군님과 함께라면 지옥에는 못 갈까?

그들은 곧 증조부의 산소로 말을 몰았다. 묘소 앞에 나란히 선 중림은 미덕을 소개했다.

– 할아버님. 증손 며느리 될 남평문씨 집안 여식이옵니다. 인사 받으시고 자손 대대로 만복을 내리십시오.

예를 갖춰 절을 했다. 중림은 미덕을 산담에 앉아 있게 하고, 봉분 주변에 길게 솟아오른 소앵이(엉겅퀴)를 뽑아내면서 말했다.

– 여기를 반드기왓이라고 하는데, 기막힌 전설이 있어.

- 전설'?

- 아, 전설이 아니고 실화야. 증조부님 돌아가셨을 때 내가 겪은 일이니까. 우리 가족이 옷귀로 옮긴 사연이기도 해.

미덕은 팔짱을 끼며 기대감을 드러냈다.

- 그 사연 어디 들어나 봅시다.

중림은 미덕 옆으로 가서 나란히 앉아 속삭이듯 얘기했다.

- 내가 여섯 살 때인가 증조부님이 돌아가셨거든. 그때 우린 수망에 살고 있었어. 헌데 너무 가난해서 증조부를 묻을 한 뼘 땅 쪼가리도 없어 할아버지는 전전긍긍 했지. 그렇게 속을 끓이며 잠이 들었는데 꿈속에 기인이 문상을 온 거야. "마침 지나가다 배가 고파서 들렀습니다. 밥 좀 얻어먹을 수 있을까요?" 할아버지는 난감했지만 형편을 말했지. "헌데 보시다시피 쌀이 없어서 상에도 감자조팝을 올렸습니다. 식은 조팝이 있긴 한데 괜찮으시겠습니까?" 했더니 그 기인이 "얻어먹는 처지에 어찌 찬밥 더운밥 가리겠습니까?" 하더라는 거야. 그래서 밥을 드렸더니 식사를 하면서 자꾸 할아버지 얼굴을 살피더라는 거지. 그러면서 할아버지에게 묻더래. "심히 걱정스런 일이 있는 것 같습니다." 그러자 할아버지는 사정을 털어놓았지. "예. 보시다피 당장에 망인을 모셔야 하는데 아직 못자리를 구하지 못해서 걱정입니다." 그런데 어린 내가 아장아장 걸어가더니 기인의 무릎에 앉더라는 거야.

턱을 괴고 심각하게 듣던 미덕이 질문을 던졌다.

– 실화야?

– 할아버지 꿈 이야기라니까?

– 아, 조부님 꿈에 그랬단 말이지?

– 그래.

– 경허연 어떻 됐는데?

– 할아버지가 거 손님 앞에 버르장머리 없이 무슨 짓이
냐고 야단쳤겠지. 재게 일어나라고. 난 말 잘 듣는 착한
어린애였으니까, 벌떡 일어났겠지. 헌데 그 기인이 나를
붙잡고 돌려세우더니 눈을 휘둥그레 뜨더래.

– 무사?

– 내 관상을 봤나봐. "이 아이는 나라에 큰일을 할 상입
니다. 저는 사실 땅을 보러 다니는 지관이온데 제가 알려
주는 곳에 가서 망인을 묻으십시오. 민오름 아래 반드기
왓에 가보면 거기에 쇠침이 박혀 있는 곳이 있을 겁니다.
그 철심을 빼면 새가 날아오를 것인즉, 그곳에 묘를 쓰고
새가 날아가 앉은 나무가 있는 곳에 집을 지어 사시면 자
자손손 복을 누릴 것입니다."

– 오호. 점점 흥미로운데. 경허연?

– 잠에서 깬 조부는 꿈이 생생했지. 날이 밝자마자 기인
이 가르쳐 준 곳에 가보니 과연 땅에 쇠침이 박혀 있는 거
라.

봉분을 물끄러미 바라보던 미덕이 고개를 갸웃하더니
중림을 바라보며 물었다.

- 여기 말이지?

- 그래. 조부는 아버지를 대동하고 여길 와서 보니 정말 이따만한 쇠침이 박혀 있더래.

중림은 팔을 벌려 가며 실감나게 설명했다.

- 조부와 아버지는 곡괭이와 삽을 가지고 힘을 합쳐 단단하게 박힌 쇠침을 뽑았지. 그랬더니 그 구멍 안에서 '펑' 하는 소리와 함께 연기가 피어오르면서 아름다운 날개를 가진 새 한 마리가 날아올랐대. 아버지는 새를 쫓아갔으나 너무 빨라 따라갈 수 없었대.

- 진짜?

- 응. 들어봐. 다음날 친족들과 함께 장사 치르고 집으로 내려가는데 어디선가 새 소리가 들렸어. 난 소리 나는 곳을 찾아 풀숲을 헤치며 달려갔지. 새는 하늘 위에서 나를 인도하고 있었어. 한참을 따라가다 보니 그 새가 비자나무 위에 앉아서 울고 있더라고. 무지개 빛이 나는 아름다운 새였어. 내가 가까이 가도 그 새는 도망가지 않았어. 아버지와 사람들이 오자 난 새를 가리키며 소리쳤지. "아버지. 저기 새." 아버지는 어제 보았던 새가 분명하다고 했어.

- 경허난 새를 잡았어?

- 아니. 새는 사람들이 몰려들자 하늘 위를 한 바퀴 돌더니 구름 속으로 사라져버렸지.

가만히 듣고 있던 미덕의 얼굴에 미소가 돌더니 생글거리며 말했다.

- 와. 거짓말을 진짜처럼 잘도 꾸미네.

진지하게 말을 잇던 중림은 어이가 없는지 헛웃음을 날렸다.

- 허허허. 거짓말이 아냐. 진짜 있었던 일이고 지금 우리 집에 가면 그때 새가 앉았던 비자나무가 있어. 그래서 아버지가 그 자리에 집을 짓고 수망에서 옮겨와 살았어.

믿지 못하겠다는 듯 미덕은 고개를 갸웃거리며 물었다.

- 경허믄 무사 누게가 여기다 쇠침을 박안?
- 옛날 중국 사신들이 제주에 와서 큰 인물 못나도록 혈穴을 막아버렸다는 소리 못 들어봤구나?
- 처음 듣는 얘긴데?
- 고종달이라고 안 들어봔?
- 고종달? 아, 할머니에게 들은 것도 같아.
- 그래. 옛날 명나라에서 황제가 하늘을 바라보다가 남쪽 하늘에 유난히 반짝이는 별을 보았거든. 그래서 일관에게 물어본 거야. 일관이 점성술로 풀이하더니 남쪽 섬나라에 세상을 호령할 영웅이 태어날 징조라고 말했어. 화들짝 놀란 임금은 지관인 호종단을 이곳에 보낸 거지.
- 호종단? 고종달이 아니고?
- 호종단이 여기에서는 고종달로 불리게 된 거지.
- 그가 들어온 곳이 종달 마을이라며?
- 응. 섬에 들어와서 돌아댕기멍 수맥과 마혈을 찾아다니며 쇠침을 박아 놓았어. 산방산 아래 용머리에 가보면 아직도 그 흔적이 남아있지.

- 그런데 그놈들이 그런 짓 하도록 사람들이 보고만 있었어?

- 그때 명나라 사람을 아무도 건드릴 수 없었거든. 대신 한라산신님이 그냥 두지 않았지. 고종달 일행이 임무를 마치고 돌아가려고 고산 앞바다에 배를 놓았거든. 그런데 큰 새로 변한 산신님이 날개를 저어 바람과 거센 파도를 일으켰지. 그 거센 풍랑에 배는 차귀도 앞바다에서 부숴지고 고종달은 물귀신이 되었지.

- 크크크. 나쁜 놈들 그래도 싸지.

- 그때 일로 그 섬 이름이 차귀도가 되었어.

- 나도 알아. 막을 차, 돌아갈 귀, 차귀도.

- 그래 맞아. 이 증조부님 산소가 옛날 고종달이 막아놓은 마혈 자리야.

- 경헌디 아버님은 고작 말테우리야?

- 말도 마. 그래도 마혈 덕분에 죽을 고비 넘겼대.

호기심을 참지 못하는 미덕이 의아한 표정으로 만일을 쳐다봤다.

- 무사? 또 무신 일 이서난?

- 그 을묘년에 왜놈들이 쳐들어왔는데 아버진 효용군으로 참여했지. 그때 왜놈의 화살을 맞아서 다리를 절뚝이셔.

미덕이 얼굴이 잠시 굳어지더니 이내 환해졌다.

- 아. 을묘왜변 이야기 말이지?

- 그 애긴 알아?

– 우리 집안 얘기잖아. 과거 시험 준비한다는 사람이 치마돌격대라고 못 들어 봤어?

– 맞다. 문시봉 장군이 백부님 되시지?

– 그래. 임금님이 상도 내리셨어.

– 그랬구나. 이왕 마을 근처까지 왔으니, 그 얘긴 직접 아버지께 들어보자.

중림과 미덕은 서둘러 말을 타고 마을로 내려와 본가로 들어섰다. 마침 부친은 집에 있었는데 예고도 없이 나타난 만일과 미덕을 보고 깜짝 놀랐다. 만일은 부친의 놀라는 모습에는 아랑곳없이 우영팟에 높이 솟아오른 비자나무를 가리켰다.

– 저게 그 새가 앉았던 나무야.

미덕은 두발이 땅에 박힌 듯 꼿꼿하게 서서 턱을 들어 나무를 쳐다보았다. 부친은 안절부절 못하며 발을 동동 굴렀다.

– 아니 이거 어떵헌 일이고? 사전 통지라도 줬으면 먹을 거라도 준비해실 건디.

– 그냥 지나가단 들려수다.

– 하이고 어멍은 성읍에 먹을 일 이선 가신디게.

미덕이 나서며 안심을 시켰다.

– 아버님, 불쑥 나타난 저희들이 잘못입니다. 무례를 용서하십서. 나중에 정식으로 들리크매 오늘은 인사나 받으십서.

– 기여. 안으로 들어글라.

절룩거리며 앞장 선 부친의 얼굴에선 웃음이 떠나지 않았다. 동그랗고 새하얀 얼굴에 듬직하게 생긴 며느리가 썩 마음에 든 모양이다. 아랫목에 좌정한 부친은 인사를 받고 난 후 마음이 더 조급해졌다.

– 이거 대접할 것도 어신디.

– 아버님. 저희들 아무것도 필요어수다.

– 경해도 경허는 게 아니여. 가만 이서 보라.

부친이 일어서려 하자 중림이 말리며 먼저 일어섰다.

– 아버지. 무신 거 허젠 마씸? 나가 허쿠다.

– 경허믄 정지에 강 보라. 오늘 아침 지슬을 쪄신디, 그 거라도 가져당 멕이라.

– 알아수다.

중림이 나가더니 감자가 담긴 차롱을 가져와 미덕이 앞에 놓았다.

– 처음 집에 온 손님인디. 미안허다.

– 아니우다. 빈손으로 불쑥 찾아온 저희들이 죄송합니다.

– 게건. 그거 벗경 먹으라.

미덕은 감자를 집어 하나씩 껍질을 벗기었다. 분위기가 어색해짐을 간파한 중림이 말을 꺼냈다.

– 아버지. 우리 가문의 내력을 듣젠 와수다. 아버지 다리도 을묘년 난리 때 다친 거지 양?

– 암. 경허주만 문시봉 장군에 비하면 아무것도 아니여.

- 그때 얘기 고라주십서.

미덕은 자라면서 귀에 못이 배기도록 들은 얘기였지만 가문의 광영을 확인하고 싶었다. 부친은 당시를 회상하듯 시선을 허공에 두며 말을 이었다.

- 왜놈들은 우리가 만만하니까. 섬놈이라고 얕봐서 자꾸 쳐들어왔어. 그런데 그해만은 우리가 당하지 않았지. 조부님 장사 치른 해 6월 하순은 유난히 무더웠어. 왜군들이 쳐들어왔을 때 난 정병으로 읍내에서 군역을 치르고 있었지. 테우리 출신으로 말을 잘 다룬다고 목관아에서 근무했지. 막 저녁을 먹으려는데 북이 울리면서 비상이 걸린 거야. 벨뒤연대에서 연기가 피어오르고, 사라봉수에서 불길이 솟고 난리가 난 거지. 사라봉에 올라가보니 벨뒤포 앞에 새까맣게 왜적선이 몰려온 거야.

미덕이가 흥미를 느끼며 부친의 눈을 바라봤다.

- 그렇게 많았나요?
- 60여 척에 1천여 명이나 됐지.
- 와. 경 하영?
- 엄청난 숫자에 놀란 우리 수비군들은 성안으로 들어와 문을 굳게 걸어 잠갔지. 그때 우리 병사 숫자는 그 절반의 반에도 미치지 못했으니까. 이후 사흘간 제주성을 둘러싼 왜놈과의 싸움이 벌어진 거야.

미덕은 진지하게 무용담을 늘어놓는 부친에게 추임새 넣듯 물었다.

- 경허연 어떵 돼수가?

- 그때 왜놈들은 산지천 동문 밖으로부터 남수각 남문 밖까지 진을 치고 있었어. 육지에서 구원군이 오기를 기다리기에는 너무 촉박했지. 김수문 목사 판단이 옳았어. 왜놈들은 육지에서 싸움을 걸었다가 실패했고, 배를 타고 제주까지 오는 데도 힘을 많이 썼다. 거기다 사흘 동안 쉬지 않고 싸움하느라 지친 상황이었어. 그래서 결사 항전의 의지를 보인 병사 중에서 70명을 선발했지. 날이 밝기 전 남문을 열고 적진 30보 앞까지 진격했어. 코앞에 다가 갔는데도 왜놈들은 깊은 잠에서 깨어나질 못했지. 그러자 동문에서 출발한 돌격대 4명이 앞장서서 적진으로 들어가서 왜놈들을 무참하게 베었지. 비몽사몽간에 왜놈들은 혼비백산해서 도망가기 시작했어. 왜놈과 싸움에서 그렇게 통쾌하게 이긴 적이 없었어. 그 싸움이 을묘대첩이고, 그 네 사람을 치마돌격대馳馬突擊隊라 부르지.

- 저도 백부님 무공담을 어려서부터 들었어요. 말을 타고 달리는 돌격대란 뜻이지요?

부친은 그런 집안 자손인 미덕이 기특해서 입이 귀에 걸린 듯 웃으며 얘기를 이어갔다.

- 암. 도망치는 적들의 퇴로를 차단하고 죽이는 것은 일도 아니었지. 그때 공을 세운 네 사람이 누군가 하면 김직손, 김성주, 이희준, 문시봉이야. 그때 나도 70명의 효용군에 자원하여 싸움에 나섰지. 헌데 그만 도망가면서 쏜 왜놈의 화살이 내 오른 다리를 관통한 거야.

- 와 그럼 아버님도 승전 병사시네요.

– 암. 나라에서 상도 많이 받았어.

부친은 미덕의 칭송에 흐뭇해하며 헤실거렸다.

고려 후기 탐라국 시절 문창우는 탐라 왕자였다. 삼별초가 제주에 들어와 몽골의 침입에 대한 항쟁을 이어갈 때 탐라 성주 고인단과 함께 고려 정부에 구원을 요청했다. 삼별초 정벌 후 몽골은 제주를 직할령으로 삼고 관부를 설치했다. 몽골의 제주 관부는 충렬왕 10년(1284)에 탐라안무사로 개편되었는데 이때에도 탐라 성주는 안무사, 왕자 문창우는 부사의 직위를 받을 만큼 남평문씨는 세도 가문이었다. 후손인 문윤창 씨 집안에는 다섯 명의 아들이 있었는데 모두 말을 키워 부자가 됐다. 문시봉이 장자였으며 문서봉은 넷째였다.

날이 갈수록 두 사람의 사랑은 더욱 불타올랐다. 나중에는 향교에도 미참하도록 꼬드겨 둘만의 사랑놀이에 열중했다. 그렇게 불붙은 젊은이들의 사랑은 끝내 사달이 나고야 말았다. 미덕이 덜컥 임신한 것이다. 입덧하고 배가 불러오자, 문 씨 집안에서 먼저 혼사를 서두를 수밖에 없었다.

식년시式年試는 3년마다 시행하는 정례 시험이다. 10간지 중 자子, 묘卯, 오午, 유酉가 든 해에 초시初試, 복시覆試, 전시殿試 3단계를 거쳐야 벼슬길에 오를 수 있었다. 무과에서 초시는 무예만으로 겨루어 한양에서 70명, 지방에서 120명을 선발했다.

중림은 인걸을 낳은 뒷해에 처가의 눈치와 아내의 성화에 못 이겨 향시에 응시했으나, 실수를 연발하여 열 명 안에 들지 못했다. 시험에 낙방한 치욕을 극복하려고 와신상담 학업에 정진한 결과 삼 년 후 기묘년 초시에 당당하게 급제했다.

복시는 초시를 통과한 자들을 대상으로 한양에서 치러졌다. 만일은 무예 과목은 무난히 통과했으나 너무 긴장한 나머지 병서와 경전 강서에 걸리고 말았다. 경향 각지에서 모여든 재원들과 경쟁하여 28명 안에 들어야 하는데 중림은 힘에 부쳤다.

그러다가 둘째 인호가 태어난 이듬해 임오년 시험에는 초시, 복시를 통과하고 임금이 친림한 전시에 나갔다. 전시는 등위 선정을 위한 시험이었다. 갑과 3명, 을과 5명, 나머지 20명은 병과로 분류했다.

중림은 당당히 을과로 급제하여 '전라좌도수군절도사영 순천도호부 방답진첨절제사' 교지를 받았다.

흥국사에서 만난 귀인

조선 선조 때 전라좌도수군절도사영(전라좌수영)은 순천에 있었다. 전라좌수사의 관할구역은 5관, 5포로 조직되었다. 순천도호부, 흥양현, 광양현, 낙양군, 보성군이 5관이고, 사도진(첨사), 여도진(만호), 녹도진(만호), 발포진(만호), 방답진(첨사)이 5포였다. 만호는 만 가구를 거느린다는 뜻이니 꽤 넓은 지역을 관할하는 벼슬이다. 방답진첨절제사(첨사)는 돌산도를 비롯한 인근 도서와 여수 지역을 관할했다.

돌산도의 최남단에 자리한 방답진은 천혜의 요새다. 깎아지른 듯한 절벽이 병풍처럼 펼쳐지는 해안가를 지나 배를 대고 육지에 오를 수 있는 전라좌수영의 첫 포구가 방답진이다. 해안선이 활대처럼 안으로 휘어져 들어가 있고 포구 앞에는 소나무가 우거진 솔섬이 전초기지처럼 기다랗게 버티고 서 있어 바람과 거센 파도를 막아준다. 남해를 지나며 배를 대기 쉬운 길목이 방답진이어서 예로부터 왜구의 침입이 잦았던 곳이다.

왜가 돌산도를 노리는 이유는 이곳에 교두보를 확보하기 위함이다. 왜와 가까워 인력 보급이 용이하고 왜군이 필요로 하는 해산물과 식자재 등 물자를 약탈하기 쉽기 때문이다. 방답진은 요새로서 솔섬에 척후소를 두고 병사들을 배치하여 해상에 나타나는 적의 동태를 감시했다. 왜적이 나타나면 연대에서 연기를 피웠고 뿔고동을 불었다. 해안가에 인접한 마을에는 성을 쌓아 망루를 만들고 병사를 배치하여 경계했다.

방답진에는 자연 침식에 의해 요형凹形이 되어 바닷물이 마을 안으로 깊게 들어오는 지역이 있었다. 연초에 좌수사가 방답진에 순시 왔다가 이곳을 보고는 깜짝 놀라며 무릎을 쳤다.

– 이건 하늘이 내려 준 방새입니다. 여기에서 마을 안쪽까지 물길을 내면 천혜의 굴강掘江이 될 겁니다.

좌수사가 순천으로 돌아가더니 며칠 후 석수, 토목 장인을 내려보냈다. 그들은 금방 설계도를 만들어 내고 공사에 참가할 노역자들을 모아들이도록 했다. 중림은 병사 중 파수꾼을 당번제로 돌리고 병사들과 마을 사람 중에서 힘을 쓸 수 있는 사람을 뽑아서 공사에 투입했다. 그러나 생각처럼 쉬운 공사가 아니었다. 자재를 구하는 데도 많은 시간이 소요되었다. 바닷물이 드나드는 병목 부분을 차단하고, 기다란 나무 기둥에 널빤지를 양쪽에 댄 차단벽을 여러 개 만들어 놓았다. 간조 때를 이용해 병사들과 온 동네 사람들이 달려들어 벽을 세웠다. 마을 아낙네들과 아이들까지 몰려들어 고인 물 퍼내기를 며칠 반복했다. S자 형태의 골짜기 바닥에 쌓인 흙을 긁어내고 양쪽 벽에 석축을 쌓아 바닷물이 들어오는 길을 만들었다. 해안가를 둘러가며 돌담을 높게 쌓으니 바다에서는 보이지 않는 굴항掘港이 만들어졌다. 차단벽을 제거하자 바닷물은 마을 안까지 깊숙하게 들어왔고, 두 척의 배가 충분히 교행할 수 있을 만큼 넓었다. 근 반 년에 걸친 역사였다.

닭이 울며 홰치는 소리에 눈을 떴다. 새벽 여명을 받은 창문이 붉게 타고 있었다. 간밤 꿈속에서 본 고향 가족들이 너무 생생해서 선뜻 자리에서 일어나지 못했다. 인걸은 열 살이고 인호도 일곱 살이 됐다. 꿈속에서는 가끔 자식들과 말을 타고 놀았으나 그 귀여운 것들의 커가는 모습을 보지 못한 지도 삼 년째다. 벼슬길에 올라 첫 부임지가 방답진으로 정해졌을 때, 생활이 익숙해지면 불러올리마고 가족과 약속했었다. 그러나 장모가 병환이 나는 바람에 병수발 할 사람이 없어서 아내는 아이들을 데리고 읍에 있는 친정으로 들어가야 했다. 처가는 소문난 말 부잣집이어서 사람을 부리고 돈을 관리하는 등 아내가 해야 할 일이 많았다. 간헐적으로 왜선이 출몰하는 바람에 중림은 고향에 다녀올 생각은 엄두도 못 냈다.

무과 급제 후 첫 임지로 발령받았을 때 부여받은 임기가 30개월이었다. 당시 목사나 절도사의 임기도 비슷했다. 환로에 들어선 자는 자신의 다음 임지를 알 수 없다. 조정에서 정해주는 곳으로 가야 하고 가기 싫으면 벼슬길에서 물러나야 한다. 기한이 다가올수록 중림은 마음이 편안치 못했다. 섬을 떠나 물맛이 다르고 바람 냄새마저 낯선 땅에서 3년째 정붙이고 살고 있으나, 이제 또 어느 무의무탁한 곳으로 갈 것인가. 금의환향하고 싶지만, 제주목에는 종4품 무관의 벼슬로 합당한 자리가 없다.

다시 닭 우는 소리가 들렸다. 한 마리가 울기 시작하면 여기저기 살아있다는 화답 소리로 동네가 깨어난다. 중림은 이부자리를 걷어차고 일어났다. 들창을 열어 날씨를 확인하고, 합장하며 고개 숙여 하루의 무사 안녕을 기원했다.

조반을 먹기 전 늘 돌사니를 타고 진성에 올랐다. 돌사니는 무과에 급제했을 때 장인에게 받은 선물이다. 호마胡馬의 개량종으로 등치가 좋고 배 아래 젖꼭지처럼 선모旋毛가 있는 천리마 혈통의 가라말 수컷이었다. 이름이 없다가 돌산도로 오게 되었을 때 비로소 돌사니라는 이름을 붙였다.

야트막한 동산을 올라 진성에 오르면 사방으로 확 트인 바다와 솔섬이 인사를 했다. 매일 보는 바다지만 매번 형태 다른 구름이 몰려들어 물색을 바꾼다. 초소에서 불침번 선 병사들을 격려하고 나서 몸을 움직여 뭉친 팔다리 근육을 풀었다. 짭짤하면서도 비릿한 바다 내음을 여러 번 들이마시며 밤새 몸에 쌓인 노폐물을 뱉어내는 게 일과의 시작이다.

굴항의 개통식을 위해 절도사 일행이 오기로 한 날이다. 좌수영이 있는 순천에서 방답진까지는 수로로 35리다. 굴항에 공식적으로 들어오는 첫 군선으로 세 척의 배에 하객들도 함께 온다고 했다. 중림은 해안을 돌며 위락 공연 준비상태도 점검하고 음식 장만하는 마을 아낙들에게 덕담도 건넸다. 사흘 전부터 그늘막을 쳐놓고 잔치 준비를 했다. 해안가에는 군데군데 대나무에다 오색의 깃발을 달아 축제의 분위기를 돋우었다. 마을 잔치는 가마를 걸고 돼지 잡는 날부터 시작되었다. 마을 사람들은 생업을 잠시 놓은 채 물을 길어오고 땔감을 마련해 왔다. 마을을 돌며 상과 그릇들을 모아오고 불을 지펴 음식 장만을 돕는 등 잔치 준비에 힘을 합쳤다. 아이들도 흥이 나서 여기저기 모여서 놀다가 농악대 악기 소리가 들리면 그곳으로 우르르 몰려갔다.

굴항의 입구 양쪽에 길고 굵은 대나무를 세워놓고 바다를 가로질러 오색 천과 한지를 단 환영 띠를 묶었다. 연회장에는 상을 차리고 용하다는 만신을 초청하여 해신굿 치를 준비도 마쳤다.

사시巳時가 되었을 무렵, 솔섬에서 뿔고동 소리가 들리며 황, 백, 청 삼색 연기가 피어올랐다.

- 배가 들어온다. 병사 각자 위치로.

중림이 소리치자 부관이 복창했다. 소리가 끝나기도 전

에 선착장 근처에 있던 무장한 병사들이 모여들며 오와 열을 맞추어 섰다. 이윽고 세 척의 배가 솔섬 안으로 모습을 드러냈다. 이물에 곧게 선 깃대에는 오색 깃발이 휘날리고, 갑판 위 높은 곳에 달아맨 용고에서 진격의 북소리를 우렁차게 울리며 선두에 선 배가 항구로 돌진해 왔다. 이를 환영하는 상쇄의 꽹과리 소리를 필두로 날라리의 흥겨운 농악 연주가 시작되었고, 마을 사람들은 흥에 겨워 덩실덩실 춤을 췄다. 굴항 입구에 설치된 환영 띠를 끊으며 배가 항구 안으로 들어오자, 모여선 사람들은 박수와 환호를 내질렀다.

해신제의 시작으로 개통식이 진행되었다. 무당의 초감제가 끝나자, 좌수사가 먼저 잔을 올리고, 이어서 중림과 좌수영에서 따라온 관리들 순으로 배례가 이어졌다. 이윽고 집전하는 예방이 좌수사에게 한 말씀 할 것을 제의했다. 상기된 얼굴로 좌수사가 자리에서 일어나 단 위에 섰다.

— 이 굴항은 방파제와 기항소의 구실을 할 것입니다. 전선을 굴항 안쪽에 숨겼다가 적선이 다가오면 바다로 모습을 드러내어 대적할 수 있는 요새의 구실을 할 겁니다. 첨사를 위시하여 여러분, 정말 수고가 많았습니다. 이 항구는 수십만 주민의 생명과 재산을 지키는 보루가 될 것입니다.

좌수사의 말에 모여선 사람들은 박수를 치며 열광했다.

중림의 순서가 되자 공사를 벌이면서 겪었던 일화를 소개하고, 공사가 완공되기까지 물심양면으로 도움을 준 좌수사에게 감사하다는 말을 잊지 않았다. 그리고 마을 사람들의 봉사와 노고가 없었으면 이루지 못할 역사였음을 되새겼다.

하객 일행은 식이 끝나고 중림의 안내로 완공된 현장을 둘러보며 좋아했다. 굴항의 끝머리에 도착했을 때 좌수사는 한 가지 제안을 했다.

– 이렇게 마을 안까지 배가 들어올 수 있으니 이 끝을 얕게 메워 뭍으로 배를 끌어 올릴 수 있었으면 좋겠소.

중림은 좌수사의 경험과 지략이 뛰어남에 새삼 놀랐다.

– 그건 어려운 작업이 아닙니다.

– 그러면 배를 수리하는 선소도 하나 만들고, 각종 무기를 보관할 수 있는 창고도 만듭시다. 오 비장 어떻소?

– 지혜로운 고견이옵니다.

– 경험 많은 선박공과 목수를 찾아 보낼 테니 선소에서 일할 보조 일꾼들은 첨사가 알아서 정하시오.

– 고맙습니다. 마을 사람들에게 일자리를 만들어주셔서.

중림은 연신 허리를 굽혔다. 모여 있던 사람들이 다시 박수와 환호를 보냈다. 중림의 얼굴에 웃음이 떠나지 않았다.

좌수사 일행이 연회장에 착석하자 축하연이 벌어졌다. 좌수영에서 온 병사들의 창 검술 시범에 주민들이 환호를 지르며 좋아했다. 관내에서 초청한 예인들이 준비한 기악과 춤이 무르익었을 때 좌수사가 넌지시 중림의 환로에 대해 걱정했다.

— 임기가 다 되어 가는 것으로 아는데, 가고 싶은 자리는 생각해 두었소?

— 소신이 뭘 알겠습니까?

— 굴항을 만든 공도 있고 하니 내 위에다 선처를 부탁해 두겠소.

— 그리해 주신다면 은공을 잊지 않겠습니다.

— 참 병조 참의 어른을 한 번 만나보는 건 어떻겠소?

뜬금없는 참의 영감 호출에 중림은 영문을 몰라 멀뚱하게 좌수사를 바라봤다.

— 참의 대감을 소신이 어찌 감히 뵙겠습니까?

중림이 안쓰러워하는 표정을 보고 좌수사가 웃으며 말했다.

— 지금 영취산 흥국사에서 요양 중이시오. 본관도 며칠 전 일부러 들려서 문안 인사드리고 왔소이다. 병환 때문에 현직에서는 잠시 물러나 있으나 다시 조정에 들어가 큰일을 하실 분이니 찾아뵙고 인사드리시오.

병조참의라면 무관으로서 직계 상관 아닌가? 조정에 가서도 대면하기 어려운 분이 자신의 관할 구역에 머무르신다니 중림은 천우신조의 기회라 여겼다.

— 고맙습니다. 참의 어른을 뵐 수만 있다면 어딘들 못 가겠습니까. 더구나 흥국사에 계시다면 당연히 찾아뵙고

인사를 아뢰어야지요.

– 성창륭 대감과 교유를 터놓으시면 앞으로 큰 도움이
될 겁니다.

달빛이 조용하게 물결을 희롱하는 밤바다와 떠오르는
해가 물들이는 아침 바다는 사뭇 다른 세계다. 아침 바다
는 나라의 안위를 걱정하게 하고 밤바다는 멀리 고향에
두고 온 가족들을 생각나게 했다. 그러나 오늘은 온통 흥
국사 생각뿐이었다.

종일 굴항 개통 행사를 치르고 늦게까지 좌수사 일행을
보좌하면서 술도 제법 마셨다. 그런데도 피곤은커녕 정신
이 또렷해지면서 밤이 깊어도 잠이 오지 않았다. 하늘에
는 규수의 아미같은 달과 유리알을 뿌려놓은 듯 수많은
별이 반짝이고 있었다. 중림은 관사를 나와 병사들이 불
침번 서고 있는 해안가를 산보하면서도 참의 대감을 만날
생각에 마음을 다잡을 수 없었다.

중림은 흥국사에 갈 준비를 서둘렀다. 건강에 좋다는
인삼과 꿀을 구하고, 건어물과 토산물인 전복도 챙겼다.
흥국사에 방문 계획도 미리 기별해 놓았다.

약속한 날, 점호를 끝낸 후 흥국사로 떠날 채비를 했다.
오랜만에 뜨거운 물에 몸을 담아 씻고 상투를 풀어 머리
도 감았다. 돌보지 않아 제멋대로 자란 수염도 다스렸다.
머리를 걷어 올려 상투를 튼 위에 망건을 씌워 관자를 단

단히 동여맸다. 그리고 평시에는 입을 기회가 없었던 의관을 내오도록 했다. 저고리 위에 붉은 철릭을 입고 가슴에 남색 전대를 둘러매어 앞으로 길게 늘어뜨렸다. 병부와 환도를 허리에 차고 공작새 깃털이 달린 까만 전립을 썼다. 그리고 소가죽 술이 달린 등채를 들고 사슴 가죽으로 만든 목화를 신고 나섰다. 의관을 정제하는 것은 상대에 대한 예의이기 때문에 중립은 정성을 다했다. 그리고는 부관을 데리고 흥국사로 향했다.

흥국사는 고려 때에 보조국사 지눌이 창건한 절이다. 몽골군의 침략으로 불타 없어졌다가 다시 지어졌다. 조선이 건국되면서 숭유억불의 국시로 불교가 쇠퇴했으나 명종 대에 문정왕후가 섭정하면서 허응당 보우대사를 발탁했고, 그로 인하여 불교가 한때나마 중흥했다. 이 시기에 법수대사가 보우의 도움을 받아 도량 1천여 간을 중창했다. '나라가 흥해야 절이 흥하고 절이 흥해야 나라가 흥한다'는 의미로 흥국사興國寺라 칭했다. 임진왜란과 정유재란 때에는 호국 사찰로 수군 승병의 주둔지와 훈련소로서 의병 항쟁의 중심 역할을 했다.

영취산은 말을 달려 우두리에서 바다를 건너고 두어 시간이면 도달할 수 있는 거리에 있다. 구불구불 길을 펴며 말을 달리자 울창한 나무 사이로 영취산 들머리가 나왔다. 영취산은 진달래꽃 마고자를 걸친 듯 중허리가 화사했다. 사방이 산으로 둘러싸인 오목한 자락에 흥국사가 있었다. 단숨에 저수지를 끼고 들어가니 흥국사 일주문이

나왔다. 바람에 실려 온 꽃향기가 중림을 마중나왔다.

　일주문 앞 계단에 머리 땋은 웬 소녀가 앉아 있다가 중림이 다가가자 얼른 일어서며 옆 건물 안으로 들어갔다. 이윽고 나이 든 스님과 불목하니를 앞세우고 도로 나왔다. 숨을 몰아쉬던 돌사니가 머리를 흔들며 투레질했다. 말에서 내린 중림이 흐트러진 옷차림을 가지런히 하는데 스님이 다가오며 합장하고 인사한다. 초도순시 때 들렀던 절이고, 그때 얼굴을 익혔던 상좌였다.

　－ 어서 오십시오. 첨사님.

　－ 상좌스님. 오랜만에 뵙습니다.

　중림도 합장하며 예를 표했다. 불목하니는 중림과 부관의 말고삐를 목책에다 묶고는 부관이 내리는 짐을 받았다.

　－ 먼 길 오시느라 수고 많으셨습니다. 주지 스님은 사시 불공 중에 계십니다.

　－ 오늘은 주지 스님이 아니라 참의 어른을 배알 하러 왔습니다.

　중림의 말이 떨어지자 지켜보던 소녀가 한 발짝 앞으로 나서며 허리를 굽혔다.

　－ 소녀가 안내하겠습니다. 아버님께서 그리하라 명하셨습니다.

　제법 아가씨 티가 나는 소녀의 깜찍하고 야무진 태도에 중림은 말없이 상좌를 바라보았다.

　－ 그리하십시오. 대감 어르신의 막내 따님이옵니다.

대감에게 어린 딸이 있다는 사실에 놀랐다. 똘망똘망한 눈망울과 곱게 땋아 내린 머리채에 윤기가 돌았다. 승복 차림이긴 하나 단정한 몸가짐, 사람을 대하는 자세에서 양반집 규수의 기품이 엿보였다. 승복을 입었으나 가슴이 봉긋 솟고 이목구비가 뚜렷한 것으로 보아 열댓 살은 되어 보였다.

- 함자는 어찌 되옵니까?
- 성어진이라 하옵니다.
- 그럼 어진 아씨 어서 앞장서세요.

어진은 합장하여 절하고 돌아서서 한 발짝 앞에서 걸으며 일행을 인도했다. 물건을 든 부관과 불목하니가 뒤를 따랐다. 천왕문을 지나고 종루를 지나 언덕을 오르니 대웅전이 나타났다. 대감이 머무는 처소는 대웅전 왼쪽 계단 언덕 위에 있었다.

언덕을 오르니 숨이 찼다. 어진이는 습관이 붙어선지 지친 기색도 없이 쉬지도 않고 성큼성큼 나아갔다. 대웅전 바로 뒤, 산신전으로 오르는 계단 옆에 담장이 둘러진 요사체가 나타났다. 출입하는 대문 위에는 '해동선당海東 仙堂'이라는 현액이 붙어 있었다. 어진은 문 앞에 멈추어 서더니 돌아서서 합장하며 허리를 숙였다. 잠깐 기다리라는 뜻이다. 그러고는 안으로 들어갔다.

중림은 크게 숨을 내쉬며 걸어온 길을 돌아다보았다. 부관과 불목하니는 집 뒤쪽으로 사라졌는지 보이지 않았다. 사방을 바라보니 넓게 펼쳐진 가람 안에 기와집이 여러 채였다. 도솔암으로 오르는 길섶에는 울긋불긋 진달래 꽃이 흐드러지게 피어 아름다웠다.

어진이가 문밖으로 나왔다.

– 안으로 드십시오. 서재에 계십니다.

대문 안으로 들어서자, 약 달이는 냄새가 코를 찔렀다. 댓돌 위에 신을 벗고 대청으로 올라서자 어진이가 두 손으로 서재를 가리켰다. 주렴 뒤에 앉아 있는 대감과 눈이 마주쳤다.

– 어서 오세요. 첨절제사님.

목소리가 카랑카랑해서 병자가 맞는지 의심스러웠다. 병풍이 처진 보료 위에 서안을 마주하고 앉은 대감은 비단 저고리에 탕건을 쓰고 있어서 병환 중이라고는 하나 위엄이 돋보였다. 흰 수염은 덥수룩하고 몸은 수척했으나 빛이 나오는 듯 눈망울은 형형했다.

– 인사 올리겠습니다.

중림이 두 손을 눈가로 올리는데 대감이 만류했다.

– 투병 중인 사람에게는 절을 하지 않는 법이오. 그냥 그리 앉으시오.

서안과 거리를 둔 방바닥에 방석이 놓여 있었다. 중림은 허리를 굽혀 인사를 하고 앉았다.

– 처음 뵙겠습니다. 김만일이라 하옵니다.

말이 끝나기도 전에 대감이 웃었다.

– 어허어어. 우리 초면이 아니지요?

중림은 영문을 몰라 대감을 물끄러미 바라봤다.

- 귀관이 조정에서 전시를 치를 때 내가 시험관이었소. 어허허허.

- 아이고 몰라뵈어서 죄송합니다.

- 죄송은 무슨. 당연히 모를 수밖에. 햇병아리 수험생이 고개를 들어 좌우를 살필 여유가 어디 있었겠소? 그래도 제주에서 올라와 그 많은 팔도의 인재들을 물리치고 당당히 을과로 급제했으니 내가 기억하지.

- 고맙습니다. 말씀 낮추십시오. 헌데 어디가 불편하옵신지요?

- 뭐. 특별히 아픈 데는 없고 잠시 쉬러 내려온 거야. 조정에선 신경을 써야 할 일이 너무 많아서 말이야. 도성과 거리를 두니 좀 살 것 같네.

인기척이 들리더니 어진이 탕제와 다기 그릇 놓은 차반을 들고 들어왔다.

- 약 드실 시간이에요.

- 그래. 여기 앉아서 차 좀 내거라.

어진이가 다소곳이 앉더니 면천을 밑에 대고 탕제가 담긴 하얀 대접을 대감에게 올렸다. 대감은 조심스럽게 약 그릇을 입에 대고 비워내고는 천으로 입을 닦았다. 그 광경을 지켜보고 나서야 어진이는 다관을 들고 다기에 물을 부으며 차를 우려냈다.

- 애가 느지막이 얻은 고명딸이오.

- 그렇습니까?

- 그래도 이것이 나를 따라와 수발을 들어주니 내가 이

만큼이라도 연명하고 있소.

– 참으로 예쁜데다가 마음도 곱습니다.

부끄러운 듯 어진의 하얀 볼에 붉은 기운이 퍼졌으나, 앙증맞은 입술로 화답했다.

– 과찬이십니다. 자식 된 도리로 당연한 일이옵니다. 그럼 말씀 나누십시오.

어진이는 탕제 그릇을 들고 일어서서 예를 갖추고 나갔다. 자기 찻잔에 우려낸 녹차가 하얀 김을 내며 음용할 주인을 기다리고 있었다.

– 드시오.

손가락으로 전해지는 차의 따뜻한 기운을 느끼며 잔을 들어 한 모금 마셨다.

– 과거 치를 때 보니까 말을 다루는 솜씨가 뛰어나던데 달리 교육이라도 받은 거요?

중림은 찻잔을 가만히 내려놓았다.

– 부친이 말테우리 출신이어서 어려서부터 말을 탈 기회가 많았습니다. 소신도 잠시 테우리 생활을 한 적이 있습지요.

– 좋은 기술을 가졌소. 말 부리는 기술도 중요하나 말을 키우는 기술을 익힌다면 나라에 유용하게 쓰일 텐데.

중림은 어깨가 으쓱해짐을 느끼며 자랑을 늘어놓았다.

– 아뢰옵기 황송하오나 소인의 처가가 마 목장을 운영하고 있사옵니다.

그 말에 참의 어른의 얼굴색이 환하게 밝아졌다.

- 그래요? 거 참 좋은 배경을 가졌소. 조정에 있을 때 판서, 참판 대감과는 매일 아침 머리를 맞대고 의논을 나눴지요. 판서 대감은 참으로 영민하셔서 앞날을 내다보는 혜안을 가지신 분이라는 걸 매번 느낀다오.

- 무반의 영수이신 병판 대감을 당연히 존경하옵겠지만, 율곡 대감께옵서는 대장장이로 식솔을 먹여 살리실 만큼 청렴하고 근검하신 분이라고 알고 있사옵니다. 더구나 해박한 지식과 현실에 합당한 논리를 펼치시는 것에 늘 외경심을 가지고 있습니다. 대감께서 저술하신 '격몽요결'은 무릇 벼슬길에 오르려는 자는 반드시 읽어 익혀야 하는 도학의 입문서 아닙니까?

- 그렇소이다. 양반이 갖추어야 할 도리와 인성 도야에 관한 문헌이지요. 헌데 판서 대감이 주상께 시무육조時務六條 올린 것은 알고 있소?

- 변방을 지키는 소신이 어찌 그런 귀한 고견을 전해 들을 기회나 있겠습니까?

- 그렇겠지요. 아주 귀한 지략인데 들어보시오, 첫째가 임현능任賢能, 둘째 양군민養軍民, 셋째 족재용足財用, 넷째 고변병固藩屛, 다섯째 비전마備戰馬, 마지막이 명교화明敎化요. 헌데 동인들의 반대로 이는 물거품이 되고 말았소.

선조 때 조정은 동인과 서인으로 나뉘어 당파 싸움이 한창이었다. 이이는 어느 당파에도 속하지 않은 중립적인 태도를 지니고 있었다. 그러나 당시 득세하던 동인들에 의해 서인의 우두머리로 불렸다.

하루는 병조 판서 율곡이 경연經筵에서 시무육조를 올렸다. 첫째, 동과 서로 갈리면 인재를 얻기가 어렵다. 어질고 재주 있는 사람이라면 동서를 가리지 말고 뽑아 써야 한다고 했는데 서인들은 동인 편을 든다고 아우성이었고, 동인들은 그가 서인의 우두머리라고 헐뜯어 진퇴양난에 빠졌다. 둘째, 일반 백성으로서 병사를 양성하여 왜적의 침범에 대비하여야 한다고 했다. 이는 곧 십만 양병설이다. '국가의 기세가 부진한 것이 극에 달했으니 십 년 이내에 마땅히 땅이 붕괴하는 화가 있을 것이다. 그러니 미리 십만의 군사를 양성하여 도성에 2만, 각 도에 1만씩을 두어야 한다. 군사들에게는 호세戶稅를 면해 주고 무예를 단련케 하고, 6개월에 나누어 번갈아 도성을 수비하다가 변란이 있을 때는 10만을 합하여 지키게 하는 등 완급의 대비를 삼아야 한다. 그렇지 않고 하루아침에 사변이 일어나면 백성들을 몰아내어 싸우게 해야 할 것이니 큰일이 실패할 것이다'라고 했다. 그러나 당시 동인의 영수로 홍문관 부제학이었던 류성룡은 '무사한 때에 군사를 기르는 것은 화를 기르는 것이다'라고 해서 불가하다 했고, 경연의 신하들도 모두 율곡의 말을 지나친 염려라고 여겨 반대했다.

이 밖에도 전쟁에 대비하여 국가 재정을 충분히 비축하도록 하고, 왜적의 침입에 대비하여 국경을 견고하게 방비할 것, 전쟁에 쓸 군마를 준비할 것, 백성을 가르쳐 나이갈 방향을 밝힐 것 등 대부분 국방에 관한 내용을 제안했다.

그런데 임금은 이이의 시무 6조를 현실에 맞지 않은 공허한 말로 듣고 큰 신경을 쓰지 않았다. 이 가운데 양군민養軍民과 비전마備戰馬 부분이 정치 쟁점화되면서 동인과 서인의 대립으로 이어졌으나 결론을 내지 못했다. 그러다가 9년 뒤인 임진년에 왜적의 참화를 맞았다. 임진왜란 때 병조판서였던 류성룡은 그때서야 후회하며 율곡의 혜안을 칭송했다. 율곡이 병사한 한참 뒤였다.

― 제주가 왜 말의 고장인지 알고는 있소?

참의대감이 제주 섬에 관심을 보이는 것이 고마웠다.

― 과문한 탓으로 자세히 들은 바가 없습니다.

― 하늘의 별들을 28개 구역으로 구분하고 대표적인 별들을 수宿라고 하지요. 그들을 7개씩 묶어 동서남북 4개 방향으로 나누었는데 이들 중 맨 처음 등장하는 동방 7수의 별자리를 연결하면 용 모양이 되므로 이를 청룡 7수라 했소. 이 청룡 7수 가운데 네 번째 별자리가 방성인데, 방성은 네 필의 말이 하늘의 수레를 이끈다 해서 천사방성天駟房星이라 부른다오. 제주는 예로부터 천사방성이 비추는 말의 섬이요.

― 그렇습니까? 섬에서 태어나고 자랐어도 방성 얘기는 처음 듣습니다.

성 참의의 해박한 지식에 놀랐다. 중림이 찻잔 내려놓

기를 기다렸다가 또 다른 화두를 던졌다.

– 이만하면 몽골이 왜 그 먼 섬 제주에 목마장을 설치했는지 알만 하지요?

– 일본 침략을 위한 전초기지를 구축하려는 의도 아니었습니까?

성 참의는 고개를 가로저으며 말을 이었다.

– 아니요. 거리로는 경상도가 일본과 더 가깝지. 그냥 말의 섬이라 했겠소? 제주는 말을 기르기에 천혜적 조건을 갖추고 있기 때문이오.

– 천혜적인 조건이라니요?

– 들어보시오. 섬에는 우선 맹수가 없지 않소? 말은 겁 장이어서 맹수가 있다면 사육하기가 쉽지 않지. 그리고 사방이 바다로 둘러싸여 외부와 차단된 환경 때문에 말이 도망치거나 도적으로부터의 방어가 용이하오. 또한 비가 많이 내려 산림이 무성하며, 한라산에서 내린 물은 약수가 되고, 더덕, 우엉 같은 각종 약초가 자생하니 말들이 그것을 먹어서 튼튼하지요. 해풍에 실린 염분의 영향으로 목초가 왕성하게 발육하기에 우량한 말을 육성할 수 있어요. 몽골은 그걸 진작 알고 있었단 말이지.

중림은 고개를 끄덕이며 자신이 경험한 다른 이유를 들었다.

– 말은 방목하여 키우는데 그들은 무리 지어 다닙니다. 경험이 많은 테우리들은 시절에 따라 말이 어느 지경에 있을 것이라는 걸 안 보고도 알 수 있습니다. 오름에는 키

큰 나무가 없습니다. 해서 꼭두에 올라서면 말들이 어느 곳에 있는지 관리가 용이하고 평탄한 들판과 야트막한 언덕, 자갈투성이 흙길은 말을 단련시키기에 좋습니다.

참의는 고개를 끄덕이고 나서 말을 이었다.

– 호시탐탐 기회를 노리는 왜놈들은 기필코 거대한 선단을 이끌고 쳐들어올 것이오. 전마를 기르고 기마 병사를 양성하여 왜적의 침입을 방비해야 할 텐데….

이때 중림의 머릿속에 번개가 쳤다. '싸움할 수 있는 말을 기르는 것은 내가 할 수 있는 일이다'는 생각이 전류가 되어 흐르자 중림의 몸이 부르르 떨렸다.

– 참, 방답진에 굴항 만드는데 공이 많았다고 좌수사에게 들었소.

– 소신은 부여받은 권한 내에서 감독만 한 거고, 병사들과 주민들이 한 일이옵니다.

– 그래도 그게 어디 쉬운 일인가? 내 병세가 호전되면 반드시 방문해 눈으로 보고 싶소.

– 그리 관심을 보여주시니 고맙습니다. 근래에 꼭 소신이 모실 수 있었으면 하옵니다.

– 근무 기한이 다 되었다는 말이지요?

– 아직 두어 달 남았습니다. 부디 쾌차하셔서 방문하시기를 앙망하옵니다.

– 원하는 임지를 얘기하면 내가 선처해 줄 수 있소만. 한양 도성 근무는 어떻소?

중림은 도성 근무라는 말에 잠시 갈등이 일었으나 곧

마음을 접으며 화답했다.

 – 말씀은 고맙습니다만 벼슬길은 여기서 멈추려고 합니다.

 – 아니 어째서? 공이 있고 하니 좋은 곳으로 갈 수 있을 텐데?

 – 대감 어르신의 말씀을 듣고 크게 깨달은 바가 있습니다.

 – 깨달음이라니?

 – 소신이 이 나라의 장부로서 무엇을 해야 하는지 깨우쳤습니다. 제주에 내려가 전마를 기르겠습니다. 싸움터에 나서서 이 한 몸 바치는 것보다, 말을 길러 병사를 돕는 게 소신이 할 일이란 것을 깨달았습니다.

중림은 안으로부터 무한한 힘이 솟아오름을 느꼈다. 성 참의는 이외의 가상한 말에 감읍한 듯 한참을 말없이 바라보았다. 두 시선이 마주치며 불꽃이 일었다.

 – 장하오. 영전도 마다하고 자신의 신념을 지키겠다니 참으로 장하시오. 그대 같은 장수 열만 있다면 왜적이 함부로 넘겨보지 못할 텐데. 고맙소. 그 우국충정 꼭 성공하길 바라오.

중림은 열흘마다 성 참의에게 문안 인사를 올렸다. 갈 때마다 병사의 훈련법, 말 조련법, 사람 다루는 법 등 귀한 정보를 많이 얻었다. 참의의 주선으로 말 조련 전문가도 만났고 근거리의 국마장에도 다녀왔다. 그러면서 제주에서의 전마 육성 계획을 차근차근 세웠다. 계획이 신통하게 풀릴 때는 잠도 오지 않아 꼬박 뜬눈으로 밤을 새운 날이 많았다.

한 달이나 걸려 집에서 회신이 왔다. 어떻게 해서든 섬을 벗어나는 것이 제주 사람의 욕망인데 어렵게 얻은 벼슬을 그만두고 낙향한다는 것이 아쉽다고 했다. 한양에서 벼슬 살길 기대했던 장인이 더 애석해한다고 했다.

그러나 중림은 마음을 단단히 먹고 집에 돌아갈 날을 손꼽아 기다렸다.

참의 어른에게 방답진을 방문할 수 있을 만큼의 차도는 없었다. 후임이 정해졌다는 통보를 받고 떠나기 전날 하직 인사를 드리기 위해 홍국사를 찾았다.

성 참의는 아쉬운 표정을 감추고 만면에 웃음을 띠면서 문갑에서 두 권의 서책을 꺼내 중림에게 주었다. 한눈에 말에 관한 것이라는 걸 알았다.

중림은 멀뚱이 '마경대전馬經大全'과 '신편집성마의방新編集成馬醫方'이라는 제목이 붙은 책을 번갈아 볼 뿐 감히 책장을 열 생각을 못했다.

– 예로부터 전해 내려오는 마필 관리에 관한 책이네. 『마경대전』은 중국에서 전해 내려오는 마의학서이고, 『신편집성마의방』은 오래 전에 권중화, 한상경 등 여러 사람이 가필하며 편찬하였네. 내 궁중에 있을 때 보았던 책인데 자네에게 선물 주려고 사람을 놓아 구해 왔네.

중림은 감읍해서 가슴이 뛰노는 것을 느끼며 고개를

숙였다.

ㅡ 소신을 이렇게 생각해 주시다니 몸 둘 바를 모르겠습니다.

ㅡ 말을 기르려면 좋은 말을 보는 법과 말의 병을 고치는 것은 기본이지 않겠나. 그 책이 많은 도움이 될 걸세. 부디 좋은 말을 많이 길러 나라에 도움을 주기 바라네.

ㅡ 고맙습니다. 반드시 성공하여 찾아뵙겠습니다. 부디 옥체 보존하옵시고 만강하옵소서.

예를 갖춰 하직 인사를 드리고 나오니 어진이 문밖에서 기다리고 있었다. 자주 찾아오던 손님이 고향으로 떠난다니 어진이도 아쉬운 듯 눈물을 글썽거렸다.

ㅡ 나도 아쉽구나. 부디 아버님 잘 봉양하고 있으면 다시 만날 날 있을 게다. 이다음에 커서 혼자 마실 다닐 정도가 되면 제주 섬에 한번 놀러 오너라.

중림은 패용하고 다니던 청옥 노리개를 풀어 정표로 주고 나서 어진이를 살며시 껴안았다.

여든어덟 마리의 말

전라도에서 제주로 가는 범선은 해남의 이진과 강진의 마량에서 출발했다. 이진은 제주에서 육지로 드나들 수 있는 가장 가까운 포구고, 기다란 해안선을 가진 마량은 남해안을 오가는 외국 조운선이 드나드는 관문이다.

마량에 도착해 보니 이튿날 제주로 가는 배편이 있었다. 중림은 객사에 돌사니를 두고 저녁 먹기 전 바닷가를 산책했다. 크고 작은 상선과 어선들이 굴곡진 해안선을 따라 닻을 내린 채 휴식을 취하고 있는 모습이 평화로워 보였다. 너른 들판의 끝자락에 바다를 마주한 마량은 바람의 방향에 따라 어느 곳이든 배를 대기가 용이하게 된 천혜의 항구였다.

마량항을 떠날 때는 잔잔했던 뱃길이 완도를 벗어나자 사납게 흔들리기 시작했다. 배 안에 있던 스무여 명의 사람들이 자리를 차지하고 바닥에 드러누웠다. 육지를 자주 오가는 상인들은 적응이 되었는지 모여 앉아 술을 마시며 떠들어댔다. 기둥에 등을 붙이고 앉은 중림은 눈을 감고 생각에 잠겼는데 깜빡 잠이 들었다가 사공이 청산도에서 하루 묵어간다고 공지하는 소리에 눈을 떴다. 배는 여전히 흔들거렸고 상인들도 잠이 들어 배 안은 조용했다.

다음 날 아침에도 안개가 끼고 파도가 높게 일어 떠나지 못하고 저녁이 되어서야 바람이 잤다. 민가에 방을 얻어 자고 있는데 명일 해가 뜨면 떠난다는 연락이 왔다. 그렇게 방답진을 떠난 지 닷새 만에 중림은 제주읍 조천포에 도착했다.

3년 만에 돌아온 고향은 예전 그대로였다. 바다는 돌산도의 물빛보다 푸르렀고, 비릿한 갯내음은 유년 시절 어머니의 품을 생각나게 했다. 한라산을 넘고 너른 들판을 핥으며 달려온 시원한 바람이 중림의 귀환을 환영하는 듯했다. 돌사니도 바람의 맛을 아는지 배에서 내리자마자 서너 번씩 투레질했다. 인간도 힘든 뱃길인데 말 못 하는 짐승은 또 얼마나 힘들었을까? 중림은 손바닥을 펴 돌사니의 머리와 갈기를 쓰다듬었다.

중림은 옷귀로 넘어가기 전에 처갓집을 먼저 찾았다. 중림이 귀향했다는 소식을 듣고 이웃에 사는 처가 식구들이 모여들었다. 오랜만에 보는 얼굴들이라 서로 반가워했으나 장인의 표정은 시큰둥했다. 음식상이 차려지고 처남들이 한 자리에 모여 앉았다. 손윗 처남은 장인을 도와 목장을 관리하고 있었고, 둘째 병택은 제주 향교에서 사무직 일을 보다가 그만두고 과거 시험을 준비한다고 했다. 셋째 병수는 국마장에서 일을 하고 있었다. 장인이 술잔을 들어 무사 귀환을 축하하는 건배를 한 후 못내 아쉬운 속내를 드러냈다.

- 벼슬 산다는 건 늘 외나무다리 위를 걷는 것처럼 위태로운 일이지. 더구나 극악무도한 왜놈들과 맞서야 하는 무관의 길이란 목숨을 걸어야 하는 일이야. 아무 탈 없이 임기를 마치고 돌아온 것은 다행이다. 허나 창창하게 열린 길을 놔두고 귀향을 택한 것은 곡절이 있을 터인데 무슨 연유인지 속 시원하게 말해보라.

중림은 가지고 온 행장 속에서 자신의 계획을 적은 두루마리를 꺼내며 차근차근 설명해 나갔다.

- 사람은 누구에게나 정해진 길이 있나봅니다. 저는 임지에서 귀인을 만났는데, 그분이 제 인생길을 바꿔놓았습니다. 인생을 다시 시작하기로 하고 실현 계획서를 만들었습니다. 이건 나라를 살리고 집안을 일으키는 일이라고 확신합니다. 저는 계획적으로 종자를 개량하고 말을 기를 겁니다.

말을 기른다는 말에 처남들은 서로를 보며 피식 웃었다. 중림은 한지에 그린 지도를 펼쳤다.

- 보십시오. 이건 옷귀를 중심으로 넓게 펼쳐진 초원입니다. 여기 가시를 중심으로 대록산, 따라비오름에서는 어승마나 공마를 기르고. 우수 품종을 생산하기 위해서

의원을 구해 종마 관리도 할 겁니다. 그리고 여기 수망리를 중심으로 물영아리오름 일대에서는 전마를 육성할 겁니다. 왜놈과의 싸움에서 군마의 전력은 승패를 가름할 정도로 막중합니다. 목사의 지원을 받아 훈련장을 만들고 기마병도 함께 육성할 계획입니다. 그리고 민오름을 중심으로 한 옷귀 일대에서는 제주마를 육성하겠습니다. 이들을 기승마, 파발마, 태마駄馬로 키우면 돈벌이도 될 겁니다. 이건 혼자 할 수 있는 일도, 아무나 할 수 있는 일도 아닙니다. 형제들의 도움이 필요합니다. 함께 합시다.

중림의 제의에 조소했던 처남들은 고개를 숙였다. 장인의 얼굴이 펴졌다. 큰 처남은 집안 목장을 돌봐야 한다고 했으나 둘째와 막내 처남은 흔쾌히 동참하겠다고 했다. 필요한 자금은 능력이 되는 한 장인이 빌려주겠다고 약속했다.

중림은 처남들과 술 한 잔씩 나누고 휘영청 밝은 달빛을 받으며 가족이 기다리는 옷귀로 말을 달렸다. 다가오는 길은 새록새록 예전 기억을 끄집어냈다. 돌사니도 고향에 돌아온 게 신이 나는지 땅을 밟는 소리가 힘찼다. 그런데 언젠가부터 돌사니와는 다른 말발굽 소리가 들렸다. 환청인가 했는데, 뒤를 돌아다보니 달빛에 하얀 갈기를 휘날리며 말 한 마리가 따라오고 있었다. 중림은 경주하듯 돌사니의 허구리를 발로 차며 '이럇!' 하고 외쳤다. 돌사니가 쏜살같이 달리자 백마도 힘을 내어 쫓아왔다. 정의현청 입구에서 잠시 쉬려고 멈춰 섰는데 백마도 거친 숨을 내쉬며 멈춰 섰다. 중림은 돌사니에서 내려 백마에게로 갔으나 말은 도망가지 않았다. 오히려 고개를 아래로 늘어뜨리고 꼬리를 흔들었다. 중림은 말의 얼굴과 목을 쓰다듬으며 상태를 살폈다. 여기저기 나무에 긁힌 상처, 덧나온 말발굽, 엉덩이에 화인이 없는 것으로 보아 산에서 자란 곳말이 분명했다. 체격이나 풍채가 당당해서 탐이 났으나 말을 돌려세웠다. 아쉬운 정을 담아 손바닥으로 엉덩이를 힘차게 내리쳤다.

  ─ 가라. 너희 가족이 기다린다.

  말은 히힝하고 울더니 오던 길로 뛰어갔다. 중림은 사라지는 백마를 한참 동안 바라보다가 돌사니를 타고 웃귀로 향했다. 마을 어귀가 어슴프레 보이자 돌사니도 힘을 내며 신나게 달렸다.

  한밤중인데도 아이들은 잠을 자지 않고 집 앞에서 중림이 나타나길 기다리고 있었다. 돌사니가 달려오는 것을 발견한 인걸이 '와수다' 소리치며 집 안으로 들어갔다. 말에서 내리자 인호가 수줍게 다가왔다. 중림은 잰걸음으로 다가가 인호를 와락 껴안았다.

  ─ 인호, 많이 컸구나. 어디 한번 보자.

  중림은 인호의 겨드랑이에 양손을 끼워 번쩍 들었다.

  ─ 요 녀석. 제법 무겁네.

  떠날 때 바짓가랑이를 붙잡았던 작은 놈이 어느새 커서 머리가 가슴에 닿았다.

  ─몇 살이지?

인호는 오랜만에 보는 부친이 어색해서 시선을 땅으로 내리깔았다.

– 여덟 살.

밧거리에서 아내가 마중 나왔다. 아내는 아무 말 않고 머릿수건을 풀어 눈가를 닦았다. 중림도 눈가에 눈물을 매단 채 다가서서 말없이 아내의 어깨를 가만가만 다독였다. 안꺼리에서 모친과 순정이가 마당으로 뛰어나오고, 뒤이어 잠방이 차림인 부친이 절뚝거리며 상방에서 툇마루로 나왔다.

– 어서 오너라. 수고했다.

빙그레 웃는 얼굴은 더 검어졌고 핼쑥했다. 중림은 마당에 무릎을 꿇고 인사했다.

– 아버지. 잘 다녀왔습니다.

– 거기서 경 말앙. 다들 안으로 들어오라.

중림은 일어서며 허리가 굽은 어머니 손을 덥석 잡았다.

– 어머니, 하영 속앗지 양.

어머니는 대답보다 눈물을 먼저 흘렸다.

– 느가 고생 많았져.

만일은 어머니를 덥석 껴안았다.

– 오라버니. 오랜만이우다.

돌아보니 막내 누이 순정이었다. 그녀의 얼굴에 달빛이 부서졌다.

– 너 아직도. 시집 안 간?

오라비의 말에 순정이는 살짝 토라진 듯 돌아섰다. 아내가 분위기를 살리려고 입을 열었다.

– 오라방도 주책 어시 원. 아직 임자를 못 만난 겁주. 이젠 오라방이 책임집서.

안거리로 들어가는 중림의 옆에 인걸이 붙어서서 말없이 걸었다. 키가 중림의 어깨에 닿을 만큼 성장했다. 중림은 왼쪽 팔을 뻗어 인걸의 어깨를 가만히 안았다.

– 녀석 많이 컸구나.

전국의 크고 작은 섬에서 말을 키웠다. 큰 섬이거나 많은 섬을 가진 읍에서는 여러 개의 목장을 두었다. 경기도 강화에 8개소, 남양에 10개소, 전라도 순천에 12개소, 경상도 거제에 8개소, 제주에 15개소 등 폐목장까지 합치면 전국 목장은 270여 개나 됐다.

말은 교통, 물자 운송, 전투, 공무 수행 등에 두루 쓰였으므로 지방 관리에게 마정馬政은 매우 중요한 일이었다. 제주에서 한양으로 진상하는 공마의 종류는 다양했다. 새해가 되면 세공마歲貢馬 200필, 임금 생일, 정월 초하루, 동짓날 등 삼명일에 바치는 진상마 60필, 특별한 용도에 대비하는 차비마 80필, 과거 시험이 있는 해에 바치는 별어승마別御乘馬(식년공마) 20필. 수송 중 병들거나 죽은 말을 대체하는 흉구마凶咎馬 32필, 짐 싣는 노태마 34필 등 400필이 넘었다.

한양에는 가마와 수레, 말, 목장을 관리하는 사복시司僕

寺라는 관청이 있었다. 이들이 전국에서 올라오는 공마를 관리해서 임금의 친인척이나 공신들, 과거 시험에 급제한 인재들, 왕을 호위하는 어영청, 궁궐을 방비하는 무위소, 수도 방위대인 금위영, 전마를 담당하는 병조 등에 할당했다.

명나라에 조공품을 바쳐야 할 때는 더 많은 공마가 차출되기도 했다. 또한 지방 관청의 교통수단인 역마, 통신수단인 파발마 등도 사복시에서 조달 배치했다. 개인도 목장을 만들어 말을 키웠는데 이를 사둔장이라 했다. 향읍에 할당된 공마의 수를 국마장에서 키우는 말로 채우기가 버거워서 사둔장의 말로 충당했는데 더러는 세금으로 받고 부족하면 사들이기도 했다.

중림은 사둔장을 만들기 위하여 아침부터 읍내로, 성읍으로 바쁘게 움직였다. 목사는 중림의 계획을 듣고 대단히 기뻐했다.

– 목관들에겐 진상품 올려바치는 일이 아주 중한 일입니다. 더구나 공마는 여간 골치 아픈 게 아닙니다. 국마장에서 나는 말로는 매년 배정량을 채우기가 어렵고, 올려보낸 말들도 튼실치 못해서 매번 사복시에서 꾸중을 듣는 형편입니다.

– 산간의 초지를 내어 주시면 삼 년 후부터는 공마의 일정 부분을 감당하겠습니다.

– 꼭 성공하길 바라겠소. 정의 현감에게도 내 일러놓으

리다.

목사로부터 주안상까지 받은 중림은 기분이 흡족했다. 돌사니를 타고 귀가하는 길에 콧노래가 절로 나왔다. 한라산 중턱을 넘어 숲길로 들어서는데 뒤에서 말발굽 소리가 들렸다. 돌아다보니 전에 보았던 백마였다. 중림은 모른 척하고 돌사니를 재촉하며 달렸는데, 백마는 집 근처에 먼저 와 있었다. 암말이라면 모를까 수컷이 수말을 따라오다니 기이하게 생각됐다. 중림은 일부러 무시했으나 백마는 집 근처를 떠나지 않았다. 돌사니를 타고 성읍에 다녀올 때도 어디선가 나타나 따라왔다. 중림은 며칠을 두고 보다가 그를 거두기로 했다.

몸에 붙은 부구리(진드기)도 긁어 떼어내고, 서중천으로 데리고 가서 목욕도 시켰다. 튼실한 뼈와 근육이 만져졌다. 웃자란 갈기도 가지런하게 지르고 발굽 손질까지 마치고 보니 얼굴 윤곽과 품새가 예상치 않은 종자였다. 저녁엔 건초에 콩깍지를 썰어 넣어 주었다. 그런데 다음 날 아침 일어나보니 백마는 사라지고 없었다. 중림은 배은망덕한 놈이라고 생각하며 혀를 끌끌 찼다.

목사와 만나 사업을 구체적으로 논의하기로 한날이었다. 한라산을 넘어 목관아에 도착한 중림은 관덕정 입구에서 하마 했다. 관덕정 앞 마당에서는 훈련병에게 기압을 넣는 카랑카랑한 목소리가 들렸다. 말석을 목책에 메고 홍화각으로 발걸음을 옮기는데 훈련을 지휘하던 교관이 다가오며 중림을 불러 세웠다.

– 저기 나 좀 봅시다.

무관의 복장을 한 그는 낯익은 얼굴이었다.

– 맞구나. 김만일. 설마 나를 잊었는가?

그는 수망에 살던 친구 고덕배였다.

– 덕배?

– 그래. 임마. 나 덕배야.

재회한 두 친구는 몹시 반가워하며 서로 와락 끌어안았다. 덕배는 말테우리 생활하며 함께 큰 꿈을 꾸었던 죽마고우다. 무예가 뛰어나 중림보다 먼저 과거에 급제할 줄 알았는데 경서에서 번번이 낙방했다. 중림은 덕배를 마주 안으니 큰 기운이 몸속으로 파고드는 것을 느꼈다. 덕배는 관아 안 홍화각 맞은편 영주협당이라는 현판이 걸린 근무실로 중림을 안내했다.

– 경 안 해도 관아에 드나드는 것을 먼발치에서 보고는 긴가민가 했주. 헌데, 벼슬 살러 육지에 간 사람이 여긴 무슨 일로?

– 내가 큰일을 계획하고 있네.

– 큰일? 역적모의라도 하는 건가? 경허믄 아무리 친구라도 내가 가만 안 두지.

그 말에 중림은 호탕하게 웃었다.

– 암. 나라를 뒤엎는 게 아니라 나라를 살릴 장대한 음모지. 나 좀 도와주게.

중림은 목사를 만나야 한다는 생각도 잊은 채 자신의

계획을 풀어 놓았다. 덕배는 과거 시험을 포기하고 포교와 포졸의 무술을 가르치는 일을 하고 있었다. 중림의 말을 심각하게 경청하던 덕배의 얼굴이 차츰 홍조를 띠며 부드러워졌다.

– 꿈이 아주 웅대하구만. 게믄 나가 도울 일이 뭔데?

– 전마 훈련을 좀 맡아줘. 자네는 말에 대해 잘 알고 기병들을 훈련시킬 수 있잖아? 왜구로부터 나라를 지키려면 많은 전마와 기마병들을 양성해 내야 해.

덕배는 손으로 턱수염을 만지작거리면서 잠시 생각에 잠기더니 곧 웃으며 말했다.

– 좋았어. 내 인생을 자네에게 걸겠네.

덕배가 내미는 손을 중림은 양손으로 마주 잡았다.

– 고맙네. 먼저 전마 훈련장 설계부터 시공까지 책임져주게.

친구가 쉽게 의기투합하자 천군만마를 만난 것처럼 힘이 솟았다.

– 당장 사람들이 필요하네. 마방이랑 집을 여러 채 지어야 하는데 어디 기량 좋은 목수 어신가?

– 무사 어서? 여기 공방을 맡다 퇴직한 대목수가 이신디, 토목 일 하는 애들을 거느리고 다니주. 제주읍 목관의 누각이나 건물은 서 목수가 다 지었주. 그 사람 터도 잘 보는 소문난 정시라 많은 도움을 줄걸세.

– 잘 됐군. 당장 만나게 해주라.

이곳저곳 다니며 터를 보고 사람을 만나느라 중림의 몸은 천근만근 무거워 아침 기상 시간이 점점 늦어졌다. 실눈을 떠보니 창문이 훤했으나 일어나기 싫어 돌아누우며 도로 눈을 감았다. 그런데 말 울음소리가 여기저기서 들렸다. 비몽사몽간에 일어나 밖으로 나가보니 입이 턱 벌어졌다. 눈을 비비며 살펴보니 집 근처가 온통 말 천지였다. 모양도 색깔도 종류도 가지가지인 수십 마리의 말이 모여 있었다. 말들은 일정 나이가 되면 소유주를 나타내는 화인이 찍힌다. 말 궁둥이를 확인해 봤으나 낙인 짝한 말이 한 마리도 없었다. 방목하는 말 중에 먹이를 찾아 이동하다 무리를 이탈한 말들이 수컷을 중심으로 저들끼리 집단을 이루기도 하는데 이들이 바로 그런 곳말들이었다. 어디 있다가 이 많은 말들이 함께 나타난 것일까? 이 무리를 움직이는 놈이 누굴까? 중림이 울타리 밖을 나서 움직이자 예전의 백마가 다가왔다. 그의 몸에서는 광채가 나는 듯했다.

– 이거 백총몰 혈통 같은데?

장인 문서봉이 흰말을 요리조리 살펴보다가 판단을 내렸다. 중림의 부탁을 받고 노구를 이끌고 옷귀에 왔다.

– 자네 이성계 장군이 아끼던 팔준마 이야기 아는가?

– 그럼 위화도 회군 때에 장군이 타고 내려왔다는 응상백 말입니까?

– 그래 그 핏줄인 것 같애. 그게 제주도에서 올려보낸

말 이넌가? 그 혈통이 끊어진 줄 알았는데. 참 신기한 일이로고. 이렇게 많은 무리를 이끌고 나타났으니 하늘이 자넬 돕는 게야.

이성계와 함께 한 여덟 마리의 말은 조선 건국의 상징이 됐다. 세종은 팔준八駿을 그림으로 그려 후세에 남겼으나 임진왜란 때 소실되었다. 이들 팔준에 해당하는 그림들은 당대 화원들이 개별적으로 그려 전해지고 있었는데, 숙종은 도화원에 명하여 사대부가에서 전해져 오는 그림들을 모아 하나로 제작하게 했다.

팔준도에서는 말의 특징과 출신지를 밝히고 있다.

첫째, 구름을 가로지르는 송골매 '횡운골橫雲鶻'은 날랜 말로 여진에서 났다. 둘째 기린처럼 노니는 푸른 말 '유린청游麟靑'은 함흥 산이다. 바람을 쫓는 까마귀 '추풍오追風烏'는 여진 산이고, 벼락을 내뿜는 듯한 붉은 말 '발전자發電赭'는 안변, 용이 날아오르는 듯한 자줏빛 말 '용등자龍騰紫'는 단천 산이다. 여섯째 서리가 응결된 듯한 흰 말 응상백凝霜白이 제주 산인데 다리 길이는 짧으나 발목이 탄탄하고 힘이 좋으며 빠르다고 했다. 사자처럼 사나운 황색말 '사자황獅子黃'은 강화 산이고, 마지막 검은 표범을 닮은 '현표玄豹'는 함흥에서 난 것이다. 추풍오, 용등자는 유린청, 횡운골과 마찬가지로 전쟁터에서 화살 상처를 입은 역전의 용사이고, 사자황은 지리산에서, 현표는 토동兎洞에서 왜구를 물리칠 때 활약을 했으며, 이성계가 위화도 회군 때 힘차게 타고 내려왔던 말이 응상백이다.

백마가 끌어들인 말들은 종마와 승용으로 쓸 놈들을 골라내고, 전마를 선택한 다음에 나머지는 태마와 파발마 용도로 나누어 대大자 낙인을 찍었다. 모두 여든여덟 마리였다. 이는 중림에게 사업 밑천이 되었지만, 나중에 이 말로 하여 시련을 겪을 것이라고는 꿈에도 생각 못 했다.

서 목수는 관직에 있었으나 거드름을 피우지 않는 수더분하고 겸손한 사람이었다. 하얀 수염을 길게 기르고 흰머리는 뒤로 땋아 묶고 검은색 천으로 이마를 질끈 동여맨 그의 모습은 기인처럼 보였다. 나이는 아버지 뻘이었지만 어린 꼬마에게도 존댓말을 썼다. 서 목수는 다섯 명의 수하를 데리고 이웃 마을 수망에 거처를 정하여 중림의 일을 도왔다. 중림은 그와 함께 터를 보러 다녔다.

가시마을에서 시작하여 야트막하게 넓은 언덕이 이어진 들판은 큰사슴이오름까지 이어지는데, 여기에는 병곳오름, 설오름, 번널오름과 따라비오름이 자리 잡고 있어서 요새와 같은 형국이다. 사철 연한 풀잎들이 왕성하게 자라고 물영아리 부근에서 발원한 송천이 흘러 말을 기르기에 적합했다. 중림은 여기를 갑마장으로 정하고 종마실을 만들어 공마를 직접 관리하기로 했다.

한편 송천 서쪽의 수망마장은 고덕배의 설계대로 수망에서 시작하여 물영아리오름을 중심으로 해서 붉은오름, 산굼부리와 성불오름 사이에 훈련장을 만들었다. 기마병과 전마를 훈련하기 위해 훈련 장비를 보관할 창고와 경비실, 기숙실, 군마를 위한 마방을 한꺼번에 지었다. 말을 탄 훈련병이 머들과 불붙은 장애물을 넘고, 얕은 내가 흐르는 송천을 건너고, 경사진 냇가와 오름을 오르는 등 실전에 닥치게 될 여러 상황을 대비하여 훈련장을 시공했다.

다른 한쪽에는 마상무예의 시설물도 배치해 놓았으며 격구장도 만들어 놓았다. 과녁을 세워 놓고 말을 달리며 활시위를 당겨 맞출 수 있게 했다. 목관아에서 파견된 교관들이 고덕배의 지시를 받아 병사 훈련을 했다.

바다에서 불어오는 큰바람을 넉시봉이 막아주고 서중천과 의귀천이 만나는 위쪽 본가와 민오름 사이에 넓은 초지가 있었다. 수망에서 넘어오는 한길을 경계로 오른쪽에 연못을 파고 교배실과 분만실을 두어 제주마를 생산했다. 이들은 파발마, 역마, 승용마, 밭농사와 수레를 끄는 테마로 판매용이었다.

사업을 확장하기 위해선 사람들이 필요했다. 서로 믿고 도울 수 있는 사람은 형제들이라고 생각해서 처가 식구와 형제들을 옷귀로 불러들였다. 사저가 완성될 무렵에는 한길을 중심으로 인근에 각자 집을 마련해주고 한데 모여 살았다.

손아래 처남 병택에게는 집사의 임무를 맡겨 집 짓는 일이며 마장 만드는 일을 돕도록 했다. 말을 다루는 경험이 있는 막내 처남 병수에게는 수망마장의 관리와 덕배를 도와 군마와 기병을 훈련하는 일을 맡겼다. 옷귀마장은 성안에 살던 큰 매제 오철수를 불러와 관리하게 하고, 식용 말고기 매매는 그의 아내 순녀에게 맡겼다. 집에서 일하는 하인과 마장의 말테우리 관리는 막내 순정의 몫이었다. 재정과 마장 살림은 문 씨 부인이 맡았다.

남녀 하인들도 여러 명 두어 기숙을 시키며 집안일을 거들도록 했다. 중림은 섬 안의 사둔장을 돌거나 들에서 풀 뜯는 말들을 살피면서 품종이 우수한 종자들을 사들이고 교배시키는 일에 열중했다.

건강하고 젊은 암말들은 일 년에 한 마리씩 출산하므로, 중림의 마장에는 해가 갈수록 개체수가 갑절로 늘어났다. 중림은 용도에 맞춰 말을 키웠다. 키 큰말, 빠른 말, 힘이 좋은 말은 우수한 종자끼리 교배를 시켰다. 강인한 전마 생산을 위하여 계획적으로 종자 개량을 시도했다. 수나귀와 암말을 교배시켜 힘이 좋은 노새도 생산했다.

성읍에서 서귀포 가는 길목에 마련된 마 시장은 말을 사려는 사람들로 항상 붐비었다. 제주 읍내에서 온 손님들이 많았고 대정현에서도 좋은 종자를 얻기 위해서 모여들었다. 종마는 양반집 한 채와 맞먹는 엄청난 가격이었다. 암말을 끌고 와 교배시키려는 사람들도 있었는데 이도 고액을 지불하고서야 가능했다.

장사를 하는 사람들은 수레를 끌거나 짐을 운반하기 위한 말을 구입해 갔고 그 말은 소를 대신하여 밭을 경작하기도 했다.

용도에 따라 말의 가격을 정했다. 기승마가 제일 비쌌으나 부잣집에서는 서너 마리씩 구하여 갔다. 집 안에 있는 좋은 말의 숫자가 부의 척도가 됐다.

사람이 있는 곳에는 상거래도 있기 마련이다. 웃귀는 성읍에서 서귀진과 남원, 그리고 서귀에서 토산으로 넘어가는 길목에 자리한 마을이다. 마 시장에 들르는 손님들이 많아지면서 주변에 좌판이 하나둘씩 들어서더니 장마당이 형성되었다.

잡화, 쌀, 닭, 떡, 기름집이 들어서고 정육점, 포목점, 옷가게, 신발가게, 주전부리 가게들이 하나둘씩 들어서더니 채소와 어물을 파는 노점상도 늘어나기 시작했다. 주막에는 낮부터 밤늦게까지 사람들이 끊이지 않았다. 농기구 제작소와 대장간, 갓, 망건, 탕건 등 말총 제품도 양반들에게 인기가 있었다.

대창마장이 성업하자 배가 아픈 이웃 마장의 시비와 훼방이 자주 일어났다. 신천마장의 사둔장 강현동은 원래 건달 출신이다. 부친으로부터 가업을 물려받기 전부터 패거리와 말을 타고 돌아다니며 온갖 못된 짓을 다 하고 다니는 불한당이었다.

머리에 검은 두건을 쓰고 다녔기 때문에 사람들은 그들을 흑두건패라 불렀다. 부친은 통정대부까지 지냈다고 하나 자식은 아버지의 권세만 믿고 술 마시면 시비 붙고, 싸움질해서 포도청에 붙잡혀 가고, 양갓집 규수, 여염집 처녀 가리지 않고 마음에 들면 똘마니들을 시켜 납치해서 강제로 욕심을 채우는 놈이었다. 그러다가 자식 때문에 홧병이 도진 부친이 일찍 돌아가자 목장을 맡았다. 그는 패거리를 시켜 관리나 부잣집을 돌아다니며 말을 강매해서 원성이 자자했으나 고위 관리를 돈으로 매수하여 관리하기 때문에 현청이나 읍내에서도 그를 감당할 사람이 없었다. 부르는 게 값이었으니 대창마장이 생기기 전에는 꽤 돈을 모았다.

좋은 말을 적당한 가격에 판다고 소문이 나자, 고객들이 다 대창으로 몰렸다. 그는 패거리를 시켜 대창의 마 시장 주변 장터에서 물건을 사러 온 사람들에게 시비를 걸고, 술 마시고 돈 안내고 도망치고, 물건을 훔쳐 달아나거나 펼쳐 놓은 좌판을 뒤집어엎는 등 갖은 행패를 부렸다. 연락을 받은 수망마장의 덕배가 창검을 든 훈련받는 기마 병사를 이끌고 나타나면 줄행랑을 치는 작태를 반복했다. 덕배는 장터의 질서를 관리하고 만일의 사태에 대비해서 경비대를 둘 것을 건의했으나 중림은 차차 생각해 보자며 일을 미뤘다.

중림은 고팡에 돈자루를 수북히 쌓아놓을 정도로 금세 부자가 되었다. 말을 기르기 시작한 지 4년째 되는 해에 사저 지을 생각을 했다.

어느 날 중림은 서 목수의 생일을 알아내고 선물과 특별한 음식을 만들어서 집으로 초대했다. 덕담을 주고받으며 술이 몇 순배 돌아갔을 때 중림이 넌지시 물었다.

– 그간 참 고생이 많으셨는데 마지막으로 한 가지 큰일을 맡아주었으면 합니다.

– 내가 하는 일에 크고 작은 일이 있습니까? 첨사 어른께서 맡겨주시면 저희들은 돈벌이가 되고 좋지요.

– 보시다시피 애들이 커가니 사는 집도 좁고 해서 집 몇 채를 지었으면 합니다.

– 그렇잖아도 말씀을 드리려고 했습니다. 사람은 지위와 처지에 맞게 처신해야 한다고 생각합니다. 좋은 벼슬도 지냈고 재산도 많이 축적하셨으니 응당 좋은 집을 지으셔야지요.

– 웃귀 안에 어디 좋은 터가 없겠습니까?

– 오다가다 보았는데 지금 마 시장 연못 있는 한길 동녘편이 아주 좋은 땅입니다. 본가하고도 가깝고 마 시장을 관리하는 사무실도 있어야지요. 이왕 짓는 김에 좋은 목재에다 기와집으로 하십시오.

중림은 담대한 제안에 놀랐다.

– 기와집요?

– 암요. 첨사 어른이라면 그 정도는 해야 합니다. 한라산을 병풍 삼아 안채를 짓고, 마 시장 건너편에 사무실도 만들고, 사람들이 자주 드나드니 사랑채와 객사도 있어야겠지요. 거기다가 많은 사람이 함께 끼니를 해결할 수 있

는 공간도 있어야겠고, 식구들이 기거할 방도 여럿 필요하지요. 하인들 공동 숙사도 남녀로 나누어서 지어야 할 겁니다.

– 전부 기와로 말입니까?

– 헛간이나 창고는 기와가 필요 없겠지만, 육지 양반 집을 보면 그렇습니다.

– 그렇게 많은 목재와 기와를 구할 수 있겠습니까?

– 목재는 섬 안의 것이 부족하면 육지에 부탁하면 되고 기와는 대정골에 가마가 있어서 얼마든지 가능합니다.

– 얼마나 걸리겠습니까?

– 우선 급한 것이 사무실이니 안채와 함께 먼저 짓고, 나머지는 순서대로 지으면 두 해 정도는 잡아야 할 겁니다.

중림은 생각만으로 가슴이 벅찼다. 서 목수의 설계 도면이 완성되자 공사는 바로 시작됐다. 서 목수는 공사장에 인부 숙소부터 지었다. 숙소라고는 하지만 널빤지와 흙을 이용해서 지은, 비와 바람을 막고 숙식을 겨우 할 정도였다. 목수 둘이 사나흘 만에 기거할 숙소를 짓자, 인부 둘을 더 데리고 왔다. 다섯 명이 가건물에 기숙하면서 일을 했다. 주문했던 목재들이 들어오고 벽을 쌓을 돌맹이와 흙이 한쪽에 쌓였다. 숙련된 장인들이었다. 나이든 목수와 젊은 친구 둘이서 톱질과 대패질을 했고, 터 파기를 마친 돌챙이 둘은 쌓기 좋게 돌을 다듬어 나갔다. 서 목수는 이리저리 옮겨 다니면서 작업을 지시했다. 중림도 갈

중이 차림으로 이마에 수건을 동여매고 노역에 참여하며 작업을 거들었다.

뼈대가 세워지고 지붕을 올려 상량식을 할 무렵에 정의 현청에서 포졸을 대동하고 아전이 찾아왔다. 그는 다짜고짜 주인을 찾았다. 아전은 허름한 차림의 중림에게 거드름을 피웠다.

- 나는 새로 부임한 정의 현청 공방이오.

- 그렇소이까. 소인은 여기 집주인이외다. 무슨 일로 그러십니까?

- 집을 지으려면 신고를 해야지, 사인이 멋대로 대궐 같은 집을 지으면 되겠소?

- 아. 그렇지 않아도 집이 완성되면 현감 나으리를 찾아뵈려고 했습니다.

- 당장 작업 중지하고 청에 와서 신고부터 하시오.

아전 따위가 고압적인 자세로 명령을 하니 고깝기도 했으나 중림은 웃으며 응대했다.

- 예. 내일 날이 밝으면 그리하겠소.

멀리서 광경을 지켜보던 서 목수가 다가오자, 중림은 일자리로 돌아갔다.

- 아흔아홉칸 궁궐 짓는 것도 아닌데 왜 그러시오?

서 목수를 보는 순간 아전의 눈꺼풀이 바르르 떨렸다.

- 아니 공방 어르신 아닙니까?

서 목수도 아전을 알아봤다.

- 자네 먹돌이 아닌가?

서 목수가 목관아에 있을 때 공사장에 데리고 다니던 청년이었다. 그는 급히 공손해졌다.

－예. 맞습니다요. 여기 일을 맡으셨군요.

－그래. 자네 출세했구만. 포졸을 다 거느리고 다니고?

－예. 운이 좋아 정의현에 업을 얻었습니다. 다 공방 어르신 덕인가 하옵니다.

－잘 되었네. 신고는 내가 해야 하는데 바빠서 절차를 어겼구만. 닐 내가 현청으로 가겠네,

－수고롭지만 그리하여 주십시오. 기다리겠습니다.

세상사는 연줄로 이루어져 있다. 연줄이 있으면 비리도 눈 감아주고, 안 될 것 같은 일도 쉽게 풀리는 게 세상의 이치다.

－헌데, 소신 볼 일은 따로 있습니다. 저기 둔장 어른 나 좀 봅시다.

일을 거들고 있던 중림이 다가왔다.

－내게 볼일이 또 남았습니까?

－수망, 가시 주민들 원성을 알고 있습니까? 사목장에 풀어놓은 말들이 밭에 내려와 농작물 여린 싹을 다 먹어버리는 바람에 농사 망쳤다고 난리입니다.

중림도 이미 들어 알고 있는 일이었다. 그러나 혼자로는 어찌해 볼 도리가 없었다. 그 넓은 곳을 몇 명의 테우리에게 경비하게 할 수도 없고, 중림의 말만 방목하는 것도 아니었다. 제주읍 소관인 제1소장과 정의현 소관인 10소장은 돌담을 쌓아 경계를 만들었지만 10소장 방목

장에는 사둔마와 국둔마가 한데 어울려 풀을 뜯었다.

듣고 있던 서 목수가 제안을 했다.

– 잣담을 쌓읍시다. 말들이 민가로 내려오지 않도록 마을 입구에 경계를 두면 되잖소? 돌도 많겠다, 돌챙이와 마을 사람을 동원하면 어려운 일도 아니지요.

중림은 골치 아픈 일이 풀릴 것을 기대하며 통 크게 제안했다.

– 사람만 동원 시켜 주시면 새참은 대창에서 대겠습니다.

현청에서 계획을 세워 마을마다 동원령이 내려졌다. 집집마다 돌아다니며 움직이기 거북한 노인이나 어린애, 환자를 제외하고선 남녀가 사역에 동원되었다. 간난애를 등에 업고 작업에 나선 부인도 더러 있었다. 서 목수는 중림의 사저를 짓는 바쁜 가운데서도 측량하며 잣담의 형태를 잡아주는 일을 거들었다. 잣담은 겹담 형태로 큰 돌을 두 줄로 석자 높이로 쌓고 그 안에 작은 자갈돌을 넣었다.

인걸과 인호는 향교 핑계로 빠졌지만, 중림은 작업 복장으로 잣담 쌓는 일에 동참했다. 대창 마님은 지슬, 고구마를 구해다 쪄서 노역에 참여한 사람에게 간식으로 제공했다. 농한기라 많은 사람이 참여했지만 찬 바람이 손끝을 아리게 했다. 돌을 옮기다 놓쳐 발등을 찧은 사람, 넘어져 다리가 부러지는 사람, 손가락이 까진 사람이 속출했다. 순정은 약초와 솜, 상처를 싸맬 천이 든 약통을 들고 다니며 부상자들을 응급 처치했다.

중림이 큰 돌을 배에 올리고 나르다 돌부리에 걸려 넘어졌다. 이 광경을 멀리서 지켜보던 순정이 달려왔다.

– 아이고 오라버니.

바지가 찢어지고 무릎에서 피가 스며 나왔다. 순정은 올케가 들으라는 듯 크게 소리쳤다.

– 동무릎이 까져수다.

중림은 아픈 것보다 넘어진 게 창피해서 순정을 말렸다.

– 무사 웨엄시니? 거 참. 속슴허라.

올케가 다가오면서 한마디 했다.

– 에고 고기도 먹어난 사람이 먹는 거주. 이런 일 쉽게 덤비는 게 아니우다.

일하는 사람들이 고개를 돌려 보면서 키득거렸다. 중림도 어색하게 웃으면서 대답했다.

– 게매 말이주. 힘이 예전만 못하네.

– 만년 청춘인 줄 알암수과. 다른 사람들 일에 방해 되난 저리 비켜섭서.

중림은 할 수 없이 순정의 응급치료를 받고 절뚝거리며 집으로 향했다.

날이 갈수록 부상자가 속출하고 사역 인원이 줄어들었다. 거기다가 동네 어느 집에 상이 나면 일은 사흘간 중지됐다. 작업은 거의 한 달 반 동안 계속되었다. 하잣성을 쌓은 이듬해에는 중잣성과 상잣성도 차례로 쌓았다.

번널오름과 병곳오름 사이에 하잣성을 만들고 대록산과 소록산 사이를 통과하여 물영아리오름과 민오름 방향으로 중잣성을 만들었다. 구두리오름 위로는 말들이 올라가지 못하도록 상잣성을 쌓았다.

장터의 소란스러움 속에 떡집 상인의 고함소리가 유난히 날카롭게 들렸다.

－도둑이야. 돈 내놔. 이 나쁜놈들아.

서너 명의 젊은애들이 손에 떡을 쥐고 사람들 사이를 헤치며 도망쳤다. 지나가던 중림이 이 광경을 보고서 걸음을 멈춰섰다. 그 도망치는 패거리 속에서 인걸을 확인하자, 망치로 뒷머리를 얻어맞은 듯한 충격을 느꼈다. 집을 짓고 사업 확장에만 골몰하느라 아이들에게 관심을 두지 못했음이 허망함으로 돌아왔다.

늦은 밤이 되도록 잠을 못 이루고 집무실에서 인걸을 기다렸다. 대문이 열리는 소리가 들리자 중림은 밖으로 나가 살금살금 들어오는 인걸의 뒷목덜미를 잡고 발을 걸어 내동댕이쳤다. 인걸의 입에서 술 냄새가 풍겼다. 부아가 가슴을 치밀어오르며 머릿속을 휘감았다.

－이 어린놈이 새끼가. 벌써부터 술 쳐먹고 도둑질을 해?

준비해 뒀던 몽둥이를 들고 사정없이 내려쳤다. 인걸은 자신이 한 짓을 알았는지 반항하지 않고 비명만 질렀다. 잠을 자던 인호가 밖으로 나와보니 집안사람들이 다 나와 있었다. 중림의 기세에 누구 하나 말리는 사람이 없었다.

　- 죽어라. 이놈아. 애비 얼굴에 똥칠하는 너 같은 놈 필요 없다. 도대체 뭐가 되려고 패거리 몰려다니며 도둑질이야. 이 버새 같은 놈아.

　아들 타작하는 걸 안채 툇마루에서 확인한 부인이 맨발로 뛰어나왔다.

　- 아이고, 이거 무슨 짓이우꽈. 애를 패 죽일 작정이우꽈?

　중림이 잡은 몽둥이를 빼앗아 던지자, 그제야 인걸이 징징 울음을 터뜨렸다.

　- 아이고 이 피 보라게.

　- 이런 못된 놈은 맞아 죽어도 싸.

　- 아이고 아이들은 사고치멍 크는 거주. 이거 사람 잡을 일이우꽈?

　- 어멍이 영 허난 아이들 행실 나빠지는 거주.

　- 그게 어떵 나 탓이우까?

　인걸의 머리가 터져서 얼굴에 피가 흘러내리는 것을 보면서도 인호는 무서워서 가까이 다가서지 않았다. 주인과 마님의 다툼에 잠을 자던 사람들이 하나둘씩 기어나와 숨어서 광경을 지켜보고 있었다. 중림이 혀를 차며 안방으로 들어가면서 사태는 일단락됐다.

노새와 버새

두 계절이 훌쩍 지났다. 기승부리던 무더위도 아침저녁
으로 살랑대는 찬바람에게는 속절없이 무너졌다. 한길을
사이에 두고 마 시장 건너편에 말 매매 업무를 보는 마둔
장 사무실이 완성되고, '大昌馬場(대창마장)'이란 현판이
걸리었다. 안꺼리와 모꺼리, 식당, 남녀 하인이 거처할 집
까지 모두 완성되고 밧거리 내부 공사만 남겨둔 상태다.

들창을 뚫고 들어온 보름달이 너무 밝아서 중림은 잠을
이룰 수 없었다. 잠방이 차림으로 마당에 나와 불이 꺼진
아이들의 방을 거쳐 공사 중인 사랑채 앞에 섰다. 마굿간
에 잠자던 돌사니가 인기척에 놀라 깨며 히힝거렸다. 중
림은 돌사니의 갈기와 목덜미를 쓰다듬으며, 완성되고 있
는 사저를 한눈에 담았다. 쉼 없이 달려온 세월이 꿈만 같
다. 고향에 돌아온 것이 천만번 잘한 결정이라고 생각하
니 머릿발이 서며 몸이 떨렸다.

– 너도 고생 많았지? 넌 내 젊음의 증인이다. 고맙다.

도와주는 모든 사람이 고맙다. 이게 혼자서는 안될 일이지.

돌사니에게 이야기를 막 끝냈을 때, 집 밖에서 말 투레질 소리가 나더니 사람 소리가 들렸다.

– 여기가 맞어?

– 틀림어수다. 여기 현판도 걸려 이수게?

– 이 도둑놈의 새끼가 뻔뻔하게 대궐 같은 집에 살고 있구만.

중림은 이 늦은 밤에 자신을 흉보는 사람들을 의아하게 생각하며 마굿간에서 나오는데, 무장한 관원들이 마당 안으로 들어섰다.

– 누구시오?

그들은 잠방이 차림의 중림을 알아보지 못했다.

– 김만일이 어디 있나?

– 무슨 일로 그러시오?

– 우린 판관의 명을 받고 목관아에서 온 형리들이다.

– 내가 김만일이오만. 무슨 일로 그러시오?

그들 중 우두머리인 자가 앞으로 나서며 중림을 살폈다.

– 네가 김만일이라고? 잘 됐군. 어서 오라를 묶어라.

포졸들이 오라줄로 중림을 포박하기 시작했다. 영문을 모른 중림은 한마디도 못하고 결박당했다. 돌사니가 큰 소리로 울었다.

– 잡혀가는 이유는 알아야 할 것 아니오?

- 목관아에 가면 알게 되겠지.

밖이 소란스러움을 느낀 부인이 안채 툇마루에 서서 마당을 살폈다. 하인들 두어 명이 눈을 비비며 밖으로 나왔다. 포박당한 중림을 본 부인이 놀라며 맨발로 마당을 건너왔다.

- 아니 이거 무슨 일이우꽈?
- 우린 상부의 명령대로 할 뿐이야. 어서 가자.
- 안 됩니다. 우리 나으리를 왜 잡아가?

하인이 막아서자 포졸이 창으로 밀치며 제압했다.

- 저리 비켜. 공무 집행 방해하면 너희들도 잡아간다.

형리의 서슬 퍼런 위세에 하인들도 어쩌지 못하고 비켜섰다. 그들은 중림을 말 위에 태우고 서서히 움직이기 시작했다.

- 안돼. 이놈들아. 우리 영감이 무슨 죄 있다고 이 밤중에 난리야?

부인이 앞을 막아서며 악다구니 하자 포졸이 제지했다.

- 가자. 이랴.

부인은 그대로 퍼질러 앉아 울고 하인들은 발만 동동 구르는데, 그들은 순식간에 어둠 속으로 사라졌다.

성안으로 가는 내내 중림은 자신의 죄상을 알고 싶었지만 아무도 대답해 주지 않았다. 목관아에 도착하자마자 옥에 갇혔다. 머릿속에는 별별 생각이 떠돌아다녔다. 목사가 바뀌었는데 인사를 안 했다는 괘씸죄인가?, 누군가 모함했는가? 혹시 판관이 돈을 바라는 건 아닐까? 집에 남아 있는 식구들, 자신을 돕고 있는 사람들 얼굴이 떠오르고, 홍국사에서 만났던 성 참의 대감도 생각났다.

날이 밝자 형리들이 중림을 폐쇄된 취조장으로 끌고 갔다. 형리는 중림의 두 팔을 하늘로 향하도록 철봉에 묶었다. 형리가 잠시 나가더니 판관을 앞세우고 들어왔다. 판관은 중림을 보며 비아냥거리듯 기분 나쁜 웃음을 흘렸다. 찢어진 눈, 구레나루부터 이어진 덥수룩한 수염, 두둑한 볼두덩에 개기름이 흐르는 얼굴이었다.

– 네가 김만일이냐?

– 그렇소. 무슨 일이기에 이러시오?

판관은 군더더기 없이 직설적으로 물었다.

– 너 말 어디서 훔쳤어?

– 난 말 부자인데 무슨 말을 훔쳐요? 죄 없는 백성 잡아다 이렇게 막 대해도 되는 겁니까?

– 이놈 보게? 죄 없는 놈이 어디 있어. 이 세상에 태어난 게 죄야.

그는 들고 있던 말 채찍을 거머쥐고 중림의 가슴팍을 툭 쳤다.

– 여기 끌려왔으면 무조건 잘못했다고 빌어야지. 섬놈 주제에 어디서 개겨?

중림은 섬놈이라고 대놓고 무시하는 말에 분노가 치밀어 올랐다.

– 섬에서 태어난 것이 죕니까? 육지 사람, 당신은 무얼

잘하는데? 나만큼 말 잘 키울 수 있소?

　- 허 이놈. 성깔 있네. 이거 말로 안 되겠구만.

　- 목민관은 뭘 위해 있는 거요? 백성 때문에 밥 먹고 사는지 알기나 합니까?

　판관이 채찍을 내갈겼다. 중림은 움찔했으나 어금니를 다물며 비명을 지르지 않았다.

　- 이놈. 어느 안전이라고 함부로 주둥아릴 놀려.

　중림의 눈에 핏발이 섰다.

　- 당신 같은 관리들 때문에 왜놈이 얕보고 쳐들어온 거야. 정신 차려. 이 양반아.

　- 이놈 죽으려고 환장했구만. 날 능욕해? 그래 아주 물고를 내주마.

　판관은 채찍을 놔두고 형리가 들고 있는 매를 빼앗아 들고 무참하게 내리쳤다. 중림은 이를 악물고 참아냈다. 작은 공간은 힘쓰는 판관의 기합과 매질 소리로 가득찼다. 몸 이곳저곳이 터져 피가 흘러내렸다. 기어코 때리던 몽둥이가 부러졌다. 때리다 지친 판관은 거친 호흡을 내쉬었다.

　- 야 이놈, 아주 징하네. 작살내어라.

　휘청거리는 몸을 가누며 판관이 사라졌다. 매를 들고 바라보고 있던 형리가 사정없이 내려쳤다. 중림은 기어이 단말마의 비명을 내뱉고는 축 늘어지며 혼절했다. 눈동자는 뒤집히고 바짓가랑이 사이로 오줌이 질질 흘러내렸다.

날이 밝자 소식을 들은 가족들이 대창마장에 모여들었다. 덕배가 상황을 판단하고 부인을 달랬다.

- 새로 온 판관이 표독스럽다고 소문이 났수다. 돈 많은 부자들 괴롭히는 건 뻔한 것 아니우꽈? 내가 병택이 데리고 성안엘 다녀올 테니 인걸이 어멍이랑 전대 준비나 허영이십서.

덕배와 병택은 달리는 말에 채찍질을 하며 반나절만에 목관아에 도착했다. 판관을 만나고자 했으나 바쁘다는 이유로 거절당했다. 사또를 만났으나 말에 관련한 일은 판관의 권한이라며 고개를 저었다.

정신을 차려보니 중림은 의자에 묶인 채였고, 판관이 코앞에 와 있었다.

- 내가 보이느냐? 매를 이기는 장사 없다. 다 불게 되어 있다. 불어라.
- 무얼 불어?
- 네가 정당한 방법으로 돈을 벌었다고 생각하느냐?
- 속이거나 남의 것을 훔친 적은 없소.
- 그럼. 여든여덟 마리 말이 갑자기 하늘에서 떨어졌다는 말이지?

아, 그거였구나. 이걸 어떻게 설명해야 할지 중림은 순간적으로 난감했다.

- 한 마리 말이 따라왔고, 나중에 그 말을 따라 여든일곱 마리의 말들이 순차적으로 제 집으로 왔습니다.

판관은 어이없다는 듯이 웃었다.

- 그걸 날 보고 믿으라고? 훔치지 않았다는 걸 증명해 봐.

- 내가 훔쳤다는 걸 증명해 보시오.

- 여봐라. 고발인 들여보내.

대기하고 있던 고발인이 들어왔는데 신천마장 주인 강현동이었다. 중림은 대충 짐작은 하고 있었지만, 그를 보자 분기가 솟구쳤다. 똘마니를 시켜 시장 바닥에서 갖은 행패를 부리고, 남이 사려는 물건을 잽싸게 가로채 사 가고는 생채기 내거나 트집을 잡아 환불해 가는가 하면, 대창마장 사무실 안에 똥물을 뿌리고 도망가는 등 사업을 훼방 놓던 놈이었다. 중림이 소리쳤다.

- 네 이놈. 동종 업자끼리 이래도 되는 거냐?

- 내가 뭘 어쨌다고? 난 잃어버린 말을 찾으려는 것뿐이야.

- 어디 내 목장 다 뒤져 봐. 다른 말이 한 마리라도 있나? 너희완 근본적으로 종자가 다르단 말이야.

강현동은 조롱하듯이 웃었다.

- 이놈아. 네가 애초에 말이 어디 있었어. 다 훔친 거잖아?

- 훔쳐? 그놈들은 한 마리 말의 자손들이야. 말을 기르는 넌 알잖아? 털색과 모양새를 살펴봐. 모두 한 가족이란 말이다.

그 말에 우물쭈물하던 강현동이 비겁하게 돌아서며 말

했다.

- 판관님, 저놈 거짓말하고 있습니다. 어디서 훔쳐 온 게 분명합니다.

- 이놈이 누굴 바보로 아나. 안 되겠다. 자백할 때까지 다시 쳐라.

판관과 강현동이 낄낄거리며 나가자, 매질은 다시 시작되었다. 얼굴과 몸에서 다시 피가 흘렀다. 팔을 들어 매를 막는 순간 툭하는 소리가 들렸고 중림은 비명을 지르다 다시 정신을 잃었다.

누군가 흔들어 깨우는데 정신을 차려보니 옥 안에 형리가 들어와 있었다. 상체를 일으켜 앉으려는데 왼팔이 몹시 아팠다.

- 자 이거 먹고 정신 차립서.

전에 먹던 깡보리조밥과는 다른 것이었다. 고구마가 섞인 주먹밥 한 덩이와 육포 조각, 물 한 대접을 내밀었다.

- 오늘 목사또 생일이라도 되오?

- 어르신 집에서 만든 거요. 하도 부탁하기에 몰래 가지고 들어와수다. 어서 먹고 기운 차립서. 다시 판관 앞에 가야 하오.

형리의 얼굴을 가만히 보니 웃귀에서 자신을 체포해 왔던 포도종사관이었다.

- 고맙소. 여기 들어온 지 얼마나 됐소?

- 오늘이 나흘 째우다. 웬만하면 그렇다고 죄를 인정하

십서. 절대 판관 못 이깁니다. 그 사람 하고자 하면, 없는 죄도 만드는 심보 고약한 판관이우다. 사름이 우선 살아삽주.

– 말은 고맙소만 없는 죄를 어떻게 고백합니까?

– 한 가지 물어봅시다. 듣자하니 첨절제사까지 했다던데 창창한 벼슬길을 왜 그만두었소?

– 수령은 사람을 부리며 패 죽일 수도 있지만, 마의는 생명을 구하고 살린다는 걸 깨달았기 때문이오.

– 축재에 욕심 있는 건 아니고?

중림은 자신을 조롱하고 있다는 것을 알고 잠시 그를 쏘아보다가 화답했다.

– 나라를 구하기 위해서요.

– 흥. 부자는 권력의 밥이야. 권력자는 부자를 주무를 수 있지. 돈을 벌게도 하고 하루아침에 전 재산을 날려버리게 할 수 있는 게 권력이란 걸 모르시오?

– 권력도 다 백성을 위해 쓰라고 있는 거 아니겠소?

중림은 단단해진 주먹밥을 물을 적셔가며 조금씩 깨물었다.

– 나 나갔다 올 테니 천천히 먹어요.

종사관이 나가자, 온몸이 쑤시고 아렸다. 왼팔은 들지 못할 정도로 부었고 건드리기만 해도 아팠다. 육포를 입에 넣고 질겅질겅 씹으며 고통을 참는데 어느새 잠이 들었다.

형리가 중림을 깨웠다. 며칠이 지났는지 정신이 비몽사몽간인데 다시 취조장으로 데리고 가 의자에 앉혔다. 온몸이 쑤셨다. 머리가 몽롱해지며 졸음이 몰려왔다. 인기척이 들리자 게슴츠레하게 눈을 떴는데 판관이 누군가를 데리고 왔다.

– 이 사람은 제주읍 국마장 1소장 수석 군두다. 군두는 대창마장 현장 조사 결과를 직접 설명하라.

중림은 얼굴에 힘을 쓰며 눈을 번쩍 떴다. 얼굴에 영민함이라고 쓰여진 듯한 눈동자가 빛나는 군두가 결과보고서를 펼치며 말했다.

– 대창 목장에서 말하는 여든여덟 마리에 대하여 조사를 한 결과를 말씀드리겠습니다. 최초에 따라왔다는 수컷에 의해 처음 수태한 암컷의 숫자는 모두 스물아홉 마리였습니다. 말은 일 년에 한 마리씩 삼백삼십일을 임신하고, 출산하면 즉시 수태가 가능합니다. 수컷은 세 살이 넘으면 교배능력이 생기고, 암컷은 네 살이면 수태할 수 있습니다. 단 말은 칠촌 이내는 교배를 꺼리기 때문에 발정기에 도달하면 수컷은 가족 무리를 벗어나 다른 암컷을 찾고, 암말이 암내를 풍기기 시작하면 다른 수말을 찾아 떠납니다. 그래서 3년까지는 무리를 이루므로 스물아홉 마리가 낳을 수 있는 숫자는 여든일곱마리이므로 한 가족이 맞습니다.

순간 판관의 얼굴색이 변했다. 중림은 억울함이 풀리는 것에 안도했으나 속으로부터 울분이 솟구치는 것을 느꼈다.

　－그 사이 다른 말이 섞일 수 있지 않은가?

　－가족이 아닌 말들은 서로 배척하기 때문에 함께 어울릴 수 없습니다. 여든여덟마리 말은 산속에서 공동 생활하던 곳말 한 부류라고 판단됩니다.

　군두의 설명을 들으며 중림은 소리없이 눈물을 흘렸다. 죄 없이 두들겨 맞은 것이 억울하기도 했고, 팔이 부러진 것같이 몹시 아팠다. 그러나 이것도 대의를 성취하기 위해 감내해야 하는 과정이라 생각하며 위안을 삼았다.

　군두의 설명이 자신의 의도와는 반대로 돌아가자, 판관의 얼굴이 굳어졌다. 그러면서도 오기가 발동했는지 중림을 보며 눈을 부릅떴다.

　－설령 그렇다고 하자. 허나 임자 없는 말이라면 나라에 신고하고 국마장으로 인도해야 하는 게 도리 아니겠나?

　중림은 하염없이 흐르는 눈물을 닦을 생각도 없이 어금니를 한번 악물고나서 입을 열었다.

　－전임 목사와 판관께 보고를 드렸고 연말이면 꼬박꼬박 세금도 내고 있습니다.

　판관은 자신의 난폭한 행동에 대해서 미안해하거나 반성하는 기색은 전혀 없었다. 그리고 당당하게 판결했다.

　－당신이 받은 고초는 신고 불이행에 대한 댓가라고 생각하시오. 그리고 연말까지 씨수마 한 마리를 포함하여 여든여덟 마리를 대체하여 국마장으로 납마하시오.

　중림은 집으로 돌아와서 사흘을 앓고 나서 일어났다.

온몸이 쑤시고 왼쪽 팔은 움직이기 고통스러웠으나 산적한 일들을 방치할 수 없었다. 누이 순정이 퉁퉁 부은 팔에 약초를 붙이고, 대나무를 쪼개어 팔에 대고 천으로 감아 목에 걸어 주었다.

　날씨가 서답(빨래)하고 말리기에 참 좋은 날이다. 순정은 쌓아놓았던 식구들의 빨랫감을 구덕에 지고 서중천으로 향했다. 장마당 세거리 길을 돌아서는데 나귀를 탄 청년과 마주쳤다. 갓을 쓰고 풀 먹인 흰 두루마기를 입은 청년은 얼굴이 작고 피부가 처자처럼 하얀 것이 육지 샌님이 분명했다. 지나가던 아낙네들이 청년을 보고 수군댔다. 청년의 하얀 얼굴을 곁눈으로 살피며 지나치던 순정이 순간 심장이 철렁거리며 발걸음을 멈추었다. 나귀에서 내린 총각이 순정을 불러 세웠기 때문이다.
　– 거 말 좀 묻겠습니다. 여기 중림 어르신이 어디 계신지 아십니까?
　눈을 마주친 순정의 몸에 짜릿한 기운이 흘렀다. 순정은 떨리는 마음을 숨기려고 일부러 쌀쌀맞게 굴었으나 얼굴이 붉어짐은 어쩔 수 없었다.
　– 누구신데 어르신은 왜 찾으십니까?
　– 허어. 낭자가 참견할 일은 아니니, 안다면 가르쳐주기나 하시오?
　– 저기 잡화 가게에서 왼쪽으로 돌아가시면 대창마장이라고 보일 거에요. 거기 계세요.

청년은 이런 시골에 세련된 규수가 있는 것을 놀라워하며 고개를 숙였다.

- 고맙습니다.

청년이 나귀의 고삐를 잡고 앞으로 나가다 슬며시 뒤를 돌아다보는데, 역시 돌아보는 순정과 눈이 마주쳤다. 순정은 붉어지는 얼굴을 감추려고 재빨리 고개를 돌렸고, 청년도 헛기침을 하며 고개를 돌려 나귀를 끌고 골목으로 사라졌다.

중림이 예전 벼슬을 살 때 알던 지인을 통해 전라도에 부탁해 놓은 마의였다. 경험 많은 의원을 부탁했는데 의외로 젊은 사람이 온 것이 의아했다. 중림은 자신을 찾는 젊은이를 사무실로 들이고 면접을 보았다.

- 장영학이라고 합니다.

- 고향은 어디시오?

- 예. 전라도 담양입니다. 사실 저희 부친께서 추천을 받으셨는데 갑자기 사정이 생겨서 대신 오게 되었습니다. 부친 밑에서 가축 돌보는 일을 배웠습니다. 많이 부족합니다만 괜찮으시다면 배우면서 일하고자 합니다.

- 말을 진료해 본 경험은 있소?

- 부친 따라 국마장도 다니고 개인 목장 말도 진료해 봤습니다.

- 이런 시골까지 와주시니 고맙소. 우리야 일을 함께 오래할 수 있으니 오히려 젊은이가 반갑지요.

- 말씀 낮추십시오. 헌데, 들어오다보니 공사가 한창이

던데 제 집도 만들어주시는 겁니까?

　– 물론이지. 여기선 의원이 따로 없으니 아픈 사람도 봐
줘야 해. 헌데 혼전이신가?

　– 예. 세속이 싫어서 섬에 박혀 살려고 미련 없이 떠나
왔습니다. 잘 보살펴 주십시오.

　귀한 사람을 얻은 것은 하늘의 도움이라고 생각했다.
자연스럽게 순정이 장 의원의 일을 거들게 되면서 청춘남
녀는 양은 냄비에 물 끓듯이 가까워졌다. 혼인식은 사저
가 완성되면 하기로 하고 마장 안 길가에 의원을 겸한 살
림집을 먼저 지어 신방을 차려 줬다.

　사저가 완성되기 전에 순정이 임신했다. 애가 태어나서
혼인식 하는 것은 집안에 흥이 되는 일이라고 중림이 우
겼다. 배가 부른 채로 순정과 장영학은 가까운 친척만을
모시고 혼례를 치렀다.

　초봄에 시작한 집짓기는 다음 해 가을이 되어서야 끝났
다. 시골의 기와집은 명물이 되었다. 오고가는 사람들이
까치발을 들고 담장 위로 집안을 훔쳐보기도 했다.

　– 인호야. 재게 일어나. 새끼 나왔져.

　마방을 관리하는 소롱이가 깨우는 소리에 잠이 깼다.
인호는 눈을 비비며 일어나 길 건너에 있는 분만실로 달
려갔다. 밝은 달이 밤새 새로운 생명 탄생을 지켜보고 있
었다.

　가시마장에 있던 토실이는 배가 불러오자 옷귀마장으

로 옮겨왔다. 숭림은 토실이가 낳을 망아지에 많은 기대를 걸고 있었고, 인걸도 은근히 자기 차지가 될 것을 기대했다. 인걸은 장손으로 아버지의 신임을 많이 받고 있어서 언제나 인호의 경쟁과 질투의 대상이었다. 그러나 인호를 어린애 취급하며 상대를 안 해줬다. 두 아들의 암투를 눈치챈 숭림은 어느날 태어날 말의 주인은 인호라고 미리 점찍었다. 인호는 부친의 배려가 몹시 고마웠다.

인호는 하루에도 몇 번씩 사료 창고에서 당근 조각을 훔쳐 들고 마방을 찾았다. 말의 출산을 담당하는 고모부의 장 의원에도 문턱이 닳도록 드나들면서 분만 일자를 확인했다. 그런데 어느 날부터 장 의원은 토실이와의 만남을 금지시켰다. 분만 일자가 가까워지자, 산모의 신경이 날카로워졌기 때문이었다. 인호는 토실이를 볼 수 없으니 불안하고 초조해졌다. 하루는 하도 보고싶어서 몰래 분만실로 숨어들어 갔다. 퉁퉁 불은 젖꼭지에서 젖을 뚝뚝 떨어뜨리던 토실은 인호와 시선이 마주치자 앞발로 땅을 박박 긁고 머리를 흔들며 소리를 질렀다. 인호는 갑작스런 상황에 당황하여 후다닥 도망쳤다.

분만실에는 숭림과 장 의원이 거리를 두고 앉아서 갓 태어난 망아지를 살피고 있었다. 예정일보다 하루 일찍 새끼가 태어났다. 보릿짚이 깔린 바닥 위에 깨끗한 포대기가 놓여 있었고 그 위에 새하얀 몽생이가 어리둥절한 모습으로 고개를 세우고 갸웃거렸다. 초롱초롱 빛나는 새까만 눈동자가 귀여웠다. 토실이는 새끼 몸에 묻은 끈적

한 것을 연신 혀로 핥았다. 중림은 흡족한 듯 웃으며 장 의원에게 말했다.

– 하얀 수컷이구만. 어때 성공한 것 같은가?

– 아무렴요. 응상백 혈통인데. 암컷의 형질도 좋으니 기대가 큽니다.

장 의원이 굴레를 들고 다가서자, 토실이는 머리를 위 아래로 흔들며 경계했다.

– 괜찮아 토실아. 수고했다.

장 의원이 당근을 들고 어르며 굴레를 씌웠다. 곁에 놓인 광목천 여러 장을 건네며 중림이 인호에게 말했다.

– 혼저 조끄디 강 인사허라. 이제 네가 주인이니 길들이는 법을 고모부에게 배워사주.

인호가 엉거주춤한 자세로 다가서자, 토실이가 머리를 흔들며 위협했다. 중림이 토실의 시선을 막아섰다.

– 괜찮아. 내가 고삐를 잡고 있으니 넌 그 수건으로 몽생이 몸을 닦아라.

인호가 다가서자 누워있던 갓난쟁이가 위협을 느낀 듯 일어서려고 했다. 장 의원이 다급한 소리로 말했다.

– 일어서지 못하게 다리를 두 손으로 잡고 눌러. 힘으로 제압해. 눈을 맞추며 네가 주인인 것을 각인시켜야 한다. 네 허락 없이는 어떤 행동도 못 한다는 것을 가르치는 거야.

인호는 시키는 대로 새끼를 제압하고 미끌거리는 분비물을 제거해 나갔다.

- 이름은 생각해 두어시냐?

인호는 새끼에 신경이 곤두서서 부친의 얼굴을 쳐다보지 않고 즉흥적으로 대답했다.

- 예. 하얀 몽생이난, 하몽이랜 허쿠다.

- 하몽? 흐흐 그래 하몽. 인생길 좋은 벗이 되거라.

중림은 빙긋이 웃으며 토실이를 데리고 밖으로 나갔다.

천을 갈아가며 하몽의 몸을 닦아내자 지켜보던 장 의원이 다음 단계를 지시했다.

- 다 되었으면 왼팔로 몽생이 목을 껴안아라. 그리고 맨손으로 얼굴과 머리 전체를 부드럽게 자극을 주며 문질러. 이건 나중에 굴레를 씌울 때 거부감이 없도록 하기 위함이야.

얼굴을 문지르자, 피부에 닿는 감촉에 놀란 망아지가 저항하다가 차츰차츰 손길에 적응하며 순해졌다.

- 이런 걸 각인 순치라고 하는 거다. 기억시키는 거지. 한 부분에 최소 50번은 문질러야 해.

각인 순치는 얼굴과 머리 부분부터 해 나갔다. 장 의원이 지시하는 대로 콧구멍과 윗입술을 만져준 다음 입을 벌려 손가락을 넣어 문지르며 혀를 자극했다.

- 굴레나 재갈이 닿는 부분을 무디게 해야 이물감을 없앨 수 있다.

하몽은 눈만 깜박거렸다. 긴장한 인호의 얼굴에 송글송글 땀이 맺혔다. 순치는 망아지를 뉘어놓은 채 몸통과 다리로 이어졌다. 목과 어깨와 등, 엉덩이와 사타구니 순서로 작업을 진행해 나갔다. 한쪽이 끝나니 뒤집어서 반대쪽을 행했다.

– 주의할 것은 복부 옆면과 허리 부분은 만지지 마라. 거기는 오히려 말 탄 사람의 발뒤꿈치가 접촉하는 곳이기 때문에 예민해야지.

인호는 일어나면 곧바로 마방으로 가서 하몽 순치시키는 일로 하루를 시작했다.

목장 개설을 위해 동분서주할 무렵 인호는 처음으로 아버지 등 뒤에 앉아 성읍까지 다녀왔다. 부친의 허리춤을 붙잡고 찰싹 등에 달라붙어 앉았을 뿐인데 엉덩이가 며칠 동안 얼얼했다. 그날 이후 키 작은 몽생이의 갈기를 잡고 등 위에 올라탔으나 몇 발짝 못 가서 떨어져 팔을 다치는 바람에 한동안은 마방이나 말 근처에는 얼씬도 안 했다. 그것을 보고 세 살 위 형 인걸이는 겁쟁이라고 놀렸다.

열 살이 되면서 성읍 향교에 공부하러 가야 하는데 걸어 다닐 수 없어서 하릴없이 인호는 말 타는 법을 배워야 했다. 집 앞 옷귀마장에는 매매하기 위한 말들이 묶여 있었다. 눈이 마주치면 고개 숙이는 말을 말뚝에서 풀어내었다. 다리부터 후들거렸으나 한숨을 내쉰 후 재빠르게 올라탔다. 그리고 고삐를 흔드니 말은 알아서 앞으로 나아갔다. 등 뒤로 식은땀이 흐르고 엉덩이는 말등에 부딪혀 아팠으나 승마의 성취감은 그러한 것들을 잊게 했다. 말 위에서 보는 세상이 신기했다. 그 후로 인호는 멀리 산마장을 다니면서 승마 솜씨를 익혔다.

향교에 가지 않는 날, 인호는 온종일 하몽과 놀았다. 하몽도 제 주인이 하자는 대로 잘 따랐다. 사람도 이렇게 부모에게 길들여진다는 걸 알았다. 말의 후각은 예민했다. 인호가 마방에 들어서면 코를 킁킁거리며 사람을 알아보았다. 갓 태어난 동물은 하루가 다르게 몸피가 불었다. 한 달이 지나자 올라타도 견디어 낼만큼 성장했다. 그러나 인호의 체격도 부쩍 클 때라 타고 움직이기에는 무리라는 걸 알고 같이 걸으며 운동을 시켰다.

대창마장 마님이 마을 앞 서중천 건너 넉시오름 아래 있는 모지리네 집을 찾았다. 모지리네는 점을 잘 치고 굿이 영험하다는 무녀였다. 대나무에 붉은 깃발을 달고 오백장군 막내아들을 모셨다. 집안의 대소사나 택일할 때 찾던 단골 심방이었다. 남편과 자신의 사주를 말하고 성주풀이 날을 받고자 했는데 모지리네는 의외의 말을 꺼냈다.

– 집을 지어시민 당연히 성주신을 모셔다가 푸닥거리를 해사주. 헌디 집에 복둥이가 들어올 신순게?

– 예? 복둥이 마씸?

부인은 복둥이란 말에 자식을 하나 더 얻게 되는 줄 알았다. 그렇잖아도 나이가 들면 친구가 되어줄 딸이 하나 있었으면 좋겠단 생각을 했었다.

– 무사 딸이라도 하나 봉가지쿠가?

- 아니. 곧 귀한 손님이 나타난덴 말이주.

모지리네는 용한 심방이면서 점쟁이였다. 남편이 벼슬살이가 맞지 않다고 맞춘 것도, 장사하면 큰 부자가 된다고 한 것도 모지리네였다.

- 날을 보난 다음 달 아흐렛날이 손이 어신게.
- 게믄 그날로 잡읍주. 무신 걸 준비해얄 건지 말해줍서.
- 게건 경허주.

집으로 돌아온 부인은 집안 식구를 복식방에 모이게 하고 일을 분담시켰다.

- 사람이 많이 모일수록 성주신이 기뻐한다고 하니 일가친척, 친구들도 모두 올 수 있도록 알려라. 온 손님들에겐 맛있는 국수와 말고기를 대접하고 기념품도 나눠줄 것이야.

성주풀이는 모지리네가 일러준 대로 차근차근 준비했다. 김치는 미리 장만해 놓았고 제주 읍내 친정집과 성읍의 일가 집에서 식기와 교자상도 빌려다 놓았다. 굿이 시작되기 이틀 전부터 마 시장의 말들을 마방으로 옮기고 말똥을 치워 멍석을 깔고 차일을 쳐서 손님맞이 준비를 마쳤다.

마 시장은 마을 잔치 마당으로 바뀌었다. 한쪽 구석에는 야트막하게 돌을 둘러쌓고 흙을 발라 임시 부뚜막을 만들어 가마솥 여러 개를 앉혔다. 서중천 계곡에서 말 다섯 마리를 도축하고, 말고기를 삶아내어 부위별로 구분하여 그늘에서 말렸다. 동네 사람들은 부조로 서중천의 맑은 물을 길어다 커다란 물항아리를 채우거나, 길에서 마른 말똥, 쇠똥을 줍거나, 산에서 지들커를 긁어다 주기도 했다.

아녀자들은 국수에 고명으로 쓸 당근을 채 썰어 데우쳐 말리고, 솥뚜껑을 뒤집어 계란을 부쳐내고, 썰어 지단을 만들고, 국수를 끓여내고, 국수 위에 얹을 고기를 썰어내는 사람으로 역할이 나뉘었다.

마을 부인들의 우스갯소리로 집안은 떠들썩했다. 도마 두들기는 소리, 가마솥에서 나는 냄새 좋은 김과 눈이 매운 연기, 한잔 술에 흥이 오른 사람들의 노랫소리, 마당 멍석 위에서는 윷판이 벌어지고 모여든 구경꾼들의 웃음소리 등으로 흥성거리는 잔치는 이미 시작되었다.

당일날 아침, 마당에 천막을 치고 멍석을 깔아 병풍 앞에 성주상을 차렸다. 집안 기둥 한쪽에 수릿대를 묶어 하늘 높이 세우고, 수릿대 맨 위 잎사귀 달린 가지 아래 묶은 흰 천이 성주상으로 이어지게 해서 신이 내려오는 길을 만들었다. 성주상에는 백지로 접은 꽃 세 송이와 기다란 댓가지에 기메를 달아 성주대를 세웠다. 그 아래에 탁상을 차려 메와 갱, 시루떡과 산적, 과일과 채소를 진설했다.

시간이 되자 제상 앞 왼쪽으로 악공들이 들어와 연물을

배치했다. 장구와 구덕 위에 놓인 북, 놋쇠 양푼을 엎어놓은 설쇠, 그리고 사각 나무 틀에 대영을 걸어놓았다.

성주풀이에 참석한 사람들이 멍석 위로 둥그렇게 자리를 잡았다. 정의현청과 제주목관에도 직접 찾아가 초청했으나 수령들은 아무도 오지 않았다. 조부가 제일 윗자리에 앉고 정의향교의 훈장과 제주읍에서 온 장인, 장모와 처남 내외가 그 옆에 앉았다. 중림과 부인이 한복을 곱게 갖춰 입고 안채에서 나와 상 맞은편에 앉았다.

사랑채에 앉아 기다리던 심방이 준비가 다 되었음을 통보받고 무복을 갖추고 나와 제상을 마주하여 앉았다. 모지리네가 요령과 신칼을 들고 사설을 늘어놓으며 성주신의 강림을 기원하는 초감제가 시작됐다.

성주신이 왔음을 알리고 난 후 연물이 신나게 울리며 강태공서목시를 청했다. 강태공서목시로 분장한 소무가 도끼를 들고 춤을 추며 등장하여 도끼날이 쓸 만한지 확인했다. '쓸 만하다'고 심방에게 확인받은 후, 서 목수는 집안의 기둥을 찾아다니면서 '영등산에 덕들남 베자'라는 소리를 반복하며 나무 찍어내는 시늉을 했다. 나무를 베고 온 강태공은 자리에 앉아 집을 지었다. 물그릇을 가운데 두고 차롱에서 사과와 배를 꺼내 물그릇 사방에 놓고 과일을 주춧돌 삼아 댓가지를 꽂아 집을 지었다. 집을 만들고 나자, 연물 무악에 맞춰 춤을 추며 손님들이 있는 곳을 돌아다니며 인정을 받았다.

– 인정 겁서. 인정 겁서.

연물은 신나게 울리고 사람들은 주머니에서 준비해 놓은 엽전을 꺼내, 서 목시가 들고 다니는 그릇에 적선했다. 그 사이 중림 부부는 성주 상 앞으로 가서 동전 꾸러미 뭉치를 놓고 절을 했다. 흡족한 듯 강태공은 인정 그릇을 상 앞에 바치고 도끼를 들고 상량하는 모양을 흉내 냈다. 이 윽고 심방은 '쒜띄움'을 했다. 댓가지 아래 물그릇에 신칼을 걸치고 그 위에 천문을 얹고 신칼을 양쪽으로 치워서 물에 떨어진 쇠를 보고 집이 제대로 지어졌음을 판단했다.

— 집 잘 지어져수다.

심방은 댓가지를 허물고, 과일을 구경하는 여인들에게 던졌다. 그리고 나서 물그릇을 소무에게 들게 하고 집안 곳곳을 돌아다니며 물을 잔뜩 머금은 한지를 마루의 기둥 위에 던졌다. 한지는 기둥에 찰싹 달라붙어 떨어지지 않았다. 모든 제차가 끝나자 심방이 소리를 쳤다.

— 자 성주신을 배웅하기 위해 우리 서우젯소리로 놀아 봅시다.

심방의 소리에 맞춰 중림 부부가 일어서자, 모든 사람이 일어서서 서우젯소리를 부르며 덩실덩실 춤을 추었다. 아침 일찍 시작한 성주풀이는 점심 때가 돼서야 끝났다.

성주풀이가 끝나자 본격적으로 잔치가 시작되었다. 복을 먹는 복식방에는 귀빈상이 차려졌다. 막걸리와 고소리 술, 국수, 말 간과 육회, 검은지름과 갈비, 등심 등 부위별로 접시에 담은 말고기가 상 가득하게 차려졌다. 돌아가는 사람들에게는 삶은 말고기 한 근 씩을 꿰미로 꿰어 사은품으로 주었다. 마을을 지나가는 외지 사람들도 마 시장에 차려진 음식을 먹었다. 해가 저물 때까지 집들이는 계속되었다.

저녁이 되자 소란스러운 일이 생겼다. 윷을 놀던 큰 매제 오철수가 이웃 동네 사람과 시비가 붙어 주먹다짐을 했다. 오철수의 코에서 피가 터지자, 부인 순녀는 일난 집 맏사위가 채신머리 없이 군다고 야단을 놓았다. 얼굴이 불그스레한 중림은 비아냥거리는 건지 위로하는 건지 이런 일에는 피도 보아야 좋다며 웃었다.

매달 초하룻날 아침에 사업의 번창과 마장의 무사 안녕을 위해 고사를 지냈다. 사무실 현관을 마주한 마루에 고사상을 마련했다. 고사가 끝나면 음복하면서 지난달의 실적과 그달의 업무에 관해서 보고와 지시를 받았기 때문에 각 마장과 사업을 담당하는 책임자들이 모였다. 고사 때마다 각 마장에서 일하는 말테우리 중에서 두 명을 번갈아 가며 동행하게 했다. 고사가 끝나면 평소에는 구경 못하는 곤밥과 고기, 송편 등을 먹을 수 있기에, 테우리들은 선택되기를 원했고 초하루가 다가오기를 기다렸다.

임진년 5월의 첫날 아침엔 안개가 음산하게 옷귀 마을을 덮었다. 고사는 무거운 분위기에서 시작되었다. 술잔을 올리고도 중림은 제상 앞에 엎드린 채 눈을 감고 한참 동안 무언가를 간절하게 기망했다. 그 모습에 둘러선 사람들도 모두 숙연해지며 눈을 감고 저마다의 소원을 빌었다. 예전 같으면 멀리 떨어져 쉽게 만날 수 없었던 산막에 근무하는 사람들과의 조우가 반가운 인사로 이어졌겠지만, 불길한 소식은 산중에까지 스며들었다.

기회를 엿보던 왜군이 기어코 대규모 군사를 이끌고 일시에 남도의 해안을 뚫고 상륙해서 부산진성, 동래성, 양산성, 김해성을 함락했다는 소식이 안개처럼 퍼졌다.

고사가 끝나고 사람들은 중림의 뒤를 따라 복식방 귀빈실로 몰려갔다. 산마장에서 온 테우리들과 구석에 모여 앉아 수다를 떨던 하인들은 어른들이 들어오자 모두 일어서서 허리를 숙였다.

너른 통나무를 잘라 만든 식탁을 중심으로 맨 윗자리에 중림이 앉고 왼쪽으로 고덕배, 오른쪽엔 부인이 자리했다. 모두 의자를 당기며 자리에 앉자, 중림이 근엄한 표정으로 좌중의 얼굴을 살피며 입을 열었다.

– 모두 들어서 알고 있겠지만 나라에 외환이 생겼다. 한양으로 쳐들어간 왜놈들이 언젠가는 뱃머리를 돌려 우리 섬을 약탈하려 달려들 것이다. 우리가 전마를 키우고 군사를 조련시킨 것도 다 이때를 위해서다. 너희들도 고경명 장군이 의병을 모집하고 전마를 구한다는 방을 보았을 것이다. 내가 첨사 직을 수임하려 방답진으로 가는 길에 어느 절에서 하루 묵을 때 우연히 영암군수를 지내던 장군을 만난 일이 있었다. 그때 우국충정이 대단하신 분이라는 걸 알았다. 초야에 있던 장군이 백의로 앞장서며 나

섰는데 내가 가만히 있어서야 되겠는가. 그래서 전마를 보내기로 결심했다. 지금 수망마장의 전마가 몇 필이나 되느냐?

중림은 말을 하며 병수를 바라보았다.

– 정확히는 모르겠습니다만 5백 필은 넘을 것 같수다.

– 그거 무슨 소리야? 정확히 파악이 안 된다니? 낙인찍으며 숫자도 기록해 놓지 않은 거야?

– 적어는 놓아신디, 기억을 못하는 거우다. 이따가 확인해서 보고 올리쿠다.

– 가축의 생명도 인간 목숨처럼 귀중한 거야. 한 마리도 소홀해서는 안 돼.

– 알겠수다.

– 튼튼한 놈으로 2백 필을 준비해 놓아라.

2백 필이라는 말에 서로들 눈을 동그랗게 뜨며 놀랐다.

– 그리고 공마선이 당도할 때까지 따로 관리하고 체력을 보강할 수 있도록 인걸이 어멍이 먹이를 조달해 줘요.

– 예. 콩쭈시영 췹불휘영 배지근한 걸 섞엉 멕이도록 허쿠다.

– 난 사또를 만나서 공마선을 보내주도록 부탁할 것이야.

이번에는 병택을 바라보며 물었다.

– 왜놈들이 쳐들어오면 곡물을 구하기 어려울 텐데. 어떻게 대비할 건가?

– 피와 콩은 작년부터 직접 사람 빌려 농사짓고 있고,

당근은 읍내 동쪽 마을에 밭떼기로 미리 선매해 놓았수다.

– 잘했구만. 청초절이 되었으니 말도 산으로 올리고.

옷귀마장을 관리하는 오철수가 화답했다.

– 예. 경 안해도 촐도 다 먹어수다.

그제야 중림은 밖을 향해 소리쳤다.

– 오늘 회의 끝이다. 어서 음복 음식 올려라.

문밖에서 회의가 끝나길 기다린 음식이 들어오자, 엄숙하던 분위기는 소란스러움으로 바뀌었다.

모두 음식 먹는데 열중인데 인호가 옆에 앉은 장 의원에게 작은 소리로 물었다.

– 고모부, 버새는 어떤 말이에요?

일전에 인걸이 야단맞을 때 부친이 했던 말이 이해되지 않았다. 장 의원은 빙그레 웃으면서 눈치도 없이 큰 소리로 얘기했다.

– 버새는 말이 아니다. 수탕나귀가 암말과 교배를 시키면 노새가 태어나지. 노새는 힘이 좋아 주로 힘쓰는 일에 이용할 수 있거든. 그런데 수말과 암나귀가 교미하면 버새가 태어나는데 이놈은 체격도 작고, 체질도 약하고, 성질은 어찌 사나운지 거기다 사내 구실도 못해. 아무 쓸모가 없는 놈이지.

장 의원이 하는 말을 인걸이 들었는지 밥을 뜨던 숟가락을 소리나게 놓고는, 자리에서 일어나 밖으로 나갔다.

인호는 속으로 뜨끔했다. 중림이 그 모습을 보고 혼자 비시시 웃었다.

조선의 명마는 내 손에

– 이랴.

물이 올라 부쩍 키가 큰 억새가 바람따라 하늘거리는 들판에 두 마리 말이 힘차게 내달린다. 중림은 등자를 힘껏 밟고 엉덩이를 들었다. 허리를 굽혀 소리 지르며 채찍을 날렸다. '짜악.' 허공을 가르는 가죽의 날카로운 소리는 거친 콧숨 내쉬며 달리는 돌사니를 더욱 흥분시켰다. 앞서가는 인걸을 따라잡고자 했으나 거리는 점점 벌어졌다.

'다그닥 다그닥닥.' 큰사슴이오름 초입에 들어서자 이어지는 가파른 산길에 돌사니의 발걸음은 더욱 느려졌다. 말을 다독거리며 몇 굽이를 돌아 마루에 올라보니 인걸은 물영아리오름 쪽으로 저만치 달아나고 있었다.

– 워어, 워어.

갑자기 고삐를 당기는 바람에 앞으로 내딛으려던 돌사니 발이 허공에 맴돌았다. '히힝' 소리 지르고 입술을 털고 나서 밭은 숨을 내쉬었다. 중림도 말에서 내려서며 크게 한숨을 내쉬었다. 돌사니와 눈을 맞추고 목을 쓰다듬는데 땀이 배어 나왔다. 방답진에서 돌아온 지도 십 년이 다 되어 가니 돌사니도 꽤 나이를 먹었다.

– 녀석, 이제 너도 나이 먹으난 예전만 못하지? 나도 그렇다.

돌사니가 목을 들어 '히힝' 하며 화답했다. 말을 알아듣는 게 기특해서 쓰다듬으며 살피는데 여기저기 가시에 긁힌 자국에 핏망울이 맺혔다. 안장에 패용하고 다니는 가죽 술통을 꺼내 헝겊에 술을 묻혔다. 상처를 닦아주니 따끔거리는 듯 머리를 흔들며 투레질했다. 중림도 한 모금 머금고 삼켰다. 목을 타고 넘는 술이 짜르르 목을 긁자 '큭' 하고 기침을 토해 냈다. 인걸이 사라진 곳으로 시선을 돌리니 멀리 구름 모자를 쓴 한라산이 씨익 웃고 있다.

바람이 시원했다. 불어오는 방향으로 몸을 돌리니 번널오름과 겹쳐 병곳오름이 보인다. 따라비오름 옆 모지오름, 너머에 영주산과 왼쪽으로 비치미오름, 성불오름이 그림처럼 앉아 있다. 그 앞으로 광활하게 펼쳐진 갑마장 초야 곳곳에 한가롭게 풀을 뜯는 말들이 보이자 절로 웃음이 솟아 나온다. 종마 개량을 위해 애써왔던 지난 시절이 주마등처럼 스치고 지나간다.

뒤쪽으로 고개를 돌리니 먹구름이 잔뜩 끼었다. 은근한 걱정이 스멀거리며 피어오른다. 달포 전 호시탐탐 기회를 엿보던 왜놈들이 대규모 선단을 이끌고 육지에 상륙했다는 소식을 들었다. 왜군에 맞서 싸우는 관군들의 승전 소식이 간간이 들려오긴 했으나 마음은 늘 불안하다.

섬을 수비하기 위해 한양에서 매년 2백 명의 병사가 오지만 그들은 전투병이 아닌 척후병에 불과했다. 해변 마을 연대나 오름이 있는 봉수대에 배치되어 왜군의 침입을 알리는 역할을 했다. 본격적인 전투 훈련을 받은 적도 싸움 한 번 제대로 붙어본 일도 없었다. 현청마다 군역에 복무하는 정병이 있었으나 그들 역시 대부분은 훈련을 제대로 받지 못한 농민들이었다.

전마의 조련에는 기병이 필요했다. 국마장의 말을 돌보는 병사들이 있기는 하지만 그들도 제주에 와서야 말 타는 법을 배웠다. 그러니 말을 타고 왜놈들과 싸우는 일은 생각지도 못했다. 싸움에 필요한 말을 육성하여 공마선에 싣고 한양으로 보내는 게 그들의 임무였다.

중림은 이런 사정이 딱함을 알고 정의현 관내 마정을 담당하는 현감을 찾아갔고, 읍내 목사를 만났다. 목사나 현감도 중림이 전라좌도수군통제사 아래에서 첨절제사 직책을 수행한 능력자인 것을 익히 알고 있었다. 더구나 중림은 대창마장에서 생산된 우수한 말을 세 대신 바쳐 공마 진상에 도움을 주고 있다. 중림의 말이 우수하다는 사실은 조정에서도 소문이 자자했다.

– 소인은 나라 땅에서 공짜로 말의 먹이를 해결하고 있사온 즉 그 은공은 늘 마음에 새기고 있습니다. 일찍이 전

쟁에서 말의 쓰임이 중함을 알고 있어서 전마 육성에 온 정성을 바치고 있습니다. 다행히 소신이 첨사 직을 수행할 때에 전마 다루는 법을 익혀 알고 있습니다. 소인에게 병사 훈련을 맡겨 주시면 용맹한 기병을 육성해 실전에 대비토록 하겠습니다.

본토에서의 왜군의 침입이 공공연하던 때였기에 중림의 제의가 고마웠다.

조선시대 무과시험은 무예 실기와 강서講書 두 영역을 치렀다. 무관이라 할지라도 병법서와 유교 경전을 함께 읽어 문무를 고루 갖춘 인재를 뽑기 위함이다. 실기는 활 쏘기인 목전木箭, 편전片箭, 철전鐵箭과 마상무예인 기사騎 射, 기창騎槍, 격구擊毬 등 여섯 과목이었다.

수망마장에는 이런 무예 과목에 맞춘 실기 연습장을 갖추고 있다. 그래서 기마 훈련병만이 아니라 과거를 준비하는 섬 안의 젊은 장정들이 모여들었다. 군두, 군부, 테우리들이 기병, 조련병, 무과 준비생과 함께 어울리기 때문에 마장은 언제나 활기가 넘쳤다.

그렇게 시작한 게 5년이란 세월이 흘렀다. 훈련받은 병사 중에는 무과에 급제하여 한양 도성과 지방 관청에서 군마와 기병을 육성하는 일을 담당하기도 하고 왜군과의 전투에 나서기도 했다.

수망마장이 가까워지자 달리는 말발굽 소리와 함께 흙

민지가 무더기로 피어오르며 병사들의 기합 소리, 교관들의 악다구니가 들려왔다.

마방 관리실 주위를 둘러보았으나 인걸은 보이지 않았다. 중림의 시선이 말달리는 훈련병들에게 향하는데 앞발을 들며 솟구치는 말 위에서 병사가 떨어지는 것이 보였다. 중림은 급히 말 머리를 돌려 사고 현장으로 달렸다. 낙마한 병사 주변으로 병수와 덕배가 다가섰다. 중림은 제멋대로 날뛰며 도망가는 말을 쫓아가 재빠르게 고삐를 나꿔채며 제압했다.

– 워어. 워어.

말은 쉭쉭거리며 도망가려 했으나 중림과 눈이 마주치자 이내 머리를 숙이며 온순해졌다. 이마 가운데 별처럼 점이 박힌 태상백이였다. 원래가 성질이 사나워서 다루기가 까다로운 종류의 말이다. 코로 더운 김을 내뿜으면서도 중림을 경계하며 시선을 피했다. 중림은 돌사니 등에서 내려서서 사고 친 말의 상태를 살폈다. 말의 엉덩이에는 채찍으로 난 상처가 여러 곳에 남아 있었다. 왼쪽 등자鐙子는 날아가고 끊어진 줄이 바람에 달랑거렸다.

– 어허. 많이 놀랜 모양이구나. 괜찮다. 억센 손님을 만나 고생 많이 했구나. 아프지? 그래 되먹지 못하게 학대하는 놈들한테는 가끔 본때를 보여 줘야 해. 잘했어.

중림의 말을 알아듣는지 머리를 연신 끄덕였다. 뒤늦게 병수가 다가와서 말에서 내렸다.

– 낙마한 병사는 어때?

- 팔이 부러진 것 같아 의원으로 보내수다. 술이 덜 깼는지, 술 고린내가 말을 흥분시킨 거 담수다.

- 목 부러지지 않은 게 다행이군. 말 태우기 전에 마구 점검도 안 했나?

- 무사 안 해시쿠가?

중림이 끊어진 등자 가죽 끈을 가리키며 말했다.

- 이것 보라. 끈이 죄 삭았져. 경허고 저 말 엉덩이 좀 뵈려 봐.

상흔을 확인한 병수가 안타까운 표정을 지으며 말했다.

- 채찍으로 갈기지 말라고 그렇게 주의 줬는데도. 쯧쯧.

중림은 말의 주둥이를 양손으로 벌려 안을 들여다보고 나서, 앞발을 들어 발굽을 살폈다.

- 소수매 구만. 아직 경험이 부족한 어린 말을 혹독하게 다루니 놀랄 수밖에. 데리고 가서 약 발라줘. 발굽 손질도 자주 하고 편자도 바꿔주고.

병수는 얼굴을 붉히며 고개를 숙였다.

- 죄송허우다. 매형. 앞으론 이런 일이 없도록 점검과 관리를 철저히 허쿠다.

중림이 손을 털며 돌아서는데 멀리서 다급하게 말을 타고 달려오는 사람이 있었다. 두 사람의 시선이 동시에 소리나는 곳으로 쏠렸다.

- 저거 느 성 아니가?

- 병택이 성님이 맞수다. 무신 일인고?

병택은 다가와 중림의 앞에 말을 세운 후 크게 숨을 내쉬었다. 사고를 수습한 덕배도 다가왔다.

– 매형, 큰일 나수다.

– 대낮에 무슨 호들갑이고?

– 현감이 또 말을 빼앗아 갔수다.

중림은 어금니를 깨물고 나서 입을 열었다.

– 아니 명색이 집사란 놈이 보고만 있었단 말이냐? 훈련대장에겐 연락 왜 안했어?

– 연락할 경황이 어서수다. 인걸이가 막아섰지만 포졸들이 마방을 뒤져 종마를 끌고 갔수다. 다투다가 인걸인 얼굴에 상처를 입었고 마씀.

– 현감이 직접 왔더냐?

– 아니 포도대장 놈이 현감의 명이엔 허멍….

– 이 날강도 같은 놈들. 어떻게 키운 말들인데.

중림의 얼굴이 붉으락푸르락 변하며 거친 숨을 내쉬더니, 곧장 돌사니 안장 위로 올라탔다. 덕배가 말석을 바로 쥐며 따라갈 채비를 했다.

– 그러게 진작 경비대를 만들었어야 하는데.

– 자네와 병수는 당장 경비대 설립계획을 세워 보고하게. 가자. 이랴.

중림은 대답을 듣기도 전에 돌사니의 허구리를 차며 달려 나갔다. 그 뒤를 병택이 따라갔다.

정의현청 앞에서 하마를 하고 현감을 만나고자 했으나, 성문을 지키는 포졸들이 막아섰다. 병택이 나서 길을 열고자 했으나 포졸들이 창으로 막으며 엇대었다.

- 이봐. 이분이 누군 줄 몰라?

- 아랫것이 무얼 압니까? 우린 위에서 시키는 대로 합니다.

중림이 앞으로 나서며 소리 질렀다.

- 이 도둑 똘마니들아. 안 비켜? 당장 현감 나오라고 해.

실랑이가 한창인데 쾌자에 가슴 띠를 두르고 형형색색의 왕구슬 달린 모자를 쓴 관리가 나타났다.

- 무슨 일이냐?

그와 시선이 마주친 중림은 깜짝 놀랐다. 작년 목관아에 잡혀갔을 때 옥에서 보았던 포도종사관 양시훈이었다. 포졸들이 한쪽으로 비키며 길을 열었다. 병택이 그를 노려보며 씩씩거리다가 말했다.

- 저놈입니다.

- 무엄하다. 감히 어디다 손가락질이냐?

중림이 양시훈의 면상 앞으로 바짝 다가서며 눈을 부라렸다.

- 나를 정녕 모른다고 할 텐가?

그 서슬에 놀란 양시훈이 한 발짝 물러서며 공손히 허리를 숙였다.

- 모를 리 있습니까? 첨사 어르신.

- 당장 현감께 안내하시오.

- 현감 나으리는 지금 목관아에서 오신 손님을 접견 중

이십니다.

중림은 동헌 앞 목책을 힐끔 보고나서 말했다.

- 손님이 목관에서 걸어서 왔단 말이냐? 말이 없잖은 가?

당황한 양시훈이 임기응변으로 둘러댔다.

- 귀하신 분의 말은 마방에서 보호합지요.

- 지금 나랑 말 희롱 하자는 건가? 현감 몰래 내 말을 강탈한 게 아니라면 썩 현감 앞으로 뫼셔라.

- 강탈이라니? 거 말이 지나치십니다.

- 아니면 직접 확인 시켜주면 될 일 아닌가?

- 정 그러시다면 저 일관헌 앞에서 기다리시오.

양시훈은 말을 남기고 앞장서서 황급히 걸어갔다. 중림 과 병택이 뒤를 따라가서 동헌 앞에 설치된 목책에 말고삐를 묶는데, 안에 들어갔던 양시훈이 나왔다.

- 안으로 들어오시랍니다.

병택이 함께 들어가려하자 양시훈이 '어허' 하며 팔을 들어 막았다. 중림이 안으로 들어서자, 현감은 미안함을 숨기고자 함인지 호탕하게 웃었다. 중림은 기가 막혀 눈을 부릅뜨고 말없이 현감을 노려보았다. 현감은 낌새를 알아차리고 달래는 투로 말했다.

- 거 지붕 안 무너집니다. 거기 좀 앉으시오. 첨사 어른.

중림은 의자를 당겨 현감 앞에 앉으며 숨을 깊게 들이 마셨다.

- 이거 한두 번도 아니고 매사 이런 식으로 하깁니까?

- 그게 그런게 아니고, 사정을 말하고 골라주는 대로 가져오라고 했는데….

말을 하며 양시훈에게 시선을 돌리자 즉각 변명이 나왔다.

- 때마침 안 계셔서 그냥 한 마리 가져왔습니다. 듣자하니 천 마리가 넘는다는데 그깟 한 마리에 경박스럽게 이 무슨 방정입니까?

양시훈은 말을 마치고 교활하게 웃음까지 흘렸다. 중림은 부아가 치밀어 올랐다.

- 그 까짓 한 마리라고? 당신에겐 그 까짓이지만 나에겐 자식이나 한가지요.

말을 하면서 양시훈을 상대하지 않겠다는 듯 몸을 현감에게로 돌렸다.

- 왜 국마장엔 말이 없어서 제 말을 훔쳐 갑니까?

- 어허. 국마장의 것이 선물용이 된다면 굳이 이러겠습니까? 꼭 같은 풀 먹이고 훈련시키는데 어찌 이리 차이가 나는지 원.

- 종마 개량을 위해서 우리가 얼마나 애쓰는지 아시면 이런 짓 못 합니다. 훔쳐 간 말은 혈통을 잇는 씨수마 중하납니다. 우린 그 씨를 받아 어승마를 만들어야 하니까 당장 내어놓으세요.

현감은 어승마라는 말에 난감해하며 사정하듯 말했다.

- 이것 참. 첨사 어른 사정 좀 봐 주시오. 새로 부임한 목사또가 내일 우리 현청을 초도순시 하신답니다. 그래서

마땅히 드릴 선물이 없어서 그런 것이니 너그럽게 양해해 주시오.

 - 양해하라구요? 꼬박꼬박 세를 내고 있는데도, 부임하는 현감마다 빼앗아 간 말이 부지기숩니다. 그리고 민가에서 빌려간 말은 왜 안돌려 줍니까?

 - 민가라니? 처음 듣는 소리요.

 - 가을철 사냥대회 때 말입니다. 사냥대회 나가기 위해서 수령의 자제나 군관들이 민가에서 기르는 수말을 빼앗아 참여하는 사실은 알고 있습니까?

 말을 듣던 양시훈이 미간에 바늘을 세우고 끼어들었다.

 - 빼앗다니? 뭘 제대로 알고 말하시오. 빌렸다가 다 돌려주었소.

 - 이보시오. 짐 옮기는데 사용하던 말을 종일 채찍을 쳐서 달리게 하니 말이 견뎌내겠소? 돌아온 말이 시름시름 앓다가 죽었단 말은 못 들었소? 말은 한 집안을 먹고 살리는 재산입니다. 말이 없으면 굶주림과 추위를 벗어나기도 힘들어요. 오죽하면 주인이 상심하여 따라 죽기까지 했겠습니까?

 뒤가 캥기는 듯 현감은 헛기침을 하고 양시훈에게 한쪽 눈을 찡긋 감으며 시치미를 뗐다.

 - 그런 일이 있었구만.

 - 그것만이 아닙니다. 마을 사람을 몰이꾼으로 동원하는 바람에 때를 놓쳐 농사를 망치는 등 그 폐해가 너무 많습니다.

현감은 금시초문이라는 듯 눈을 동그랗게 뜨고 중림을 쳐다봤다.

– 무슨 소리요? 작년엔 몰이로 사로잡은 흰사슴을 임금께 진상해서 칭찬까지 받았는데.

– 흰사슴은 영물이에요. 동티가 나서 지난번 사또가 말에서 낙상해서 돌아가신 것이란 소문 못들으셨습니까? 영물을 함부로 범접한 벌을 받은 겁니다.

현감은 마음이 언짢은 듯 헛기침을 하며 포도대장을 바라보았다. 그러자 눈치 빠른 양시훈이 끼어들었다.

– 여보시오. 거 고인을 욕보이는 말은 삼가시오.

중림은 심기를 건드렸다는 것에 쾌감을 느끼며 헛기침을 했다.

– 양민들은 다 그렇게 생각합니다.

현감은 분위기가 다소 누그러진 상황을 이용하여 느긋하게 말했다.

– 목사가 주관하는 연례행사를 내가 어쩌겠소? 건의는 드려보겠소. 그러니 첨사 어른. 한 번만 봐주시오. 내일 당장 오시는데 달리 대체할 물건도 없어요.

– 종마라고 했잖습니까? 사정이 정 그렇다면 제가 다른 놈으로 골라오겠소.

중림의 고집스런 태도가 못마땅한 듯 현감의 태도가 돌변했다.

– 이 섬놈이 왜 이리 고집이 센가? 그만큼 사정했으면 알아들어야지.

현감의 야단에 주눅 들 중림이 아니었다. 벌떡 일어서며 눈알을 부라렸다.

- 섬놈? 그래 섬놈이 그렇게 우습고 만만하냐? 똑똑히 들으시오. 앞으로 조선의 명마는 내 손에서 만들어질 것이오. 제주는 말의 본향이 될 것이며, 섬놈 부러워할 날이 반드시 올 것이다.

중림의 호기에 지지 않으려고 현감은 양시훈을 보며 말했다.

- 기개 하나는 가상하구만. 안 그런가?

- 그래 봤자 섬놈이죠. 흐흐흐.

중림은 현감보다도 같은 섬 출신이면서 비굴하게 아첨하는 양시훈이 더 미웠다.

- 여보시오. 수령이라는 감투가 약탈이나 토색질의 면허패라고 생각합니까? 나 섬놈은 벼슬했어도 그렇게는 안 살았소.

중림의 악다구니에 현감이 움찔했으나 분을 참으며 얼굴만 일그러뜨렸다. 대신하여 양시훈이 길길이 뛰었다.

- 뭐? 토색질? 벼슬했다고 어른 대접해 줬더니, 이놈 말로 안 되겠구만. 너 같은 옹졸한 똥고집 때문에 섬사람이 무시당하는 거야. 가자.

양시훈이 팔을 나꿔채자 중림은 뿌리치며 대들었다.

- 이거 봐. 이놈아. 내가 무슨 죄 졌느냐?

- 죄? 그건 현감 어른 마음이야. '너 죄 있다' 하면 죄가 있는 거야. 옥에 갇혀 한 사흘만 두드려 맞으면 난 죄인입

니다 실토하게 될 걸.

능글맞게 웃음까지 띠는 양시훈의 얼굴이 흉악스런 악귀처럼 보였다.

- 갈치가 갈치 꼬랭이 문다고 너 이럴 수 있어?

두 사람의 언쟁이 재미있는 듯 현감이 조소하며 말했다.

- 같은 섬사람끼리 왜 그러나? 좀 살살해.

- 섬에 났다고 다 같은 섬사람 아닙니다.

양시훈의 비굴함에 침이라도 뱉고 싶었지만 중림은 분기를 꾹 누르며 훈계하듯 말했다.

- 우엉이 왜 몸에 좋은 줄 아나? 수레바퀴에 깔려서도 결코 꺾이지 않기 때문이야. 그런 억척스러움이 없으면 이 돌무더기, 바람 많은 섬에서 살아남지 못해. 내가 섬놈 기질이 어떤지 보여줄게. 어서 내 말 내놓아.

- 이거 안 되겠구만. 거 밖에 아무도 없느냐?

현감은 둘이 다투는 상황을 즐기는 듯 웃음까지 흘리며 외면했다. 밖에서 경비를 서고 있던 포졸 두 명이 들어왔다.

- 이놈 끌고 가.

포졸들이 중림의 양팔을 잡고 끌었다. 중림은 끌려가면서도 현감을 향해 소리쳤다.

- 정신 차려. 이 양반아. 왜놈이 쳐들어왔단 말이야. 왜놈이.

그러자 현감이 헛기침을 한 번 하고 시혜를 베풀 듯 근엄하게 말했다.

– 어허. 거 소란 피우지 말고 조용히 보내 드려라.

능글맞은 현감의 태도에 중림은 더욱 부아가 났다.

– 네 이놈들. 두고 보자. 내 똑똑히 기억해 두마.

생각할수록 분기가 치밀어 올랐다. 웬만해선 낮술은 금
하는 편이지만 맨정신으로는 분노를 삭일 수 없을 것 같
았다. 중림은 마을 입구에서 말고삐를 집사에게 넘기고
장터 주막을 찾았다. 해가 중천에서 막 기우는 시간이라
그늘막을 쳐놓은 평상은 파리들의 놀이터였다. 주막집 강
아지도 다리를 뻗고 늘어지게 자다가 중림이 들어서자 벌
떡 일어서서 꼬리를 흔들며 낑낑거렸다. 저만치 떨어진
구석, 손님상에 마주 앉아있던 주모가 중림이 들어서는
것을 보고 깜짝 놀라며 일어섰다.

– 아니 어르신. 너무 오랜만이우다?

주모가 앞을 가리자, 대작하던 오철수가 얼굴을 감추며
후다닥 밖으로 나갔다.

– 저거 우리 오 서방 아닌가?

주모는 중림을 돌려세우며 천연덕스럽게 말했다.

– 비슷한 사람이 한둘이우꽈? 술 드시게요?

– 오늘은 취하고 싶소. 독한 술로 주시오.

– 잘 오셨어요. 마침 참한 색시도 새로 왔으니 들어가서
잠시만 기다리세요.

– 색시는 필요 없고, 순녀네 푸줏간에 가서 검은 지름과

간이나 한 접시만 얻어다 주게.

– 알겠습니다.

시골 주막이지만 귀빈을 위한 방은 따로 있었다. 주모 춘심이는 퇴기 출신이라 읍내 기방을 흉내내어 병풍도 치고 보료도 깔아놓고 도자기 꽃병에 꽃도 꽂아 방안을 깔끔하게 치장했다. 중림은 보료 위에 누워 깜빡 잠이 들었다가 창밖에서 들리는 여인의 목소리에 화들짝 일어났다.

– 상 올리겠습니다.

중림은 정좌를 하고 헛기침을 했다. 고개를 젖혀 목을 푸는데 문이 열렸다. 흰 저고리와 수놓은 물색 치마를 입은 젊은 처자가 상을 들고 들어왔다. 상 위에는 앉은 뱅이 술병과 김이 모락모락 나는 말고기 창자와 검붉은 간에 소금과 김치 한 접시가 놓여 있었다. 여인이 상을 놓고 뒷걸음치며 나가는데 매우 낯이 익었다. 화장기도 없는 수더분한 차림새다.

– 이리 와서 술 한 잔 따라라.

– 저는 작부가 아닙니다.

– 어허, 술상을 들고 왔으면 술 한 잔은 따라주고 가는 게 예의 아니더냐? 어서.

중림이 빈 잔을 들어 내밀자, 처자는 거절하지 못하고 술상 앞으로 다가와 다소곳하게 앉았다. 고개를 숙이고 술병을 들었는데 술을 붓는 손이 부들부들 떨렸다. 중림의 시선이 옷고름에 달린 청옥 노리개에 머무는 순간 깜짝 놀랐다.

- 너는… 나를 모르겠느냐?

여인은 잠시 머뭇거리다가 고개를 돌리며 일어섰다.

- 나으리. 죄송합니다.

- 애야. 어진아.

어진은 중림의 부름에도 돌아서서 후다닥 방을 나갔다. 돌산에서 보았던 어진이가 저렇게 컸구나. 중림의 머릿속엔 돌산에서의 기억이 새록새록 떠올랐다. 중림이 뒤따라 방을 나와 찾았으나, 어진은 집 밖으로 나가고 없었다. 중림은 주모를 불러 다그쳤다.

- 아니 저 아이는 언제 온 게요?

- 며칠 되었습니다. 육지서 왔다고 했는데 오갈 데 없다면서 당분간만 심부름하기로 했어요. 왜 아는 아입니까?

- 아다마다. 내 은인의 딸이요.

- 그러세요?

밤이 이슥하도록 술을 마시며 기다렸으나 어진은 돌아오지 않았다. 손님이 끊긴 후 주모가 들어왔다.

- 나으리 있는 줄 알면 돌아오지 않을 겁니다. 오면 잘 타이를 테니 그만 들어가세요.

정신은 말짱했으나 몸은 비틀거렸다. 집으로 돌아와 자리에 누웠으나 잠을 이룰 수 없었다. 참 이상한 날이다. 어진이를 본 이후 현청에서의 수모는 까맣게 잊혔지만 아무리 술을 마셔도 취하지 않았다. 양반집 규수로 좋은 혼처 만나 시집도 갔을 충분한 나이인데 왜 섬까지 흘러왔을까? 방답진을 떠나온 이후 너무 바쁘게 달려왔다. 그 사이 성 참의를 만나뵙지 못한 게 죄스럽게 생각됐다. 자신에게 대망을 품게 해 준 성 참의에게 소식은커녕 안부조차 올리지 못했으니 배은망덕한 놈이라고 얼마나 욕했을까? 그래서 어진이를 보낸 걸까? 중림은 이런저런 생각에 뒤척이다 동창이 희붐하게 밝아 올 무렵에야 잠이 들었다.

돌사니를 타고 넓은 들판을 달리고 있었다. 그러다가 돌사니가 정낭이 걸린 잣성 앞에 멈춰 섰다. 중림은 가로막고 있는 정낭을 치우려고 말에서 내렸다. 그 사이 돌사니는 어슬렁거리며 잣성을 따라 발걸음을 옮겼다. 중림이 통나무를 치워 통로를 개방하고 돌사니에게로 가는데, 삼나무 숲 앞에 아담한 적다말이 서 있었다. 암말은 돌사니에게 꼬리를 흔들며 친밀감을 드러냈다. 둘은 머리를 마주대고 부비더니, 암말이 돌아서서 엉덩이를 내밀었다. 돌사니가 혀를 내밀어 애무를 하더니 금세 양물이 발기했다. 돌사니는 순식간에 양발을 암말의 허리 위로 올려 교미를 시도했다. 교태 부리던 암말이 뒤로 돌아보았다. 어진이었다. 중림의 머릿속에 짜릿한 전류가 흐르면서 아랫도리에서 묵직한 것이 몸을 빠져나가는 것을 느꼈다.

이튿날 중림은 해가 중천에 떴는데도 잠자리에서 일어나지 못했다. 해 뜨기 전에 일어나 마장을 돌던 남편이 기척이 없자 부인은 은근히 걱정됐다. 방 앞에 서서 기색을 실피는데 요란한 콧소리가 들렸다. 부인은 대접에 냉수를 담아 들고 다시 중림의 방을 찾았다. 문을 열고 들어서니 역한 술 냄새와 함께 밤꽃 냄새가 코를 찔렀다. 부인은 대접을 내려놓고 환기를 위해 들창을 열면서 남편을 깨웠다.

 - 어휴. 냄새. 인걸이 아부지. 어디 편찮수과?

 부인의 소리에 잠이 깬 중림은 눈을 부비며 벌떡 상체를 세웠다.

 - 어이쿠. 내가 늦잠을 잤구만.

 이불을 제치자 비릿한 냄새가 훅하고 콧속으로 달려들었다. 아차 싶어 다리를 벌리고 요 위를 바라보니 손바닥만 한 얼룩이 새겨져 있었다. 어진의 얼굴이 스치고 지나갔다. 중림은 얼른 다시 이불을 덮으며 킁 하고 헛기침을 했다.

 - 거. 물 좀 줘.

 부인이 내미는 대접을 받아들어 소리를 내며 들이마셨다. 부인은 중림의 마음을 꿰뚫어 보는 듯 몰래 빙색이(방긋) 웃었다.

 중림이 느지막이 아점을 먹고 주막을 찾았을 때 춘심은 정지에서 곰국을 끓이고 있었다.

 - 주모 있는가?

 춘심이 얼른 뛰어나오며 반겼다.

 - 어르신 식사는 하셨수가?

중림은 두리번거리며 안채의 동향을 살폈다. 댓돌 위에 꽃고무신이 놓여 있는 것으로 보아 어진이가 돌아온 것이 분명했다.

– 어진이 왔는가?

춘심은 입술을 길게 늘이며 소리 없는 웃음을 날렸다.

– 예. 이 섬 안에서 제가 가면 어딜 가쿠가? 동틀 무렵에 들어와서 지금 자고 있수다. 방에 가서 잠시 기다렴시민 곧 깨워 들여보내쿠다.

중림이 보료 위에 팔베개를 하고 누워서 이 생각 저 생각하는데 밖에서 인기척이 들렸다. 중림은 얼른 일어나 정좌하고 앉았다.

– 어르신 들어가도 되겠습니까?

– 들어오너라.

창문이 열리며 어진이가 찻상을 들고 들어왔다. 배회하다 들어온 것이라고는 볼 수 없을 정도로 차분하고 단정한 모습이었다. 어진이는 중림을 바라볼 엄두가 안 나는지 고개를 숙이고 주전자에 물을 부어 녹차를 우려냈다. 중림도 어진이의 손길만 바라볼 뿐 말이 없었다. 분위기가 어색함을 느낀 중림은 큼 하고 마른기침을 뱉어냈다. 그것이 신호라고 생각했는지 어진이 입을 열었다.

– 죄송합니다. 어르신. 부르심을 무시하고 밖으로 뛰쳐나간 것 용서하십시오.

중림은 자세를 고쳐 앉으며 다시 마른기침을 내뱉고 나서 찻잔을 들어 한 모금 마셨다. 그리고는 수염을 쓰다듬으며 입을 열었다.

- 용서하고말고 그럴 것이 뭐 있느냐? 이렇게 다시 만났으면 된 게지. 나를 만나러 이 섬까지 왔으면 곡절이 있을 터. 어디 사연이나 들어보자.

어진이는 대답 대신 눈물을 흘렸다. 소매에서 손수건을 꺼내 얼굴을 닦았다. 중림은 너무 직접적으로 다그친 것이 미안해서 화두를 돌렸다.

- 그래. 아버님의 존체는 어떠신가?

- 작년에 이승을 뜨셨습니다.

성 참의가 돌아갔다는 말에 중림의 가슴이 덜컥 내려앉았다. 한번 찾아뵙고 은혜에 대한 감사의 마음을 전하려고 했는데 이제 세상에 없다니. 자신의 게으름과 몰염치를 책망하며 길게 탄식했다.

- 아, 이런. 꼭 한번 뵜어야 했는데.

중림이 자책하는 모습을 보고 어진이 말을 이었다.

- 나으리에 대해 많이 칭찬하시며 대견스러워하셨습니다.

- 내 소식을 듣고 계셨더냐?

- 예. 제주를 다녀오는 관리가 있으면 꼭 불러서 첨사 어르신 소식을 묻곤 하셨습니다. 투병 중이라 운신하시기 어려웠지만, 당신 눈으로 보고 싶어하셨어요.

- 차일피일 미루다보니 무도한 놈이 되었구나.

말을 하며 어진이의 기색을 살피는데 저고리 소매로 가리워진 하얀 팔뚝에 시퍼런 멍 자국이 언뜻 보였다. 처음

엔 타고나온 반점인가 생각했으나 그녀의 밝지 못한 표정에서 이상한 낌새가 읽혀졌다.

– 팔뚝은 왜 그리 되었느냐?

어진이 화들짝 놀라며 소매를 당겨 팔을 감추었다.

– 아, 아닙니다. 넘어질 때 다쳐서 이리 되었습니다.

어진이 무언가 숨기고 거짓말을 하고 있음을 알아차렸다.

– 난 하루에도 몇 번씩 말에서 떨어져 넘어지고 뒷발에 차여서 다친 사람을 본다. 그건 넘어져서 다친 자국이 아니다.

어진의 얼굴이 붉어지더니 고개를 숙여 눈물만 뚝뚝 흘렸다. 중림은 말없이 찻잔을 들어 차를 목으로 넘기면서, 어진이 피신해 온 것이라고 생각했다. 그러나 더 이상 묻지 않았다.

– 나를 찾아왔으니 나를 의지하거라. 빈방이 있으니 당장 내 집으로 옮기고, 나 좀 도와라.

그 말에 어진은 감정이 북받치는 듯 소리내어 울면서도 인사는 잊지 않았다.

– 고맙습니다. 어르신.

중림은 가만히 다가앉아 어진이를 안으며 등을 도닥였다.

– 녀석. 잘 왔다.

중림은 어진을 만난 이후, 젊은 혈기가 벅차오름을 느

졌다. 매일 하루가 즐겁고 몸이 가벼워짐을 느꼈다. 콧노
래를 부르며 사무실에 도착해 보니 덕배가 기다리고 있었
다.

  - 무슨 좋은 일이 있는가? 콧노래 부르는 것은 처음 보
네.

  - 좋은 일이 있지. 차차 알게 될 걸세.

  덕배는 책상 위에 놓인 둘둘 만 한지를 펼쳤다.

  - 오늘 아침까지 병수와 논의해서 만든 경비대 운영계
획이네.

  중림이 계획서를 훑어보는데 덕배가 경비대의 의미를
설명했다.

  - 경비대는 일자리를 마련하는 일이네. 세경을 준다면
젊은 사람들이 많이 모여들 걸세.

  수망마장에 숙소와 본부를 두며 각 마장마다 경비 초소
를 만들고 시간마다 순번을 정하여 순찰을 돌도록 했다.
경비대장은 덕배가 맡고 병수가 훈련과 관리를 하도록 했
다. 대창마장 정문 옆에는 경비실을 두어 상시 근무자를
배정하고, 집안에 드나드는 자를 통제하도록 했다. 하룻
밤 사이에 만든 것이라고 믿기 어려울 만큼 계획이 자세
하고 꼼꼼했다, 중림은 그 계획서대로 실행하도록 했다.
당장 목재를 구입하여 숙소를 짓고 섬 전역에 방을 붙였
다.

  섬 안의 젊은이가 구름처럼 모여들었으나, 그들을 다
수용할 수 없었다. 날을 정해서 면접을 시행했는데 이외

의 사람도 있었다. 흑두건 패거리에서 행동대장을 했던 동팔이었다. 덕배가 미리 접선하여 경비대의 중간 책임자로 앉히기로 했다는 것이다. 동팔이가 경비대에 고용된 사실이 알려지자 장터나 마을 부근에 흑두건 패거리들이 나타나는 일은 없어졌다.

대창마장 사람들

안꺼리와 밧거리 마당을 가운데 두고 모커리 기와집에
는 방이 셋 있었다. 인걸이 방과 인호 방 사이에 중림의
서재가 있었는데 그 서재를 밧거리 사랑채로 옮기고 어진
의 방을 마련했다. 식구들에게 어진을 '이모'라 부르도록
했다. 그러나 인걸이 입에서 이모 소리는 한 번도 나오지
않았다. 나이가 여섯 살 차이이고 앳된 얼굴이어서 만만
해 보였기 때문이다. 어쩌다 어진과 마주치면 외면하며
피했다. 복식방에서 밥을 먹을 때도 시선을 내리깔았고
어진이 다가서면 얼굴을 붉혔다. 인호는 달랐다. 여자 형
제 없이 자란 터라 어진에게 몹시 끌렸다. 시도 때도 없이
주방으로 달려가서 쭈볏거렸다. 그러면 어진은 바삭하게
구운 누룽지를 숨겨 놓았다가 몰래 주었다.

초하루 날 고사가 끝나고 복식방에 모여 음복을 기다리
고 있을 때, 어진이 음식을 들고 들어왔다. 사람들이 수군

거리자 중림이 음식을 놓고 나가려는 어진을 잠시 서 있게 했다.

– 잠시, 주목. 소개할 사람이 있다. 이 처자는 내가 전라도에서 벼슬 살 때 큰 은혜를 준 지체 높은 대감의 고명따님이다. 내가 마 목장을 만들고 성공하게 된 것이 다 대감님의 덕이니 우리를 먹고 살게 해준 은인이라 생각해라. 이제 우리와 한 식구가 되었으니 서로 인사하며 잘 지내길 바란다. 자 인사해.

중림이 소개하는 동안 사람들의 시선이 자신에게로 쏠리자, 어진은 어쩔 줄을 모르고 차반을 양손에 쥔 채 땅만 내려다봤다. 하얀 머릿수건 옆으로 나온 귀가 빨개졌다.

– 성어진이라고 합니다. 잘 부탁합니다.

사람들은 처음 보는 육지 아가씨에게 넋이 팔렸다가, 어진이 넙죽 절을 하자 고개를 들기도 전에 박수를 보냈다.

– 맛있는 것 얻어먹으려면 잘 보여야 할 거야. 주방을 맡겼으니까.

모두 박수치며 좋아했지만, 인걸은 고개를 숙이고 딴청부렸다. 육지에서 높은 벼슬하던 지체 높은 집 따님이 섬 그것도 목관도 아니고 산골까지 와서 산다는 게 이해되지 않았다.

인걸의 모친은 어진의 음식 조리 솜씨가 뛰어나 자신의 일을 덜 수 있어서 좋아했고, 덩드렁마깨(넙작한 홍두깨)같이 무뚝뚝한 아들들만 보다가 나긋나긋한 여자애를 보니 딸을 얻은 것처럼 기뻐했다. 며칠을 두고보나가 모지리네가 말한 귀한 복둥이가 어진이라 생각하고 흔쾌히 주방을 물려주었다.

어진이 온 후에는 처음 먹어보는 음식이 많아져서 대창 사람들은 밥때를 기다렸다. 중림은 전라도 양반집에서 먹는 음식이라며 어진의 솜씨를 칭찬했다.

인호가 아침을 먹고 식곤증을 느끼며 드러누워 있는데, 문 두드리는 소리가 났다. 산에 가자는 어진의 신호다. 나물을 캐려고 산에 갈 때는 꼭 인호를 데려갔다. 사내라고 보호가 되는 건지 아니면 말벗을 하려는 건지는 모르지만, 인호는 어진과 함께 있으면 기분이 좋았다. 바다 건너 넓은 세상에 대해서도 얘기해 주었다. 어진은 산과 들에 난 풀들을 보며 어떤 것은 골갱이(호미)로 캐고 어떤 것은 손으로 꺾어 소쿠리에 담았다. 하찮은 풀들도 어진의 손을 거치면 맛있는 반찬이 되어 나왔다.

어진을 따라 민오름 아래 반드기왓에 갔는데, 자그만 소쿠리를 옆에 두고 혼자서 쑥을 캐고 있는 여자애와 마주쳤다. 몸채는 자그마했으나 얼굴 윤곽이 또렷하고 아주 다부지게 생겼다. 그 애가 말을 걸어왔을 때 어진은 반갑게 응대했다.

- 안녕하세요?
- 처음 보는데, 어디서 왔어요?
- 읍내에 살아요. 잠시 고향에 다니러 왔어요.

– 고향이 어딘데요?

– 옆 마을 수망요.

– 아 그래요? 난 대창마장에 있어요.

– 소문 들어 알고 있어요. 조리 솜씨가 유별 나다면서
요. 배우고 싶어요.

– 자주 만나게 되면 알려 드릴게요. 쑥 많이 나왔네요.

어진은 옆에 쭈그리고 앉아서 쑥을 캐기 시작했고 인호
는 멋쩍어 조금 떨어진 선조의 산담 위에 올라앉았다. 옆
동네에 저런 요망진 처녀가 있다는 걸 들은 적 없다. 산들
거리는 봄바람에 실려 온 분내음을 맡자, 인호의 가슴이
벌렁거리기 시작했다. 둘은 마주 앉아 무슨 얘기를 하는
지 가끔 깔깔거렸다. 계집애의 웃음소리가 들릴 때마다
자꾸만 인호의 고개가 돌아갔다. 채신머리없다는 생각이
들어 하늘을 쳐다보는데 어디선가 대금 가락 소리가 들렸
다. 대번에 인걸이라는 걸 알았다. 일어서서 소리나는 곳
을 살펴보니 멀리 길가 팽나무 아래 인걸이 타고 다니는
돌개바람이 보였다. 인걸은 나무에 올라앉아 어진이 들으
라고 부러 대금을 불고 있었다. 어진과 처녀애도 소리 나
는 곳으로 고개를 돌리더니 곧 웃으며 쑥 캐는 일에 열중
했다. 인호는 하얀 이를 드러내며 웃는 처녀애의 모습에
넋을 잃었다.

인호가 불을 끄고 누었는데 옆 방에서 단말마의 비명이
들리더니 이어서 문을 열고 방 밖으로 뛰쳐나가는 소리가

들렸다. 밖으로 나가보니 어진이가 속옷 차림으로 덜덜 떨고 있었다.

－이모 무사?

－지네, 이불 속에 지네가 있어.

그러고는 인호 뒤로 숨더니 와락 끌어안았다. 동시에 인걸이 방 문을 열고 밖으로 나왔다. 그는 음흉하게 웃음을 지으며 어진의 방으로 들어가더니, 잠시 후 손가락으로 지네를 집어들고 나왔다. 꿈틀거리는 지네는 꽤 굵고 컸다.

－뭐 이런 걸 가지고.

지네를 땅바닥에 내팽개치더니 짚신 발로 뭉갰다. 그리고는 실실 웃으면서 자신의 방으로 들어갔다. 인호는 뭔가 이상하다는 생각이 들어서 고개를 갸웃거렸다.

－이모 이상하지 않아?

－뭐가?

－복순이가 날마다 방을 청소하고 약을 뿌리는데 지네가 어떻게 나왔지? 지네는 독침이 있는데 형은 또 그걸 아무렇지도 않게 손가락으로 집고 나왔단 말이야?

어진은 알고 있다는 듯 고개를 끄덕였다.

－나를 골탕 먹이려는 인걸이 짓이 맞아. 한두 번이 아니지.

－무슨 일 이서수가?

어진은 대답 없이 인걸의 방을 노려봤다. 그리고는 입술을 깨물면서 인걸의 기이한 행동을 털어놓았다.

– 내가 통시나 목간통에 들어가면 훔쳐보기 일쑤고, 요상한 그림을 내 방으로 집어넣질 않나. 장난이 너무 심해.

– 아버지한테 말헙서게.

– 너나 그러지마. 이러다 관두겠지. 어서 들어가 자.

인호는 잠을 이룰 수 없었다. 어진의 체취가 따라왔는지 이불 속이 향기로웠다. 그날 밤 반드기왓에서 보았던 처녀애가 꿈속에 나타나 살며시 안아주었다. 아침에 일어나 보니 인호의 속바지와 요에는 누런 꽃이 피었다.

번개가 잦으면 천둥이 울고 비가 내린다. 인걸의 이성에 대한 욕망은 기어코 사달을 내고야 말았다. 하루는 날이 채 밝지 않았는데, 마당에서 부지런히 움직이는 사람들 소리 사이에 울음소리가 들렸다. 인호가 문을 열고 툇마루로 나가니 소롱이가 맨 먼저 달려왔다.

– 어젯밤에 헛간에서 복순이가 죽었어.

– 복순이가 무사?

– 저기 형…때문에.

소롱이가 턱으로 인걸의 방을 가리켰다. 복순이는 집안의 허드렛일을 하도록 고용된 성산포에서 온 비바리였다. 나중에 알려진 사실이지만 그녀에겐 이미 정혼한 총각이 있었다. 돈을 모으면 읍내에 살림집을 차릴 요량으로 받은 세경을 꼬박꼬박 저축하고 있었다.

중림은 게으름을 용납하지 않으므로 집 안에 있는 사람들은 노는 법이 없다. 일은 찾아서 하라고 했다. 집에서 제일 게으른 사람은 두 아들뿐이다.

범죄는 그 일이 벌어지도록 교묘하게 상황이 만들어진다. 사건이 일어나던 날, 인호는 향교에 갔고 일을 하느라 모두가 집을 비운 시간이었다. 새벽에야 귀가한 인걸은 공부하러 가는 것도 거른 채 늦잠을 잤다. 늦게 일어난 인걸이 통시에 간 사이에 복순이는 인걸의 방에 들어가 청소하고 있었다. 일을 보고 온 인걸은 복순일 보자 갑자기 욕정이 생겼고 결국 강제로 복순일 욕 보이고 말았다. 그런 사실을 같이 사는 정자에게 털어놓고 복순이는 집밖으로 뛰쳐나갔다. 밤새 거리를 서성이다 돌아온 복순이는 울다가 끝내 헛간에서 목을 메었다. 날이 밝자 인걸의 모친은 돈 꾸러미를 들고 성산포로 복순의 부모를 찾아가 뒷처리를 했다. 그리고 가솔들에게 협박하듯이 입막음을 했다.

일이 있은 후, 불같이 화를 낼 줄 알았던 중림은 좀처럼 밖으로 모습을 드러내지 않았다. 인걸은 아버지가 무서워 방안에서 꼼짝 못 하고 호출을 기다리며 마음 졸였다. 모친은 인걸 방에 드나들면서 외출 금지를 명했고, 인호에게도 당분간 형 방에 출입하지 말라고 했다.

인걸은 부친의 호출을 기다렸으나 며칠 지나도 일언반구 말이 없었다. 어쩌다 마당에서 마주쳐도 중림은 인걸을 안 보이는 사람처럼 행동했다. 그것이 더 괴로웠다. 뼈라도 부러지게 맞아 드러눕는 편이 낫겠다 싶었다. 초승달이 살이 불어 둥그렇게 변해 가도 안방으로 건너오라는 말이 없었다. 참다못한 인걸이 안꺼리로 찾아가 무릎을 꿇었다. 모친은 인호를 안채로 들여보내고선 마장 사무실로 피신했다.

인호가 들어갔는데도 중림은 장죽에 담배를 담아 물고 뻐끔뻐끔 연기를 내뿜으면서 한동안 말이 없었다. 얼마나 속상했는지 많이 야위어 있었다. 인호가 인걸 옆에 무릎을 꿇고 앉은 한참 후에야 중림은 장죽의 재를 화로에 털어내면서 입을 열었다.

– 편히 앉아라.

인호는 양반다리를 하고 앉았지만, 인걸은 움직이지 않고 눈물을 흘렸다.

– 잘못했습니다. 아버지.

– 내가 너희를 잘못 가르쳐 미안하다. 깨우쳤으면 그것이 큰 공부다. 인걸이 너 파부마에 대해 아느냐?

– 종모말 말씀이우꽈?

– 그래. 나비가 꽃을 따르고 게가 구멍을 찾는 것은 본능이지만, 짐승도 교미를 강제로 하진 않는다. 그리고 아무리 암말이 꼬리를 쳐도 파부마는 함부로 씨를 뿌리지 않아. 말도 칠촌까지 가린다. 내가 무슨 말을 하는지 알겠느냐?

인걸은 의미를 몰라 시선을 땅에 박고 말이 없었다.

– 네가 어진이에 대해 어떤 짓을 했는지 내 다 알고 있다.

엉뚱하게 어진이 얘기를 꺼내자, 인걸의 얼굴은 잿빛으

로 변했다. 인호의 가슴도 바늘에 찔린 것처럼 따끔했다. 형의 기행을 모친에게 고자질했기 때문이다.

– 죄송합니다.

안방을 나온 인걸은 울면서 집밖으로 뛰쳐나갔다. 그날 아버지가 한 말의 의미를 인호는 몇 년 뒤에야 알았다.

이튿날 아침 식사 시간이었다. 식구들이 식탁에 앉아 음식을 먹는데 인걸이 들어왔다. 마음이 정리된 듯 얼굴이 편안해 보였다. 자리에 앉은 인걸은 차분한 목소리로 입을 열었다.

– 아버지. 저 드릴 말씀이 있수다.

모두가 뜨악한 표정으로 인걸을 쳐다봤다. 중림이 국을 뜨다 말고 수저를 국그릇에 걸치며 말했다.

– 그래. 어디 무슨 말인지 들어보자.

인걸은 앞니로 아랫입술을 깨물더니 자신의 결심을 이야기했다.

– 저 왜놈과 싸우러 가쿠다. 육지로 보내주십서.

갑작스럽고 당돌한 제안에 모두 놀랐다. 모친은 충격을 받았는지 안색이 변하면서 순갈을 떨어뜨렸다.

– 인걸아. 넌 이 집안 장손인데 어찌 섬을 떠난단 말이냐?

– 나라에 우환이 생기면 맞서서 싸우는 게 장부의 도리요. 그것이 가족과 나라를 지키는 일이라고 배웠수다.

– 경해도 넌 아직 어려.

– 사내 십팔 세인데 무사 어리댄 하섬수가? 남이 장군은 남아 이십에 나라를 평정하지 못하면 대장부가 아니라고 해수다.

인걸은 이미 마음을 굳힌 듯 당당했다. 가만히 듣고 있던 중림은 입가에 미소까지 흘리며 대견해 했다.

– 그건 인걸의 말이 맞다. 사람에게는 몇 번의 기회가 있다. 왜란에 참가하는 것은 그간 숙련한 무예를 실행할 좋은 기회다. 좋은 경험을 얻으면 벼슬길에 나아갈 길도 열릴 것이다. 그런 생각을 하다니 이제 다 컸구나. 장하다.

모친의 눈썹이 파르르 떨렸다.

– 아니. 영감이 제정신이우꽈? 싸움터에 장남을 내보낸단 말이우꽈?

– 어허. 전쟁이 났는데 피가 끓지 않는다면 그건 사내가 아니지.

음식을 차리며 이야기를 듣던 어진이는 담담한 표정으로 인걸을 힐끗 보고 나갔다.

인걸은 돌개바람을 타고 육지로 떠났다. 의병장 김천일 장군을 찾아간다고 했다. 떠나는 인걸의 뒷모습을 보면서 모친은 참았던 눈물을 흘렸다. 중림은 손을 흔들었으나 입은 굳게 다물었다. 인호는 하몽을 타고 물영아리오름까지 따라가며 환송했다. 그날부터 안꺼리 상방 구석에는 자그만 상이 차려졌고 모친은 매일 아침 정한수를 떠놓고 아들의 무사 귀환을 기원했다.

인걸이 떠나니 집안이 텅 빈 것같이 썰렁했다. 놀리고 때리고 괴롭혔지만 형이 없으니 인호는 심심하고 허전했다. 어진이도 복순이 일 이후로 얼굴에 웃음기가 사라졌다.

달이 훤히 밝아 쉽게 잠이 들지 않는 밤이었다. 인호는 한밤중에 오줌이 마려워 일어나 통시에 가려는데 어진의 방에서 외마디 신음소리가 들렸다. 창문에 귀를 대고 들어보니 악몽을 꾸는 모양이었다. 통시에서 시원하게 갈기고 돌아오는데, 이번에는 어진의 방에서 가느다란 울음소리가 새어 나왔다. 인호는 벌컥 겁이 나서 방 앞에 서서 이모를 불렀다. 울음소리는 곧 그쳤고, 물기 머금은 코맹맹이 소리가 들렸다.

– 인호야 미안해. 들어가서 자.

– 이모 무슨 일이야. 문 열어 봐.

– 아무 일도 아냐. 그냥 자.

– 잠이 안 와. 얘기 좀 해줘요.

– 그럼 좀 기다려.

잠시 후. 복장을 갖춘 어진이 고리를 풀고 문을 열었다. 매끈한 얼굴에 눈이 퉁퉁 부은 그런 모습은 처음이었다.

– 들어와.

처음 들어가 보는 방이다. 인호는 향긋한 분 냄새를 맡으며 이리저리 시선을 옮겼다.

– 무서운 꿈 꾸어수과?

어진은 말없이 고개만 끄덕였다.

- 복순이가 꿈에 나타나요?

어진의 표정이 어두어졌다. 그리고 잠시 생각에 잠기더니 담담한 표정으로 인호를 응시하며 입을 열었다.

- 인호야. 넌 내가 왜 너른 육지를 두고 이 섬 구석까지 왔는지 의심 안 해봤어?

- 아뇨?

인호는 정말 그런 의심은 해보지 않았다. 아버지 말씀처럼 우리를 도와주려고 왔다고 믿었다. 헌데 생각해 보니 세도가 집안에 시집가도 부족함이 없을 양반집 아가씨가 어떻게 막다른 섬, 그것도 시골구석까지 찾아왔는지 궁금해졌다.

- 넌 여자를 그렇게 막 대하지 않을 거지?

- 그럼요.

- 사실 복순이 일 때문에 잊혀졌던 과거 악몽이 되살아났어.

어진의 눈시울이 다시 뜨거워졌다. 가끔 어금니를 악물면서 떠듬떠듬 자신이 제주에 오게 된 이유를 설명했다.

어진은 형제들과 배가 달랐다. 성 참의가 느지막하게 어진의 모친을 만났고 어진이를 낳았다. 그러나 부인과 형제들의 학대와 괴롭힘을 참지 못한 생모는 어진을 남긴 채 산속으로 출가해 버렸다. 어진이는 개구멍받이 취급을 받으며 자랐다. 성 참의가 돌아가자 형제들의 구박이 심해졌다. 심지어 집안에 패물이 없어졌다고 도둑년 취급을 했고, 그걸 내어놓으라고 매질까지 당했다. 하루는 그렇게 폭행당하고 두려움에 떨다 실신하듯 잠이 들었는데, 막내아들이 몰래 들어와 강제로 욕보이려고 했다. 도저히 그 집에 남아 있을 수 없었다. 아무리 생각해 보아도 자신을 돌보아 줄 곳을 찾을 수 없었다. 그래서 생각해 낸 게 첨사 어른이었다. 무작정 배를 타고 제주에 내려 수소문 끝에 옷귀까지 오게 되었다. 그렇게 다 잊어버렸던 과거가 복순이의 죽음으로 되살아났다.

이야기를 듣고 난 이후 인호는 어진과 더욱 친해졌다.

하루는 혼자서 늦은 점심을 먹는데 어진이 부탁이 있다며 다가왔다.

- 무슨 부탁인데요?

- 나 말 타는 법 가르쳐 줄래?

- 배워서 뭘 하게요?

- 제주 섬에 구경할 데가 많다는데 틈이 나면 구경 다녀야지.

- 그래요. 말 타고 함께 구경 다녀요.

둘은 마 시장에 매어 놓은 조랑말의 고삐를 쥐고 목장 안으로 들어갔다. 인호가 시범을 보이면서 승마법을 알려주자, 어진은 무섭지도 않고 곧잘 올라탔다. 인호가 고삐를 끌고 천천히 움직이자 어진은 말의 움직임에 적응했다. 몇 걸음 가다가 빠르게 달리는데 어진이 비명을 지르며 엄살을 떨었다.

- 그만. 아퍼. 아퍼.

말을 세우자 어진은 내리면서 손으로 엉덩이를 주물렀다.

– 아이고 아퍼. 엉덩이 뼈가 부딪혀서 못 타겠어.

이걸 몰래 보고 있던 중림이 깔깔대며 안장 씌운 말을 끌고 다가왔다.

– 이 녀석아. 처자에게 안장 없는 말을 태우면 되나. 자, 이것 타고 연습해라.

말의 고삐를 어진에게 건넸다. 그렇게 하루를 배웠는데 다음날부터는 속도를 내기 시작했고, 혼자서 겁도 없이 마을 빠져나가 바닷가 모래톱과 산길까지 못 가는 데가 없었다.

인호는 향교에 공부하러 갔으나, 집중하지 못하고 어진과 말 타고 놀러 다닐 생각만 했다. 하루는 공부를 마치고 집에 와보니 어진이 없었다. 소롱이에게 물으니 아버지와 함께 말을 타고 나갔다는 것이다. 배신감에 가슴 한쪽이 미어지는 것 같았다. 토라져서 방 안에 누워있는데, 저녁이 되어서야 문밖에서 어진의 목소리가 들렸다.

– 인호야.

인호는 못 들은 척, 대답하지 않았다. 어진은 방문을 두들겼다.

– 인호야 자니? 나 할 말이 있어.

어진의 목소리는 떨리고 있었다. 인호는 퉁명하게 쏘아부치며 문을 열었다.

– 무사. 영 귀찮게 햄수가?

어진이 울고 있었다. 그 모습을 보자 미움의 감정은 한 걸음에 달아나 버렸다.

– 무신 일이우꽈?

– 인호야. 나 내일 아침 섬을 떠나야 해.

나쁜 짓을 하다가 들킨 사람처럼 인호는 마음이 철렁했다.

– 무사?

– 생모가 위독하시다고 기별이 왔어.

인호는 할 말을 잃은 듯 멍청하게 어진을 바라보는데, 어진의 얼굴에서 눈물 두 줄기가 또로록하고 구르며 길을 내었다.

다음날, 아침 복식방에 식구들이 모였다. 담담한 표정의 중림이 먼저 입을 열었다.

– 사람의 일이란 게 어디 마음대로 되겠냐만은 만남이 있으면 이별이 있고 또 그러다가 다시 만나는 게 살아가는 이치다. 그간 어진이 덕분에 맛있는 음식 잘 먹었는데 당분간 이별을 해야겠구나. 모친의 간병을 해야겠기 때문이다.

중림이 이야기를 마치자, 인걸 모친이 일부러 밝은 표정을 지으며 어진에게 얘기했다.

– 병수발 마치면 꼭 돌아올 거지?

울음을 참으며 어진은 고개를 끄덕였다.

– 예. 꼭 그러겠습니다.

이별은 누구에게나 아쉽고 슬픈 일이다. 집 밖에서 어진을 환송하는 사람들은 하나같이 눈시울을 붉히며 이별 인사를 나누었다. 돌사니에 올라타자 어진은 눈물을 감추려고 중림의 등에 얼굴을 파묻었다. 이별의 순간은 짧을수록 좋다. 배웅하는 사람들의 손짓도 잠시, 돌사니는 단숨에 달려 나가 마을 어귀로 사라졌다. 하늘은 잔뜩 흐리고 바람이 세찼다. 날씨 때문에 배가 떠나지 못했는지 중림은 사흘 후에야 돌아왔다.

뜨거운 태양이 땅에 스며들면서 풀은 그 기운을 빨아들여 더욱 무성해졌다. 이때가 되면 중잣담의 통로를 열어 말들을 한라산 중허리 쪽으로 몰아넣었다. 임신한 암말들은 배가 불어오르는 만큼 식욕이 왕성해져서 토양의 생기를 빨아들인 풀을 섭식했다. 이 계절에는 칡과 더덕, 마, 우엉, 도라지 등 약초의 자양분이 충만할 때라 말들은 살이 찌면서 털에 윤기가 흘렀다.

한밤중 대문 두드리는 소리에 요란하게 울어대던 귀뚜라미 소리가 일시에 멈췄다. 정의현청에서 온 아전이었다. 아전은 명일 새로 부임한 목사가 관할 지역을 순력하면서 대창마장을 방문한다는 소식을 전하고 떠났다. 급하게 조정된 일정이라 한밤중에 달려왔다고 했다.

동이 트자마자 집안은 손님 맞을 준비로 소란스러워졌다. 하인들은 마굿간, 장터 가리지 않고 길가에 나뒹구는 말라비틀어진 말똥까지 깨끗하게 청소했다. 여자들은 새벽부터 집 안 구석구석에 쌓여 있던 먼지를 털어내고 닦아내느라 각다분했지만 깔깔대면서 활기차게 움직였다. 특별한 음식을 준비하느라 도마 위 칼질 소리가 마당까지 요란스럽게 울려 나왔다.

중림은 새벽에 일어나 목욕을 하고 수염도 가지런히 정리하고 머리를 쓸어올려 상투를 틀었다. 머리를 빗는데 희끗희끗한 흰 머리카락이 빠져나왔다. 머리털이 많이 빠져 이마가 넓어진 것을 알았다. 이마 위에 망건의 잎을 대고 귀 위로 뒤로 넘겨 당과 편자를 졸라맸다. 그 위에 정자관 대신 탕건을 얹었다. 그리고 다림질하여 차곡차곡 개어진 속저고리와 고의를 입고 바지와 적삼을 걸쳤다. 조끼의 단추를 맨 후에 바닥에 주저앉아 버선을 신고 대님을 매는데, 무릎이 불룩 튀어나온 배를 누르는 바람에 숨을 가쁘게 내쉬어야 했다. 손님을 맞이하는 예를 갖추기 위함이었으나 오랜만에 입는 의관이 영 불편했다. 의관을 정제한 중림은 집무실에 앉아 목사가 당도하기를 기다렸다. 고갯마루에 척후로 보낸 집사는 해가 중천으로 올라왔는 데도 기별이 없다. 갓과 두루마기를 벗어 벽에 걸어두고 의자에 기대어 잠시 눈을 감고 있는데, 집사가 호들갑스럽게 소리치며 들어왔다.

– 왐수다. 매형. 왐수다.

중림은 벌떡 일어나 두루마기를 입고 갓을 썼다.

– 몇 명이나 되더냐?

– 헌데, 그게 참 이상허우다.

- 이상하다니?

- 글쎄 이게 목사님 순력이 맞는지 뭔가 이상허우다. 취타대도 없고 일행이 너무 단출허연 마씸.

갑자기 바깥에서 여러 필의 말 울음소리가 들렸다. 그리고 곧 '제주목사또 납시오!' 하는 소리가 들렸다. 문을 열고 나가보니 수帥자 깃발을 든 장수를 앞세우고 목사가 말에서 내리고 있었는데, 겨우 예닐곱 명의 칼을 찬 병졸들이 목사를 호위하고 있었다.

중림은 이상하다고 생각하며 고개를 갸웃거렸다. 보통 순력이라면 취타대를 앞세우고 십수 개의 깃발을 나부끼며 기십 명의 병사와 관리를 거느리고 승교乘轎나 남여籃輿를 타고 요란스럽게 나타나는 법인데 열 명도 안 되는 단출한 행차였다.

- 어서 오십시오. 소인 대창마장의 주인 김만일이라고 하옵니다.

중림이 떨떠름한 표정으로 허리 숙여 인사를 하자, 사또는 구레나룻을 어루만지며 빙그레 웃었다.

- 표정이 왜 그렇소?

- 순력을 하신다기에 거창한 구경거리라도 있을 줄 알았습니다.

- 지금, 나라에 환란이 터졌는데 한가하게 순력할 여유가 있겠소? 내 주민들 번거롭게 할 수 없어서 정의현감도 물리치고 호위병들만 데리고 이렇게 왔소.

- 먼길 오시느라 고생하셨습니다. 자 안으로 드시지요.

중림은 말에서 내린 목사를 사랑채로 인도했다. 취타대의 나각 소리와 장대한 행렬을 기대하고 길가에 나와 섰던 대창마장의 식구들이 실망했는지 쑤군거리며 제자리를 찾아 돌아갔다.

목사는 그리 크지 않은 체구였으나, 어깨가 떡 벌어지고 걸음걸이에 위엄이 밟혔다. 잘 정리된 콧수염과 구레나룻부터 연결된 풍성한 턱수염이 무인의 풍모를 드러냈고, 서글서글한 눈망울 주위로는 인자함이 흘렀다.

집을 신축한 후로 정의현감이 지나는 길에 한 번 들렀을 뿐, 목사가 세 번 바뀌었으나 대창마장을 방문한 것은 이정록 목사가 처음이다. 목사가 사랑방에 좌정하자 중림은 예를 갖추고 허리를 굽혀 다시 인사를 올렸다.

- 손수 이렇게 시골집까지 왕림하여 주시니 영광입니다.

- 목사가 사택을 방문한다는 것이 민폐가 되는 줄 알면서도 섬 안의 마정을 책임지는 자로서 목장을 돌아보는 것은 마땅한 임무입니다. 허락 없이 찾아온 것을 양해 바랍니다.

- 천부당하신 말씀이옵니다. 소인에게는 더 없는 영광이옵지요.

- 이 집을 서 목수가 지었다지요?

- 그걸 어떻게 아셨습니까?

- 그 서 목수가 지금 동문 언덕 위에 제승당을 짓고 있소. 이 사저를 자신이 지었다고 얼마나 자랑하던지.

― 능력이 출중하면서도 아주 겸손한 분이지요. 그분 덕에 좋은 집에서 살고 있습니다.

제주는 육지에서 멀리 떨어진 절해고도여서 원악도라 불렸다. 제주에 관리로 발령을 받으면 유배지로 생각해서 벼슬길을 그만두기도 했다. 제주에 온 수령들은 앙갚음이라도 하듯 섬 주민들을 무시하거나 박해했고, 토색질에 재미를 붙여서 탐관오리가 됐다. 그래서 그 많은 목민관 중에 섬사람에게 추앙을 받는 이는 몇 되지 않았다. 중림도 말을 키우면서 수도 없이 당한 일이다. 그러나 첫눈에 이 목사는 허례허식과 권위 의식을 떨쳐버린 진정으로 백성을 위하는 목민관이라는 걸 직감했다.

― 전쟁 시국이온데 관할 지역 물자를 파악하는 것은 당연한 임무이옵지요. 이런 때를 대비해서 소인도 군마를 준비해 놓았습니다.

하녀가 차반에 차구를 들고 들어와 마주 앉은 탁자 위에 놓고 나갔다. 중림은 두루마기 소매를 조심스럽게 걷어 왼손으로 받치고 주전자를 들어 잔에 차를 따랐다.

― 드셔 보십시오. 소인이 전라좌수영 방답진에서 첨사직을 마치고 귀환할 때 옆 고장 특산물이라면서 선물로 받은 겁니다.

목사는 잔을 들어 향기를 맡고는 곧 차를 들이켜 입안에서 굴렸다.

― 풍미가 상당히 좋습니다.

― 한양 궁궐에 진상하는 차라고 들었습니다.

목사는 한 모금 더 마시고는 잔을 내려놓으며 말을 이었다.

- 저도 나주에서 근무했었소이다. 그러고보니 같은 전라도에서 나랏일을 한 인연이 있군요?

- 그렇습니까? 말직이지만 소인이 선임자 올시다.

중림은 친근감을 느끼며 농을 건넸다. 그 말에 이정록 목사도 껄껄거리며 웃었다.

- 그렇군요. 그런 인연도 있으니 많은 도움 부탁드리겠습니다.

- 여부 있겠습니까. 필요하면 하시라도 불러 주십시오.

오래 된 친구를 만난 듯, 두 사람은 격의 없는 대화를 나누며 찻잔을 들었다.

- 내 소임을 받고 내려올 때 첨사님의 우국충정을 전해 들었습니다. 군마 2백 필을 헌정하시겠다고요?

- 예. 이미 점마해서 따로 훈련 중에 있습니다. 사복시에서 공마선이 도착하면 당장이라도 올려보낼 준비가 되어 있습니다.

- 주상께옵서 그 충정은 너무 고마우나 아직은 때가 아니라 하셨습니다. 왜놈들이 언제 마음을 돌려 제주를 쳐들어올지 모르니 이곳을 방비하라 본관을 보내셨고, 방비에 그 군마를 쓰라고 하셨습니다. 왜놈들이 제주를 차지하고 본거지 삼아 육지를 공격하면 당해 낼 도리가 없습니다. 그러기에 제주는 아주 중요한 호국의 요충지입니다.

– 그런 깊은 뜻이 있었군요. 저는 나주같이 큰 고을을 다스리시던 사또가 어찌 섬으로 오셨을까 의아해했는데 이제야 의문이 풀렸습니다. 여기서 이렇게 아니라, 조금 이르긴 하지만 자리를 옮기어 소찬을 들면서 담소 나누는 게 어떻겠습니까?

– 아 아닙니다. 말씀은 고맙지만 폐를 끼치기 싫습니다. 제 신념이니 양해해 주십시오.

– 이미 준비해 놓은 밥상인데. 따라오는 일행이 많을 줄 알고….

– 그러면 잘 되었네요. 소관 대신 마을 사람들 모아 잔치를 베푸십시오. 제 방문을 환영하신다면 그것도 기념이 되지 않겠습니까.

역시 이정록은 배포가 다른 사람이었다. 그는 빈 찻잔을 들었다.

– 차나 한 잔 더 주세요, 임금님이 마시는 차이니 융숭한 대접 받은 것으로 갈음하겠습니다.

중림이 따라주는 차를 거푸 마시며, 이정록 목사는 자신의 무용담을 늘어놓기 시작했다.

– 나도 싸움이라면 도가 튼 사람입니다. 소관이 나주 목사로 있을 때 담양부사와 수원부사를 역임한 김천일 장군이 벼슬길에서 물러나 고향에 있었지요. 왜군이 쳐들어오자 고경명, 최경회 장군 등과 함께 의병을 일으켰어요. 소신도 김천일 장군을 도와 병사들과 함께 수원 행산고성까지 진격하여 왜적을 무찔렀지요. 그 공으로 통정대부에

올랐고 제주 목사로 오게 된 겁니다.

- 고경명 장군은 소인도 뵌 적이 있습니다. 그리고 제 장자 놈이 왜놈과 싸우겠다며 자진하여 김천일 장군을 찾아 떠났습니다.

- 그러세요? 참으로 자식 훈육을 잘하셨습니다. 헌데 지금 첨사 어른이 봉직했던 방답진을 통제하는 전라좌수사가 누군지 아십니까?

- 소문으로 이순신 장군이 전공을 세우고 있다고 들었습니다만.

그러자 목사는 껄껄 웃더니 자랑을 늘어놓았다.

- 그 이순신 장군은 소장이 함경도 경흥부사로 있을 때 여진족과의 싸움을 함께한 의형제입니다. 북방 경비도 백의종군도 복직도 함께 했지요.

이정록 목사는 이야기를 좋아하는 사람이었다. 자신의 직책이나 벼슬 따위는 개의치 않았다. 상대의 말을 경청하고 살갑게 대하며, 나직한 목소리로 조곤조곤 얘기하며 분위기를 휘어감는 재주를 가지고 있었다.

차담을 끝낸 목사는 중림의 안내로 사무실 앞에 있는 마 시장을 둘러보았다. 용도에 따라 기승마, 태마 등으로 팔려나가는 말들을 살펴보았다.

- 여기 말들은 사람과 물건을 옮긴다든지, 수레를 끈다든지, 밭을 가는 용도로 사용되는 말들입니다. 운송 수단으로는 최고지요.

- 전쟁에는 싸움에 직접 참전하는 말만 필요한 게 아니

오. 무기를 실어 나를 태마도 필요하지요. 어떻게 벼슬길을 마다하고 말을 키우겠다는 생각을 다 하셨는지?

— 세상에 나오면서 말똥 냄새가 몸에 밴 테우리 자식입니다. 그런데 흥국사에서 귀인을 만나 인생길이 바뀌었습니다. 어느 날 귀인이 말했지요. 너는 무관으로서 싸움터에 나가는 것보다 싸움터에 나갈 용맹한 말과 병사를 키우는 일을 하라고.

— 참으로 장한 일을 감당하고 계시오.

갑마장에 들어서는 점마해 놓은 우수한 말들을 보았고 품종 개량에 대해서 마의 장영학이 설명했다. 키가 작으나 빠르고 지구력이 강한 제주마에 체격이 좋고 용맹한 몽골마를 교배시켜 우수한 종자를 만들고자 매진하고 있다고 했다.

— 국마장에서 키우는 말보다 우수하다고 들었소. 그런 노력이 있었군요. 사대부 간에도 공마로 올라오는 말 중에 제주에서 올라오는 말이 인기가 제일 좋다고 합디다. 그게 다 첨사 어르신께서 심혈을 기울인 덕분이군요.

— 과찬의 말씀입니다. 그러기까지 장 의원의 공이 큽니다.

장영학이 변명하듯 손사래를 쳤다.

— 아닙니다. 전 어르신을 도운 것뿐입니다. 모두 둔장 어르신 공이에요.

목사는 서로 공을 돌리는 광경이 흐뭇해서 웃었다.

– 거 참 예의 바른 젊은이일세. 보기 좋습니다.

　중림은 전마와 기병이 훈련받고 있는 수망마장으로 목사를 안내했다. 목사가 시찰 온다는 소식을 들은 훈련병들은 교관의 지시에 따라 일사분란하게 움직였다. 기합과 복창소리는 크고 우렁찼고, 말 달리며 쏘는 화살은 백발백중 과녁의 정중앙에 꽂혔다. 목사는 매우 흡족해하며 박수를 쳤다.

　– 아니 어떻게 저런 말을 키워냈소? 내가 본 군마 중 저렇게 용맹하고 날랜 말은 처음이오.

　– 칭찬 고맙습니다. 하온데 청이 하나 있습니다. 한양 조정에 다시 한번 장계를 넣어주십시오. 윤허만 해주신다면 여기 병사들로 전마군을 편성하여 당장이라도 초병 300명을 뽑아 바다를 건너가겠다고 말입니다.

　– 정말로 첨사 어른께서는 나라를 지키는 일등 공신입니다. 내 첨사의 정념과 단성을 꼭 조정에 전하겠습니다. 우리 자주 만납시다.

　목사는 자리를 뜨며 중림의 손을 여러 번 맞잡아 흔들고는, 정의현청에서 오찬 약속이 있다며 일행과 함께 서둘러 떠났다.

통졸은 말 구하기

    음력 5월이 되면 녹음이 우거지고 풀은 싱싱하게 자란다. 이때부터 9월까지를 청초절이라 하여 말을 들판에 방목하는데 테우리들의 시간이다. 하잣성과 중잣성 사이에 방목한 말들이 차근차근 풀을 먹으며 올라오면 중잣성 통로를 열어 산 위로 말을 몰아넣는다. 말을 키우는 집에서는 이 시기에 풀을 베어 건초를 만들어 쌓아놓는다. 이듬해 봄, 풀이 자랄 때까지 말을 먹이기 위해서다.

    음력 10월이 되어 풀이 이울면 방목한 말들은 각자 주인에게 보내지는데, 간혹 상잣성 경계를 벗어난 말은 풀을 찾아 한라산 정상 부근까지 이르기도 한다. 방목지 말은 무리 지어 생활하는데 수컷 주변에 암컷이 모여든다. 수말 하나에 많게는 암말 2, 30마리씩 따라다닌다. 수말은 오고 가는 암말을 제어하지도 차별하지도 않고 공평하게 사랑을 주나, 다른 수말의 접근은 경계한다.

    말 중에는 아주 성질이 예민하거나 고약한 것들이 있

다. 사람의 접근을 싫어해서 말테우리가 가까이 가면 멀리 숲속으로 들어가서 숨어버린다. 그러다가 시기를 놓쳐 마을로 돌아오지 못하면 곶말이 되어 산속에서 살아간다. 주인에게 돌아간 말은 겨울에도 건초를 배급받을 수 있지만, 곶말은 나무껍질을 벗겨 먹다가 굶어죽거나 추위에 얼어죽는 경우도 있다.

상강이 지나 서리가 내리기 시작하면 테우리들은 한라산 자락을 누비면서 자신이 관리하는 말을 몰아온다. 영리한 말들은 자연스럽게 무리 지어 자기의 마방지로 돌아오기도 한다. 그러나 한라산 중허리 지역이 워낙 넓고 골짜기가 많아서 마을 사람을 동원하여도 말을 몰아오는데는 한계가 있다. 그래서 눈이 내리기 시작하면 내려오지 못한 말은 눈 속에 갇히게 되는데, 이를 통좔았다고 한다.

대창마장의 말을 점검해 보니 수말 둘을 포함하여 여섯 마리가 돌아오지 않았다. 중림은 테우리를 풀어 도내 마장을 돌며, 대大자 낙인이 찍힌 말들이 있는지 점검하라고 지시했다. 점검한 결과 세 마리는 찾아내어 데리고 왔는데 모두 옷귀마장의 제주마였다. 나머지 말은 산 중에 있을 것으로 판단했다.

10월의 마지막 날 마을까지 서리가 내려왔다. 11월 초하루 제를 지낸 후 중림은 마장의 책임자에게 지시를 내렸다.

– 어제 마을에 첫서리가 내렸으니, 산에는 눈이 많이 왔

을 게다. 통졸은 말을 구하러 간다. 내가 앞장설 테니 함께 갈 테우리를 각 마장에서 한 명씩 차출해서 내일 오후까지 보내라.

인호는 눈 속에 갇힌 말을 구하러 간다는 말에 꽤 흥미가 당겼다. 구조대에 끼고 싶었으나 감히 속마음을 드러내진 못했다.

낮부터 내리기 시작한 눈은 저녁이 되면서 폭설로 변했다. 마음이 급해졌다. 중림은 집사와 함께 직접 창고를 열어 장비를 점검했다. 그러다 설피가 눈에 띄어 집어들자 삭아서 가루가 날릴 지경이었다.

– 딱 5년 만이야. 그때는 눈길을 사흘 헤매며 둘이서 일곱 마리의 말을 구했지. 이게 그때 신었던 테왈인데 죄 삭아서 다시 만들어야겠네.

장터 목공소 조 씨에게 문의하니 마을 뒷산에 노간주나무와 다래나무가 있다고 해서 네 개를 제작 의뢰했다. 귀까지 덮을 수 있는 개가죽 감티와 목이 긴 가죽 버선은 장터 이 씨네 제작소에 맡겼다.

눈이 깊어서 바퀴 달린 마차를 이용할 수 없으니, 하부에 대나무를 댄 썰매 수레를 꺼내 손질하도록 했다. 겨울철 눈밭에서 건초를 운반할 때 쓰는 철제 수레다. 거기에 멍석 두 질과 우영팟 구석에 쌓아놓은 눌에서 건초 두 지게 분을 빼내 묶어 신도록 했다. 사흘분의 식량과 물을 끓일 수 있는 작은 솥과 식기도 준비시켰다.

이튿날 오후가 되자 선출된 세 명의 젊은 테우리들이 모여들었다. 가시에선 석용철, 수망에선 이새록 그리고 웃귀에선 김방식이 선정되었다. 추위를 막기 위해 나름대로 털목도리와 장갑을 끼고 무장하고 왔다. 그들에게 장비를 지급하고 각자의 역할을 알렸다. 체력이 좋아보이는 새록이와 용철이는 멍석을 깔며 길을 닦는 일을, 방식이는 가재도구를 지고 건초 끄는 역할을 맡겼다.

— 절대로 개인행동을 해서는 안 된다. 소변을 볼 때도 함께 해야 한다. 대오에서 이탈했다가 미끄러져 절벽으로 떨어지거나, 바위틈 사이에 빠지면 다리가 부러지거나 죽을 수도 있다.

죽는다는 말에 새록이와 용철이는 서로의 얼굴을 보며 눈을 크게 떴다.

저녁은 체력 보충을 위한 음식을 장만해서 먹이고, 날이 밝기 전에 출발해야 하니 일찍 자도록 했다. 객사에서 푹신한 이불을 덮었으나 젊은 테우리들은 기대와 불안에 오랜 시간 잠을 이루지 못하며 뒤척였다.

중림도 일찍 이불을 덮고 누웠으나 잠이 오지 않아 눈만 깜빡거렸다. 옛날을 회상해 가며 침투 계획을 짰다. 말들은 사라오름 주변에 있을 것이라고 결론을 내렸다. 사라오름 정상에는 맑은 물이 늘 고여 있고, 주변에 풀이 무성해 말들이 체류하기 좋은 곳이다. 거기서 말을 찾았던 기억이 떠올랐다.

사라오름에 가려면 성판악 입구를 통하여야 한다. 성판

악은 한라산 정상에 접근하기 좋은 가장 완만한 길로 그 중간에 사라오름이 있다. 성판악 입구에는 막사가 있다. 산을 넘어가는 나그네나 테우리들이 쉬어 가는 곳이다. 눈길이라 운이 좋아야 해가 있을 때 도착할 수 있다. 그곳에서 하룻밤을 지내고 말을 묶어 둔 채 새벽에 한라산을 올라야 한다. 산행이 순조로우면 하루에 다녀올 수 있지만 여차하면 눈 속에서 잠을 자야 할지도 모른다. 중림은 눈을 감고 무사히 다녀올 수 있기를 간절하게 염원했다.

땅 따당따다당. 땅따다당.

중림은 마당에서 울리는 꽹과리 소리에 잠을 깼다. 창밖은 해가 뜨기 전인데도 뒤뜰로 난 장지문이 밤새 내린 눈에 반사되어 새하얗다. 목간통 대야에는 김이 모락모락 나는 따스한 물이 준비되어 있었다. 세수하고 들어와 발바닥에 동백기름을 바르고 광목 헝겊을 감았다. 잠방이 위에 누빈 솜바지와 저고리를 입고 그 위에 말가죽 옷을 걸쳤다. 가죽 감티를 쓰고 부드러운 토끼털 목도리로 목을 둘러 감았다. 그리고 수갑手甲을 끼니 움직임이 둔해졌다. 중림은 앉았다 일어서기를 두어 번 반복하다 회심의 미소를 흘렸다.

– 갑갑해도 따뜻한 게 좋지.

지난번 말을 구하러 나섰을 때 복장을 허술하게 했다가 얼어 죽을 뻔한 일이 생각났다. 그래도 조금 젊었을 때니까 기백으로 버텨냈지만 내심 두려운 것도 사실이다.

눈 덮인 산에서는 어떤 일이 닥칠지 모른다. 중림은 마루로 나와 상방문을 열었다.

꽹과리로 집안을 들쑤셔 놓았기 때문에 잠 설친 사람들이 마당으로 나와 있었다. 눈은 멈췄으나 마당에 쌓인 눈도 반 자는 되어 보였다. 이 정도면 산에는 두 자 이상 쌓였을 것이다.

툇마루에 앉아 모자와 목도리, 수갑을 벗어 가지런히 놔두고 준비해 둔 무릎 아래까지 오는 가죽신을 신었다. 가죽이 추위에 줄어들기도 했지만, 감발한 부피 때문에 발을 꿰기가 매우 힘이 들었다.

부엌 굴뚝에선 이른 아침을 준비하는 연기가 모락모락 피어나고 있었다. 객사 앞 목책에는 힘이 좋아 보이는 태마 세 마리가 건초를 먹으며 중림의 눈치를 살폈다. 그 옆 수레에는 건초더미와 휴대해야 할 물건이 적재되어 출발을 기다리고 있었다. 돌사니는 마굿간에 대기하고 있다가 중림을 보자 꼬리 흔들며 인사했다. 대문간 밖에선 눈을 치우는 하인들의 웃음소리가 들렸다. 마당에서 혼자 눈을 굴리던 인호가 부친과 눈이 마주치자 배시시 웃으며 다가와 허리를 꾸벅 숙였다.

– 녀석. 일찍 일어났구나? 더 자지 않고?

– 아버지가 먼 길 떠나시는데 배웅은 해드려야지요.

– 그래, 착하다.

주방에서 부인이 나와 중림을 보고는 배시시 웃더니 사랑채 쪽으로 향했다.

– 경헌디 객사에선 무사 아무도 안 나완? 재개들 나왕 밥 먹으라.

부인의 소리에 집사가 심각한 표정으로 문을 열고 나왔다. 중림과 시선이 마주치자, 목 인사를 꾸벅하고는 입을 열었다.

– 성님 이거, 문제 생겼수다.

– 무사?

– 글쎄, 방식이 녀석이 어제 먹은 음식이 잘못됐는지 밤새 통시를 드나들며 끙끙 앓고 있수다. 열도 있고 마씀.

– 배탈 났구만.

– 게매 마씸. 어제 경 막 먹어대더니만.

중림은 난감한 표정으로 집사를 바라봤다.

– 여기 대체할 사람은 어시냐?

– 아시다시피, 소롱이는 팔을 다쳤고 남은 사람은 아이들과 영감, 여자들이우다. 나가 가카 마씸?

– 아니야. 집사는 여길 지켜사주.

중림의 머릿속이 복잡하게 돌아갔다. 일정을 늦출 수도 없고, 부족한 인원으로 떠나기엔 고생길이 눈에 선했다. 자신은 눈밭을 막대기로 쑤시면서 진행 방향을 인도해야 하고, 멍석을 깔고 펴는데 두 사람, 나머지 구덕을 지고 건초를 끌 사람은 필수 인원이다.

– 네 명은 최소 인원인데 이거 어떵 허지?

고개를 좌우로 흔들며 난감한 표정을 짓는데, 사정을 간파한 인호가 손을 털며 나섰다.

- 아부지. 나가 가쿠다. 나 데령 갑서.

인호의 당돌한 태도에 모친이 놀라며 말렸다.

- 아고게. 인호야 너 잠 덜 깨어시냐? 거기가 어디랜 간 댄 말고?

- 어무니. 나 열여덟이우다. 어떤 일이든 할 수 이서 마씸.

중림은 아들이 대견하게 생각됐지만 망설여졌다. 가면 고생인데 그걸 이겨낼 수 있을까?

- 허리까지 빠지는 눈 속을 걸을 수 이시크냐?

- 씨. 다 큰 사내대장부가 못 할 일이 뭐 이수가? 형은 전쟁하러도 갔는데. 걸을 수 없다면 기어서라도 가쿠다.

- 말을 구하려다 네가 죽을 수도 이신디?

- 난 안 죽을 자신 이서 마씸. 나 가쿠다. 아버지. 허락해 줍서게.

중림은 용기가 가상하다고 생각했는지 인호를 보며 웃었다.

- 그래 젊어 고생은 사서라도 한다. 대신 힘들다고 생떼 쓰기 없기다.

- 걱정 맙서. 나가 얼마나 체력이 좋은지 보여드리쿠다.

모친은 못내 걱정스러운지 인호를 보며 울 듯한 표정을 지었다. 그걸 보며 중림이 안심시켰다.

- 내가 있으니 너무 걱정말아. 밥 먹을 동안 얼지 않게 옷이랑 챙겨 줘.

- 예. 알아수다.

모친은 돌아서서 흘러내린 눈물을 손등으로 닦았다.

– 자 우린 밥 먹으러 가자.

중림이 발걸음을 옮기자, 일행들이 눈치를 보며 뒤를 따라 복식방으로 몰려갔다.

새벽녘이라 사람의 발자국조차 없는 눈길을 길가의 나무와 언덕과 바위 등 낯익은 지형지물을 이용해 길을 만들었다. 마을을 벗어나 한남을 거쳐 서귀포 쪽으로 가는 길은 그래도 자주 다니던 길이고 눈도 얕아서 수레는 신나게 달렸다. 중림은 돌사니를 타고 앞장서서 길을 내며 인도했다. 세 마리의 말에 묶인 썰매 수레는 큰 돌멩이를 만나면 덜컹거리고, 계곡을 만나면 얕은 곳을 찾아 돌아서 갔지만 속도감 있게 앞으로 나아갔다.

수악에서 북쪽으로 방향을 바꾸자, 상황이 달라졌다. 길은 계속 오르막이어서 열 걸음 나가기가 힘들었다. 언덕을 만날 때마다 테우리들은 내려서 수레를 밀었다. 길을 내며 가다보면 빽빽한 숲을 만나 방향을 바꾸는 일이 허다했다. 말은 겁쟁이라 겪어보지 않은 상황을 만나면 정지해 버리는 습성이 있다. 다행히 돌사니는 다리가 길어 눈 속에서도 성큼성큼 걸어 나갔으나 재래종 조랑말들은 다리가 짧아 무릎까지 잠기는 눈길에는 가다 서기를 반복했다.

평상시 반나절이면 넘던 한라산 중턱이다. 해가 중천에 왔는데도 아직 이승이오름을 지나지 못했다. 말도 지쳐서 하얀 김을 내뿜고 투레질 횟수가 잦아졌다. 인호의 숨소리도 가빠졌지만, 부친과 눈이 마주치면 씨익 하고 웃으며 시선을 피했다. 이만한 것쯤은 거뜬히 이겨낼 수 있다는 걸 보여주기 위해서 부친 앞에서는 거친 숨소리도 조용히 뱉어냈다.

힘겹게 또 하나의 내를 건너자, 평평한 들판이 나타났다. 중림은 말에서 내리며 점심을 먹고 가자고 했다. 테우리들은 멍석을 깔아서 앉을 자리를 마련하고 인호는 천으로 칭칭 감은 대차롱 하나를 열어 점심을 꺼냈다. 새록과 용철은 수레에서 건초를 빼내어 말들에게 나누어 주었다. 점심은 좁쌀이 섞인 주먹밥이 여덟 알, 지슬 그리고 삶은 계란이 각 4개씩 들어 있었다. 인호가 공평하게 반을 나누었다. 중림은 주먹밥을 먹으면서 앞으로의 여정을 설명했다.

– 저기 보이는 게 흑악이고, 그 너머에 동수악이 있다. 동수악을 지나면 계곡이 하나 있고 그것만 넘으면 물오름이 보일 것이다. 그 물오름 앞에 성판악이 있는데 해가 지기 전에 그곳까지 가야 한다.

음식은 식어서 온기라곤 없었지만 힘을 쓴 다음에 먹는 점심이라 꿀맛이었다. 체구는 작지만 단단하게 생긴 새록에게 중림이 물었다.

– 이새록. 넌 어떵허연 뽑혀 와시니?

입에 잔뜩 밥을 넣고 씹고 있는 새록은 갑작스런 질문에 당황했다. 음식을 목으로 넘기려다 걸려 끙끙대며 가슴을 주먹으로 쳤다.

– 어허. 서두르다 고꼈구나.

인호가 재빠르게 일어나 가죽 물통을 가져다주었다. 물을 마시고 진정이 된 새록이 가슴을 쓸어내리며 말했다.

– 우리 마장 어서진 말들이 나가 관리하는 말이우다.

– 그래? 책임감 좋았어. 용철이 넌?

키가 크고 홀쭉했으나 거무티티한 게 강단이 있어 보이는 용철이 대답 전에 웃음부터 흘렸다.

– 난 산에서 자라수다. 한라산 지형을 잘 알아서 말을 잘 찾아 마씀.

중림은 용철의 모습을 뚫어지게 쳐다보며 물었다.

– 가만. 네 성이 석 씨지?

– 예. 석용철 마씸.

– 석 씨, 좌 씨, 강 씨 중에는 조상이 몽골 사람이 많은데.

– 예. 본관이 대원이라고 아방신디 들어수다.

중림은 용철을 보며 마음에 썩 드는 듯 웃었다.

– 그래 말 다루는 기술을 타고났구만. 잘 왔다.

몽골이 개경을 침공하자 고려 정부는 궁정호위부대인 삼별초를 이끌고 강화도에 숨어들어 항전했다. 그러나 몽골을 통일하고 중국과 중앙아시아, 동유럽까지 제패한 징키스칸의 후예들은 이들의 항쟁을 용인하지 않았다. 몽골의 끈질긴 공격에 개경 정부는 항복했고 삼별초는 진도에서 용장성을 쌓고 항전하다가 김통정이 이끄는 주력 부대를 제주로 옮겼다. 항파두성을 쌓고 항전하면서 고려를 이은 정통 정부를 제주에 세울 것을 도모했으나 오래 가지 못하고 여몽연합군에 무참하게 짓밟혔다. 그로부터 몽골은 제주에 탐라총관부를 설치하고, 다루가치達魯花赤를 파견하여 말을 육성하면서 백 년 동안 직접 통치했다. 제주가 배달민족의 적통을 벗어난 기간이었다.

그 당시 그들은 소위 호마胡馬, 또는 적마狄馬라 하는 160마리의 말과 하치哈赤(목호)를 데리고 와서 방성이 비춘다는 수산평에 풀어놓아 말을 키웠다. 이들은 백여 년 동안 호마와 제주마를 교합시킨 새로운 품종의 말을 개량하고 군마로 키워 원나라 전장으로 보냈다.

원의 제주 통치는 물자 수탈과 노동력 착취의 역사였다. 고려에서 파견된 관리들은 다루가치의 지시를 받았다. 하치들은 권세를 이용하여 재산을 불렸고 여러 명의 첩을 거느렸다. 섬사람 중에는 딸을 그들의 첩으로 보내거나 혼인 관계를 맺어 호가호위를 누린 자들도 있었다. 그들의 자식은 원나라의 후손이라 하여 본관을 대원大元이라 했다. 그들은 섬사람 재산을 갈취하고, 말을 듣지 않은 사람을 잡아다 가두고, 시비 걸어 때리거나 죽이고, 아녀자를 강제로 욕보이는 등 파렴치한 행동을 많이 했다. 섬에서는 방자하고 개차반같이 행동하는 사람을 '더러운 몽곤놈'이라 손가락질했다. 목호 첩의 위세도 하늘을 찌를 만했다. 그래서 남에게 아부 잘하고 줏대 없이 굽실거

리는 사람을 '호첩胡妾 앞인가 기어다니게'란 말까지 생
겨났다.

원나라가 기울면서 말이 명나라에 조공품으로 바치게
되자 목호들은 반란을 일으켰다. 자신들이 키운 말이 적
국에 바쳐진다는 것은 도저히 받아들일 수 없다는 이유에
서다. 반란에는 목호만이 아니라 그들과 인연 있는 제주
사람들도 동조했다. 그러나 최영 장군에 의해 제압되면서
목호에 의한 제주에서의 목마사업은 끝났다.

조선 왕정은 전쟁을 대비하여 전마와 마군을 기르는 일
을 계속했다. 태조 때 보군步軍의 수가 2만 3천 명인데 비
해 마군馬軍의 수는 4만여 명으로 전쟁에 있어서 주력 부
대의 역할을 했다. 전국 대부분의 섬에서 말을 육성했으
나 제주에서 육성한 말이 다른 곳에서 생산한 말보다 우
수했다.

한때 하치의 숫자는 1,700명에 달했다. 난이 실패로 끝
난 이후 이들은 제주의 중산간에 흩어져 부탁받은 남의
말을 돌보며 살았다. 테우리의 원조다. '테우리'는 몽골
어로 '모우다'는 뜻이다. 그 후손들은 본관을 슬그머니
제주로 바꿨다.

일행은 다시 산행길에 나섰다. 올라갈수록 경사가 심해
졌다. 숲을 만나고, 바위를 만나고, 비탈길을 마주치면 꾸
불꾸불 돌면서도 한마음으로 힘을 냈다.

하늘엔 구름 한 점 없이 푸른데 태양이 한라산 정상 너

머로 기울고 있다. 멀리서 하얗게 눈 뒤집어 쓴 물오름의 꼭대기가 보이다가도, 구비를 돌면 사라지기를 반복해서 좀처럼 다가서기가 힘들었다. 말 발길이 더디어지고 구조대의 기력이 한계에 다다를 무렵에야 성판악에 도착했다.

성판악 막사는 돌집이었다. 돌 틈을 흙으로 메우고 판자를 덮었다. 문을 닫았으나 한기는 밖이나 마찬가지였다. 새록과 용철이 밖에서 삭정이를 구해와 화덕에 불을 지펴서야 실내의 냉기를 몰아낼 수 있었다.

밥을 짓는 동안 인호는 한쪽 구석에 앉아 가죽 장화를 벗고 발바닥을 매만졌다. 언젠가부터 따끔거리며 아팠으나 말도 못하고 참고 걸었다. 감발을 풀어서 보니 엄지발가락과 새끼발가락에 크고 작은 물집이 세 군데나 잡혀있었다. 중림이 다가와 살펴보며 걱정했다.

— 에고, 왼발은 괜찮아?

인호는 왼발을 손으로 주무르며 태연하게 미소를 흘렸다.

— 괜찮수다.

— 만지지 말고 가만있어봐. 균 들어가면 덧난다.

중림은 밖으로 나가더니 가죽 망태기를 가져와 침을 꺼냈다. 물집에 침을 대자 핏물이 흘러나왔다. 물집을 처치하고 술을 뿌려 소독까지 해주었다. 인호는 도로 감발하고 가죽 신발을 신는데 욱신거렸으나 어금니를 물며 참았다.

— 걸을 수 이시크냐?

인호는 일어서서 절뚝거리며 몇 걸음 옮겼다. 발이 튼튼했다.

– 고생할 텐데. 우리 돌아올 때까지 여기 그냥 있어라.

– 가쿠다. 이 정도는 참을 수 있수다. 내가 안 가면 그만큼 다른 사람이 힘들잖수가?

중림은 안쓰러운 표정으로 돌아서며 다짐을 받았다.

– 아프다고 중간에서 징징거리지 않을 거지?

– 나가 어린애우꽈. 걱정맙서. 아버지 쓰러지면 나가 업고 올 거우다.

따스한 밥을 먹고 나니 피곤이 한꺼번에 몰려왔다. 누가 먼저랄 것도 없이 담요를 몸에 둘둘 말고는 잠을 청했다. 곧 막사 안에 화음을 맞추듯 코고는 소리가 울려 퍼졌다.

중림의 기상 소리에 잠이 깼다. 테우리들은 조반 준비를 했다. 인호는 소변을 보러 밖으로 나가는데 오른발이 땅을 짚을 때마다 아렸다. 하늘은 희붐했으나 가없이 펼쳐진 하얀 들판은 고요했다. 절뚝거리며 걷는데 중림이 따라 나왔다.

– 발은 괜찮냐?

– 걸을 만 허우다.

막사 뒤 언덕을 마주하여 나란히 선 부자는 바지를 내리고 허리춤을 뒤져 양물을 잡아 꺼냈다. 찬 기운에 놀란 그것이 쏙 오그라들었는데 인호가 아랫배에 힘을 주니 오

줌이 좔좔 나왔다. 헛기침을 큿 하고 내뱉더니 중림의 오
줌발은 힘차고 당당하게 솟구쳤다.

어제 먹다 남은 밥을 물에 말아먹고 나서 중림은 각자
의 임무를 확인했다.

– 이제부터는 말도 수레도 없다. 오직 체력으로 눈밭을
헤치고 길을 만들며 사라오름까지 간다. 테왈을 단단히
묶어라. 용철이와 새록이는 멍석을 지고 길을 만들고 다
진다. 말이 귀환할 길이다. 인호는 식기를 담은 솥단지 구
덕을 져라. 남겨진 말들을 위해 촐을 반은 남기고 나머지
반은 인호가 끌고 간다. 알았나?

말이 끝나자마자 젊은 혈기들은 힘이 넘치는 소리로 화
답했다.

– 예.

– 준비되면 바로 떠난다. 실시.

– 실시.

구름 한 점 없이 화창하게 개인 푸른 하늘이 전도를 축
복하는 듯했다. 햇볕이 눈 위에 쏟아져 내려 눈이 부셨다.
중림은 지팡이로 땅을 쑤시며 앞장서서 나갔다. 평평한
막사 앞마당을 벗어나자 곧 언덕이 나타났다. 용철이와
새록이는 뒤에 서서 멍석을 펴고 올라서서 성기게 쌓인
눈을 꼭꼭 밟으며 길을 다졌다. 용철이의 멍석이 눈 위를
덮으면 새록이는 뒤에 있던 멍석을 앞으로 잡아다녀 이었
다. 다져진 눈길 위로 인호는 건초 더미 밧줄을 허리에 동

여매고 끌었다.

날씨는 화창했으나, 기온은 싸늘했다. 바람은 없는 것 같은데 개가죽 장갑 사이로 스며든 냉기는 손을 아리게 했다. 테우리들은 연신 손가락을 쥐었다 펴며 손끝에 입김을 불어댔다.

중림은 산의 지세와 나무가 선 모습을 보며 진로를 잡았다. 앞으로 나아가다가 지팡이가 푹 들어가면 방향을 틀었다. 눈은 바람을 받아 낮은 곳으로 몰려 쌓인다. 냇가에 쌓인 눈은 바위와 바위 사이를 식별하기 힘들다. 모르고 밟으면 순간 사람 키보다 깊은 곳으로 쑥 빨려 들어간다고 중림은 겁을 주었다. 그런 사태를 방지하기 위하여 주변 여러 군데를 쑤셔 확인하고 방향을 틀면서 일행을 이끌었다.

힘차게 길을 만들던 용철과 새록이도 시간이 흐를수록 호흡이 거칠어지고 얕은 신음과 함께 하얀 김을 연신 토해냈다. 계속되는 언덕을 만나면 힘겨워 작업의 속도가 줄었다.

갑자기 하늘이 구름에 덮이더니 눈보라가 휘몰아쳤다. 눈을 뜰 수가 없었다. 산 날씨는 예단하기 어렵다. 중림은 바람을 피할 큰 바위 아래서 작업 중지 명령을 내렸다. 일행은 주저앉으며 장갑을 벗어 입김으로 언 손을 녹였다. 중림이 인호 옆에 앉으며 농을 걸었다.

－따라온 거 후회되지?

인호는 웃으며 대답했다.

- 젊어 고생은 돈 주고도 한다면서요?

- 그래, 어떤 난관도 그걸 이겨내지 않으면 앞으로 나갈 수 없다. 산다는 건 고통을 이기고 적응하는 일이지.

인호는 아버지가 대단한 사람임을 느꼈다. 누군가는 길을 닦아야 뒷사람이 편해진다. 우린 눈길 만드는 하루도 힘든데, 아버지는 아무도 가 본 적이 없는 길을 매일 이렇게 만들며 살고 있다는 게 대단하다고 생각했다. 아버지의 자식으로 태어난 것이 자랑스러웠다.

하늘은 다시 맑아졌다. 중림이 사방을 살피더니 왼쪽 언덕으로 방향을 틀었다.

- 자 여기서부터 사라오름이다. 다 왔으니 힘 내자.

그렇게 힘들게 언덕을 오르는데 어디선가 까마귀 울음소리가 들렸다. 일을 잠시 멈추고 모두 하늘을 쳐다보는데 까마귀가 한두 마리가 아니다. 중림이 까마귀의 움직임을 살피며 말했다.

- 가까운 곳에 동물 사체가 있는 모양이다.

멍석을 깔며 눈을 다지는 작업은 계속되었고, 까마귀 소리가 가까이 들리기 시작했다. 목표 지점이 가까이 있다는 생각이 들자, 일에 속도가 붙었다.

잠시 후 그들 앞에 펼쳐진 정경에 모두 입을 다물지 못했다. 소나무 숲을 지나 넓고 하얀 들판이 나오는 경계에 까마귀 떼가 몰려 있었다. 눈 위에 쓰러져 뭉툭하게 드러난 말의 사체를 쪼아 먹고 있었다. 용철이 앞으로 나서며 쉬 하고 소리 질렀으나, 까마귀들은 아랑곳없이 자신들 일에 집중했다. 중림은 등에 짊어졌던 활을 꺼내 살을 끼웠다. 시위를 힘껏 잡아당기고 사체를 향해 날렸다. 화살은 정확히 말의 복부에 꽂혔다. 살 주변에 있던 까마귀가 놀라며 날아오르자, 푸드득 까악까악 소리 지르며 모두 사라졌다.

까마귀에 쪼아 먹힌 눈과 배 부분은 벌겋게 피꽃이 피었다. 중림은 화살을 뽑아내고, 인호가 끌고 온 촐 묶음에서 한 움큼 빼어내어 말 위에 덮힌 눈을 털고 닦아 냈다. 말의 몸에 탄력이 남아 있는 것으로 보아 죽은 지 얼마 안 되었다고 말했다. 몸체는 짙은 갈색에 다리 부분은 검었고 등에 실선이 있는 고라마古羅馬였다. 엉덩이 부분에 大 자 낙인을 보자 중림은 혀를 찼다. 지켜보던 새록이 얼굴이 새파랗게 질리더니 말아쥐었던 멍석을 내려놓고 앞으로 나섰다.

– 아이고, 이놈아. 이 추운 곳에 왜 누워 있어? 내가 왔는데 어서 일어나.

새록이 말 앞에 주저앉아 눈물을 흘리자, 용철이 다가가 그를 일으켰다.

– 새록아. 네 잘못 아냐. 어서 일어서.

중림이 단호하게 질책하며 주변을 살폈다.

– 죽은 것 앞에서 힘 빼지 말아. 갈 길이 멀다.

용철이 사방을 살피더니 말했다.

– 여기가 정상인 것 닮수다.

중림이 고개를 끄덕였다.

– 그래. 못이 얼어서 그 위에 눈이 쌓였으니, 함부로 디디지 마라. 수컷인 걸 보니 쫓겨난 모양이다. 나머지 무리가 이 근처 어딘가 있을 것이다.

용철이 조심스럽게 앞으로 나섰다.

– 나 여기 알아 마씀. 저기 언덕 아래에 궤가 이수다. 나가 앞장 서쿠다.

– 이젠 다 왔으니 서두를 것 없다. 여기서 점심 먹고 간다. 인호는 솥 걸고 눈을 담아 물을 끓여라. 너희들은 삭정이 지들커를 구해오고.

모두들 바쁘게 움직였다. 중림은 옆구리에 낀 술 자루를 풀어 말 위에 두어 번 뿌리고 나서 무릎을 꿇었다. 말의 영혼이 좋은 곳으로 가길 빌며 합장하고 절했다. 그러고 나서 칼을 꺼내어 말의 배 부분을 가르기 시작했다. 말의 가죽은 종잇장처럼 서걱서걱 소리내며 잘려 나갔다. 얼어붙었는지 피가 새어 나오지 않았다. 중림은 오른쪽 수갑을 벗고 배 안으로 손을 집어넣어 내장을 꺼냈다. 손에 잡히는 감촉에 온기가 남아있는 듯했다. 배 밖으로 내장이 딸려 나왔다. 먹은 게 없어서 창자는 비어있었다. 간의 일부를 베어내어 냄새를 맡더니 입으로 집어넣고 씹었다. 그리고는 인호를 불렀다.

– 인호야. 이거 가져가라. 간은 아직 먹을 만했져. 검은지름은 눈 위에서 주물러 씻고 살짝 익혀라.

인호는 다가가 아버지가 내미는 내장을 두 손으로 받아

들었다. 중림은 간 한 조각을 베어 인호의 입에 넣어주었다.

　– 말 간은 눈을 맑게 하고 간장을 튼튼하게 해 주는 약이다. 천천히 꼭꼭 씹어 먹어라.

　고기를 씹어 목으로 넘기며 인호가 웃었다.

　– 아부지. 몰괴기론 떼 살아도 쇠괴기론 떼 못 산다는 말이 무신 뜻이우꽈?

　중림은 손에 묻은 핏자국을 눈으로 닦으며 말했다.

　– 말고기는 소화가 잘되어 물리지 않는다는 말이다. 말고기는 정력보강제여서 연산 임금은 말고기 말린 것을 즐겼지. 내 뼈가 튼튼하고 근육이 좋은 것이나 너희들 피부가 뽀얀 것도 다 어려서부터 말고기를 먹었기 때문이야.

　처음에는 자신이 키운 말이라 안 먹겠다고 내숭 떨던 새록이도 기운을 차리려면 먹어야 한다는 말에 못 이기는 척 입에 넣더니, 나중에는 게걸스럽게 먹어댔다. 배를 채우고 나니 용철이와 새록이는 용변을 본다며 멀찍이 숲속으로 들어갔다. 멍석 끄트머리에 앉아 연초를 피우고 있는 중림에게 인호가 절뚝이며 다가갔다.

　– 경헌디 아부지. 아버진 말이 수천 마리나 이신디. 그까짓 말 세 마리 때문에 이치록 고생하는 이유가 뭐우꽈?

　인호의 질문에 중림은 코로 연기를 내뿜고 나서 궐련 꽁초를 눈 위에 꽂아 끄며 웃었다.

　– 말은 우리 사람을 위해 고생하지. 작게 태어나면 작은

대로 수레를 끌고, 빠르면 파발마로, 튼튼하면 군마로 전쟁에 나가기도 하고 걸음을 대신하여 사람을 옮겨 주기도 하지. 그리고 죽어서도 인간을 위해 제 한 몸을 바친다. 가죽, 말총에서부터 살, 뼈까지 하나도 버릴 게 없다. 말은 죽어버리면 한 마리지만 살아 있으면 열 마리 스무 마리도 될 수 있다. 말도 자식인데, 너라면 많다고 해서 길 잃은 자식을 버리겠니?

  ― 경헐 수는 어십주 마씸. 생명은 소중한 거니까.

  ― 그래. 나를 여기로 이끈 건 욕망이다. 욕망은 언제나 심장을 뜨겁게 하지. 삶의 활력도, 인고의 투지도 다 욕망에서 나오는 거야. 욕망이 없으면 새날도 그리움도 없다.

  인호는 욕망이 아니라 생명에 대한 동정이라 생각했지만 대꾸하지 않았다.

  용철이가 가리키는 대로 길을 만들며 가는데 몇 번이나 헷갈려서 가던 길을 돌아와야 했다. 중림은 사방을 살피며 다시 앞장섰다. 그리다가 언덕이 나타나면 휘익하고 휘파람을 불었다. 휘파람을 불며 한참을 나아가는데 어디선가 말 울음소리가 들렸다. 용철이 방향을 가리켰다.

  ― 저기우다. 비가 억수로 내릴 때 들어갔던 궤가 저기 맞수다.

  일행은 방향을 틀어 길을 만들었다. 휘파람에 화답하는 말의 울음소리가 가까이 들려왔으나 눈으로 덮인 굴 입구는 찾기 어려웠다. 중림은 언덕 밑을 향해 쇠꼬쟁이가 달린 지팡이를 연신 쑤셔대면서 전진했다. 그러기를 반복하는데 어느 순간 지팡이가 쏙 들어갔다.

– 여기다.

용철이가 휘파람을 불자 안에서 말이 울었다. 한 마리가 아니라 여러 말의 울음소리가 들렸다. 일행이 그 앞에서 막대기로 쑤시고 두 손으로 헤치면서 눈을 마구 긁어냈다. 잠시 후 눈더미가 와르르 쏟아져 내리며 마침내 굴 입구가 나타났다. 일행은 환성을 질렀다. 말들도 구원이 고마워서 연신 머리를 위아래로 흔들며 투레질을 했다. 움푹 파인 굴 안에서 따뜻한 기운이 몰려나왔다. 모두 네 마리의 말이 추위를 피해 숨어 지내고 있었다. 먹을 것을 발견한 말들이 모여들었다. 테우리들은 인호가 끌고 온 건초더미에서 한 줌씩 빼어들고 말에게 다가서서 내밀었다.

– 한꺼번에 주지 말고 조금씩 천천히.

중림은 촐을 먹고 있는 말들에게 다가갔다. 암말 두 마리는 대자 낙인이 찍혀 있으나, 한 마리는 아무런 표시도 없었다. 수컷은 검을 현玄자가 찍힌 국마장 말이었다. 수말은 야위었는데 암컷들의 배는 유독 볼록 튀어나왔다. 중림은 가까이 있는 암말에게로 가서 갈기를 쓰다듬으며 슬며시 배를 만져보았다. 말이 놀라 소리치며 비켜섰다. 중림의 얼굴이 환해지며 웃음기가 돌았다. 부친의 행동을 유심히 바라보던 인호가 재빨리 다가오며 물었다.

– 임신해수가?

중림은 수말의 얼굴을 쓰다듬으며 고개를 끄덕였다.

　- 수지 맞았다. 세 마리를 찾으러 왔는데 여섯 마리를 얻게 되었어.

　- 수컷까지 일곱 마리 아니우까?

　- 이 녀석은 국마장 소유니 돌려주어야지.

　말을 데리고 집으로 돌아오는 길은 비교적 순탄했다. 이미 다지며 닦아놓은 길이고 날씨가 화창해서 눈이 많이 녹았다. 눈을 밟을 때마다 뽀드득거리는 소리가 정겹게 느껴졌다. 인호는 어려운 고행길을 자원해서 나서길 잘했다고 생각했다. 행운은 저절로 생기는 것이 아니다. 매사에 적극적으로 도전하고 고통을 이겨내면 하늘은 반드시 응답한다는 것도 알았다. 그날 이후 인호는 한층 더 성숙해졌다.

애마 돌사니

중림은 마당으로 나와 두 팔을 벌리며 기지개를 켰다. 하늘은 맑았으나 고개 돌려 한라산을 보니 산봉우리가 구름에 잠겨 있다. 팔다리를 움직여 운동하는데 금세 호흡이 가빠지며 땀이 났다. 오늘도 어지간히 덥겠다고 생각하며 집무실에 들어가 앉자, 집사가 문을 열고 들어왔다.

- 잘 주무십디가?
- 말 말라. 어젠 너무 더워라.
- 백중인디도 더위가 물러갈 생각 안 햄수다.
- 오늘이 7월 보름이구나.
- 예. 마불림제에 참석하실 거주 양?
- 가사 주. 헌디 테우리코시 허는딘 제주 보내시냐?
- 예. 어젯밤에 소롱이가 다녀와수다.
- 잘 했져. 제물 준비되어시냐?
- 예. 사시부터 시작헌덴 허난 지금 가사쿠다.

마불림제가 마주들의 제사인데 비해, 테우리들은 달리

테우리코사를 지낸다. 테우리는 말의 신을 위하여 7월 보름날 자시子時에 각자 마련한 제물을 들고 목장이 보이는 정해 놓은 동산에 모인다. 메, 털을 벗긴 생닭, 팥을 넣지 않은 떡, 채소, 계란 세 개, 술과 다섯 가지 과일을 각자 대바구니에 넣어 가지고 온다. 새를 비어 깔아놓은 제단 위에 제물을 나란히 진설해 놓고 제를 지낸 다음, 조금씩 뜯어낸 음식물을 술잔에 모아들고 선다. 그리고 자신들의 목장에서 테우리로 살다가 죽은 사람들을 생각하며 잔의 퇴물을 흩뿌리면서 고시레한다.

'천왕테우리도 먹엉 갑서, 인왕테우리도 먹엉 갑서, 지왕테우리도 먹엉 갑서. 현왕테우리도 먹엉 갑서, 대창테우리도 먹엉 갑서, 신천테우리도 먹엉 갑서…'

테우리들이 말을 돌보던 자字목장과 인근 마을 목장의 이름이 전부 동원된다. 고시레가 끝나면 테우리들은 보름달 훤한 동산에 둘러앉아 제물을 서로 나누어 음복을 한다. 날이 밝으면 허가된 휴일이니까 밤 깊도록 앉아 말 농사의 풍성을 바라는 덕담과 마장주들의 뒷담화도 하며 정보를 교환한다.

중림이 마실갈 준비를 마치고 의자에서 일어서는데, 순녀가 불편한 표정으로 들어왔다.

– 오빠. 의논할 얘기가 이수다.

잔뜩 부은 순녀의 얼굴을 보며 중림이 물었다.

– 무사? 또 철수랑 싸워시냐?

- 오빠. 죄송허우다. 나 그 인간이랑 더 이상 못 살쿠다.
- 무사?
- 그 인간 노름에 미쳐수다. 있는 돈 족족 아사가불곡양. 말고기 훔쳐당 주막에 팔아먹질 않나. 알안보난 노름 빚도 하영 이십디다. 이젠 돈 내어놓으랜 사람 패다끄니 어떵 살 말이우꽈?

중림이 안타까운 표정으로 혀를 찼다.

- 쯧쯧. 거 사람 경 안 봐신디. 노름 그거 한번 빠지면 헤어나오지 못하는 병이여. 만나믄 말은 해보켜만 애들 생각허영 참으라. 그것도 느 복력 아니가.

오라비 말이 서운한지 순녀는 끅끅대더니 기어코 울음을 터뜨렸다.

제물을 싣고 병택과 함께 송당으로 가는데 길가 어느 밭에서 말 울음소리가 들렸다. 십수 마리의 말이 밭담 안에 가두어져 있었다.

- 저거 누구네 밭이고?
- 성읍 사는 이정수라고 알아지쿠가?
- 알주. 이 첨지 아들 아니라.
- 맞수다. 바령팟 허젠 돈 호꼼 써신 게 마씀.
- 게매. 돈도 저영 제대로 써 사주. 남의 돈 탐내지 말곡.

중림의 마음속에 매제가 응어리로 남은 모양이었다.

보리를 다 비어낸 밭에 말들을 몰아넣으면 돌아다니며

분뇨를 배설하는데, 그것이 토양을 살찌우는 거름이 된다. 이런 바령팟에 농사지으면 다른 밭보다 알곡도 실하고 소출도 좋았다.

마불림제는 증산을 기원하며 말의 신에게 바치는 제의다. 제주에 전해 내려오는 신화 중에 세경본풀이는 자청비 신화로 더 잘 알려져 있다.

역경과 고난을 이겨내고 마침내 천상에 올라 문 도령을 만난 자청비는 전쟁에 참여하여 공을 세운다. 승전의 보상으로 많은 곡식 종자를 안고 지상으로 내려온 자청비는 중세경으로 농사의 신이 된다. 문 도령은 상세경이 되고 자청비를 흠모하던 정수남은 하세경으로 목축의 신이 된다. 마주들이 정수남에게 말 증식과 번성을 기원하는 것이 마불림제다.

중림이 송당에 도착했을 때는 모지리네가 초감제를 막 시작한 뒤였다. 제단에는 제물을 담은 구덕(바구니)들이 나란히 놓여 있었다. 제물을 진설해 놓은 제단 앞 중앙에 심방이 앉고, 옆으로 무악기를 앞에 놓고 소무가 나란히 앉아 있다. 그 주변을 마주와 마을 사람들이 빙 둘러앉았다. 모두가 아는 얼굴이었다.

병택이 제물을 담은 구덕을 제단에 올려놓자, 중림이 구송하는 모지리네 옆에 서서 절했다. 앉아 있는 마주에게도 합장하며 눈인사를 보내자, 말없이 고개 숙이는 답례가 한동안 이어졌다. 중림은 빈자리를 찾아 앉아 눈을 감고, 위계에 따라 신의 이름을 호출하는 심방의 소리에 집중했다.

'오곡 열두 시만국을 마련ᄒ던 상세경 문도령, 중세경 ᄌ청비 마련ᄒ고 하세경 정이엇인 정수남이 칠월 마불림으로 받아먹기 마련허고, 일이삼ᄉ오륙수장에 테우리를 마련허여 ᄌ부일월 상세경이 뒈옵네다. 하세경 정이엇인 정수남이 살려옵서. 천왕테우리, 지왕테우리, 인왕테우리 세경만국 저 테우리, 일수장 이수장 삼수장 ᄉ오륙수장에 놀던 테우리 거느립고 열두 시만국 거느령 ᄌ손에 시만국 번성시켜 주저, 양반의 집읻 ᄌ부일월 상세경, 심방의 집읻 직부일월 상세경 연다 알로 살려옵서…'

중림이 마불림제에 참석하고 마장 사무실에 당도했는데, 명일 목관아로 들라는 전갈이 기다리고 있었다. 자신을 부른 것이 필시 무슨 좋은 소식이라도 있을 것 같은 예감이 들었다.

중림은 동이 트자마자 일어나 밥 한술을 뜨고 제주 읍내로 달렸다. 마음은 급한데 돌사니의 발걸음이 예전만 못했다. 눈에 총기가 사라지고 눈물이 자주 흘러내렸다. 영양 많은 사료를 줘도 예전처럼 많이 먹지 않았다. 몸피는 빠지고, 다리 힘줄이 도드라졌다. 벼슬길에 올랐을 때 만나 고락을 함께하며 분신처럼 정이 들었으나, 세월의 자비 없는 폭력은 돌사니도 피하지 못했다. 청운의 꿈을 이루기 위해 동분서주 함께 달려온 증인이다. 한라산 중턱쯤이야 단숨에 넘던 놈이 오늘은 힘에 부친 듯 콧김만

거세질 뿐 걸음이 느리다. 이제 여생을 편안히 쉬게 해줘야겠다고 생각하며 잠시 멈춰 세웠다. 돌사니의 몸은 온통 땀에 젖어 있었다. 중림은 안장 뒤에 매단 도구통에서 마른 수건 여러 장을 꺼내 얼굴에서부터 꼬리까지 정성껏 닦았다.

– 돌사니. 힘들지?

돌사니는 연신 콧김을 뿜어내면서도 괜찮다는 듯 머리를 좌우로 흔들었다.

– 녀석. 오기는 있어 가지고. 헌데 난 아직 할 일이 많이 남았거든. 이제 넌 좀 쉬어. 쉬면서 내가 어떻게 일어서는지 보라구 임마. 그간 참 고생 많았다. 조금만 참아. 얼마 안 남았어. 넌 행운을 가져다주는 놈이니까 좋은 소식이 기다리고 있을 거야.

돌사니는 알겠다는 듯 하늘로 머리를 들고 길게 울며 갈기를 흔들었다. 그의 눈에서 콩알만 한 눈물이 툭 떨어졌다.

관덕정 앞에 도착하니 해는 중천에 걸려 있었다. 관아 앞에 하마하니 수위대장이 나와 목사가 집무하는 홍화각으로 안내했다. 수위대장이 문앞에서 중림이 당도했음을 알리자 목사가 나왔다. 그는 문앞에서 두 팔을 들어 중림을 안으며 반갑게 맞이했다. 집무실과 붙어 있는 방으로 안내되었는데, 둥그런 탁자를 중심으로 고풍스런 의자가 질서 있게 배치되어 있었다. 구석 곳곳에 굴무기 나무로 짠 문갑이 놓여 있고, 오동나무로 만든 나무틀 안에는 커다란 도자 항아리가 놓여 있는 귀빈실이었다.

– 거기 앉으시오.

중림이 자리에 앉자 밖을 향해 소리쳤다.

– 거 차 준비 안 됐느냐?

– 대기하고 있습니다.

문이 열리면서 차 도구를 든 도척刀尺이 들어왔다. 중림은 단정한 관복 차림의 도척을 보며 낮이 익다고 생각했다. 키는 자그마하지만, 이목구비가 뚜렷해서 예뻤다. 그녀는 두 개의 크고 작은 주전자와 차 그릇을 탁자 위에 다소곳이 펼쳐놓았다. 앉은뱅이 다기 그릇의 뚜껑을 열고 뜨거운 물을 부었다. 그리고는 주전자를 기우려 작은 잔들을 행궈 냈다. 작은 주전자에서 우려낸 차를 작은 대접에 따르고, 그 대접을 들어 두 개의 잔에 따랐다. 그리고 찻잔을 조심스럽게 목사와 중림 앞에 놓았다. 저고리 소매 밑으로 드러난 손등이 유난히 빛이 나는 것 같았다. 중림은 분명 어디서 본 것 같은데 기억이 나지 않았다. 도척은 다시 주전자를 열어 뜨거운 물을 부었다. 목사도 그 광경을 보느라 잠시 대화가 끊겼다.

– 됐다. 그만 나가 보아라.

공손하게 허리 굽혀 인사를 하고 뒷걸음쳐 나가는데 걸음걸이가 불편해 보였다.

– 먼 길 오느라 수고했소. 어서 드시오.

– 예.

잔을 들었는데 콧속으로 들어온 냄새가 특유의 향내를 간직하고 있었다. 따스한 감촉과 함께 입안에 퍼지는 향을 음미하며 목으로 넘겼다. 목사가 찻잔을 내려놓으며 그간의 일을 보고하듯 말을 늘어놓았다.

— 그간 나도 많은 일을 했소. 산지천 위 동산에 제승각을 만들었고, 성곽 주변엔 외호를 파서 적들이 감히 기어오르지 못하도록 방비했소이다.

— 노고가 많으셨습니다.

중림은 자신을 부른 이유가 궁금했다. 다음 이어질 말을 기대하며 목사의 입만 바라보는데, 감질나게도 자신의 자랑만 늘어놓았다.

— 성곽 위에는 토담집과 판잣집을 지어 적들의 침입을 상시 경계하도록 했고, 낡아서 부스러지는 명월진성은 개축하도록 했지요.

— 좋은 생각을 실행에 옮기느라 애 많이 쓰셨습니다.

목사의 말에 적당하게 추임새를 넣으며 중림은 차를 홀짝거렸다.

— 내 섬을 한 바퀴 돌아보았는데 해안선이 너무 아름다워요. 그런데 어디라도 왜놈들이 배를 대기가 용이합디다. 그래서 해안 곳곳에 보를 쌓도록 하여 우리 전선을 숨겨두도록 했지요.

— 아무렴요. 왜적의 침입에 철저히 대비하셔야지요.

중림이 빈 잔에 차를 채우며 영혼 없는 화답을 했다. 눈치 없는 목사는 그제야 평상심을 되찾은 듯 어색하게 웃었다.

— 어허. 이거 말을 하다 보니 내 자랑만 늘어놓았구료. 미안하오. 내 사실 첨사 어르신을 초치한 것은 사복시에서 온 좋은 소식을 전하기 위함이오,

— 사복시라면?

— 그렇소. 첨사 어른의 헌마를 승인하고 당장 공마선을 띄우겠다는 답신이 왔소.

중림은 자신의 의기를 조정에서 받아 준 것이 기뻤다. 그것이 목사의 덕분이라 생각하여 의자에서 일어나 허리를 굽혔다.

— 정말 고맙습니다. 사또어른.

목사도 따라 일어서서 허리를 굽히며 오히려 황송해했다.

— 주상을 대신해서 내가 인사드려야지요. 정말 고맙습니다.

목사는 다시 한번 허리를 숙였고 중림도 답례하고 의자에 앉았다.

— 작년에 첨사 어른의 말을 듣고 즉시 장계를 올렸소. 말과 함께 제주에서 초병 300명을 뽑아 직접 바다를 건너가서 국난에 대처하겠다고 말입니다. 그랬더니 이제야 답신이 당도했소이다.

목사는 말하며 일어서더니 문갑으로 가서 누런 한지 봉투 두 개를 꺼내들고 왔다. 그리고 하나를 중림에게 내밀었다.

- 그거 한 번 보시오.

중림이 봉투 속에 담긴 내용물을 꺼내 펼쳤다.

'조정에서는 제주가 멀리 떨어진 외딴 섬이고, 만일 왜적이 제주에 침공한다면 섬을 방어하기가 어려우며 또 함부로 임지를 떠나서도 안 되니 그대로 제주 방어에 힘쓰라.'

서찰 끝에는 임금의 낙관이 찍혀 있었다. 중림은 적이 실망했다. 그런 중림의 표정을 보고 목사가 웃으면서 말했다.

- 실망하지 마시오. 그런데 말이오. 전쟁이 길어질수록 전마가 부족하다는 소리가 곳곳에서 들립디다. 그래서 답신이 오기 전 다시 장계를 올렸소, 그랬더니 공마선을 보낼 테니 일백 마리만 급히 올려보내란 회신이 나중에 당도한 거요.

목사는 나머지 서간 한 통을 중림에게 내밀었다. 중림이 내용을 확인하는 중에 목사가 말을 이었다.

- 아마도 지금쯤이면 사복시에서 전라도 해안에 정박 중인 공마선을 끌어모아 보냈을 겁니다.

서간을 확인하는 중림의 얼굴에 화색이 돌았다. 벼슬길을 버리고 나라를 위해 전마를 기르겠다고 결심한 장면이 떠올랐다. 순간 중림의 눈앞이 뿌예지더니 기어코 주르르 흘러내린 눈물이 수염을 타고 떨어졌다.

- 첨사 어르신도 알다시피 국마장의 말들은 왜소해서 전마로서는 부족해요. 해서 첨사께서 기르신 말을 보내고

자 합니다.

중림은 얼른 손등으로 눈물 자국을 닦으며 말했다.

— 여부 있겠습니까. 소신이 학수고대하던 바입니다.

— 사실, 소문에 돈만 아는 악덕 업자라고 손가락질하는 소리가 여기저기서 들립디다. 허나 난 첨사를 잘 알기에 다 쓸데없는 소리라고 막으셨어요. 이제야 진심을 보여줄 때가 왔소이다.

— 고맙습니다. 기회를 주셔서 정말로 감사합니다. 누항에 떠도는 소문 저도 들었습니다. 소인의 대의를 실현할 수 있게 선처해주셔서 참으로 고맙습니다.

중림은 여러 번 허리 굽혀 절을 하고서 목관아를 나왔다. 세상을 다 얻은 듯 마음은 둥둥 떠다녔다. 집에 들리지 않고 곧장 갑마장으로 달렸다. 그리고 점마해 놓은 말 중에서 일백 마리를 다시 뽑았다.

가족들은 기뻐하며 소식을 퍼 날랐다. 소문은 금세 온 섬 안에 퍼졌다. 소식을 들은 지인들이 집으로 찾아와 함께 기뻐하며 축하했다. 중림을 헐뜯던 사람들은 못 들은 척 아예 귀를 막았다.

일백 마리의 말은 사흘 후 정의현 결책군과 구마군에 의해 인계되어 대창마장을 떠났다.

말을 보내고 나니 가족들은 평상심으로 돌아갔으나, 중림은 마음 한구석이 허전함을 느꼈다. 그런데 곧 집안에 활기를 채워 넣는 일이 생겼다. 육지로 나갔던 인걸이 돌아왔다. 소식이 없어 왜적들과의 싸움에서 전사한 줄 알았는데 무소식이 희소식이었다. 혼자 온 것이 아니었다. 아리따운 여인과 갓난아기를 데리고 왔다. 인호는 일을 저질러놓고 보는 게 집안 내력인 모양이라고 생각하며 웃었다. 성어진에 대한 좋은 기억 때문인지 모친은 육지 며느리에 대해 호감을 가졌다.

– 말도 좋은 종자끼리 교배시켜 우량종을 만든다. 영일 정 씨라면 포은 선생 후손이니 뼈대 있는 양반 집안이다.

중림은 손자 이름을 훈이라 지었다. 김 씨 성을 가진 첫 손자여서 그랬을까? 누이들이 조카들을 데리고 집에 왔을 때와는 사뭇 달랐다. 중림은 손자를 어르며 아이를 안고 온 순정 앞에서 노골적으로 편애를 드러냈다.

– 에고 내 새끼. 내 무덤에 앉앙 똥을 박박 뀌멍 벌초해 줄 놈이로구나. 나 죽으민 제사 명절 해줄 놈. 에고 이뻐라.

섭섭한 순정은 입을 삐죽거리며 슬며시 자리를 피했다. 인걸 모친은 경주 며느리에게 이런 말을 했다.

– 섬사람은 외지 사람에 대해 그리 좋게 생각 아니헌다. 육지서 온 관리들에게 고통을 하영 받아서여. 경허난 만나는 사람들에게는 늘 겸손허라. 경허곡 이왕 섬에 와서 살기로 작정했으니 이곳 습성을 빨리 익히고 배워야 헌다.

중림은 인걸에게 무과 시험을 준비하라고 했다. 그러면서 수망마장에서 덕배와 작은 외삼촌을 도우라고 했다. 경주댁은 아기를 보는 틈틈이 조리간에서 시어머니를 도와 음식을 만들었다. 경주댁이 만든 경상도 음식은 어진의 전라도 음식과는 어투만큼이나 달랐다. 인호는 형수 정해영이 형보다 여섯 살 많고 성어진과 갑장이라는 사실에 놀랐다.

부잣집 장남의 혼인식은 성대하게 치러졌다. 잔치는 돼지 잡는 날부터 시작해서 친척들을 위한 가문잔치, 혼인식, 사돈 잔치 순으로 나흘에 걸쳐 행해졌다. 혼인식에는 평소 중림과 인연이 있던 사람들과 목관의 관리까지 모여들었다. 마장에 차려놓은 상 자리가 부족해서 하루종일 사람들이 국수 한 그릇을 먹기 위해 길게 줄을 늘어섰다. 경주에서 온 사돈들은 몰려든 인파에 놀랐다. 사돈 일행은 며칠을 객사에 묵으면서 명승지 구경을 하고 떠났다. 인걸은 성읍에 집 얻어주기를 요청했고 뜻대로 분가했다.

인호는 형이 부러웠다. 인걸이 본가를 떠난 어느 날, 중림이 하몽을 교배실로 데려가는 꿈을 꿨다. 교배실에는 암말이 엉덩이를 뒤로 한 채 목책에 묶여 있었다. 하몽이 들어서자 암말은 꼬리를 흔들며 소리를 질렀다. 암말은 엉덩이에서 발정 냄새를 풍겼다. 하몽의 양근이 서서히 길어지며 땅에 닿을 듯했다. 하몽이 가까이 다가서자, 암말의 성기가 꿈틀거렸다. 암말은 뒷발질 해대며 흥분하기 시작했다. 중림이 소리치며 암말을 진정시켰다. '가만, 가만'. 그때 암말이 뒤를 돌아보았는데 예전에 반드기왓에서 보았던 그 처자였다. 그녀는 하몽을 보며 웃었다. 하몽은 흥분이 고조되어 덤벼들었다. 하몽이 앞발을 들어 올라서려는 순간, 중림이 '워어' 하며 고삐를 잡아끌었다. 하몽이 몸부림치며 울부짖자 중림이 날쌔게 채찍을 갈겼다. 인호는 아픔을 느꼈다. 중림은 하몽을 밖으로 끌고 나가며 소리쳤다. '어서 들어와.' 밖에서 눈이 부신 가라말이 들어왔다. 천둥번개였다. 인걸이 고삐를 단단히 쥐고 있었다. 그는 마주치며 지나가는 하몽을 보고 깔보며 웃었다. '흐흐흐. 넌 시정마야. 임마.' 그 말이 어찌 서운했는지 인호는 눈물을 왈칵 쏟아내며 펑펑 울었다. 깨어나고 보니 베개가 축축하게 젖어 있었다.

인호는 마의가 되기 위해 집 앞에 있는 의원에 자주 들락거렸다. 아침에 일어나니 기분이 야릇했다. 늦잠을 자고 마당에 나오니 햇볕이 따사로웠다. 새벽에 비가 내렸는지 화단 가운데 이슬 머금은 장미꽃에서 향기가 진하게 풍겨 나왔다. 나무에 앉아 놀던 새 한 마리가 인기척을 느끼고는 포르릉 날아갔다. 그 뒤를 따라 또 한 마리가 따라갔다. 인호는 기지개를 켜며 냄새를 한껏 들이마셨다. 상긋한 향기가 머릿속을 휘저으니 날 것 같이 몸이 가뿐했다. 하늘에 무지개가 떠 있었다.

– 무지개다.

인호는 중얼거리며 가벼운 걸음으로 문밖을 나섰다. 장의원 쪽으로 향하는데 의원 문을 열고 나오는 두 여인을 발견했다. 나이 든 부인이 절뚝거리는 젊은 아가씨를 부축하며 걸었다. 부인은 낯이 익었다. 덕배 삼촌의 아내였다. 시선이 마주치자 삼촌이 먼저 알아보고 인사를 했다.

– 안녕하세요, 도련님.

인호는 자기도 모르게 고개를 숙이며 답례했으나 시선은 처자에게로 쏠렸다. 인호는 여자애를 보고 놀랐다. 꿈속에서 보았던 처자였다. 인호의 가슴이 다시 뛰기 시작했다. 인호는 떨리는 가슴을 억누르며 부인에게 다시 인사했다.

– 안녕하세요?

침착하려고 했으나 목소리가 떨리며 얼굴이 붉어졌다. 여자애가 쳐다봤다. 인호와 시선이 마주치자, 여자애는 고개를 돌려 찡그린 얼굴을 감추었다. 열이 올랐는지 얼굴이 붉었는데 분을 바른 것처럼 예뻤다. 인호가 붉어진 얼굴을 감추려고 돌아섰는데, 중림이 사무실에서 나오다 그들과 마주쳤다.

– 제수씨, 여긴 어쩐 일이우꽈?

예펜삼춘(여자삼촌)이 허리를 꾸벅 숙이며 인사했다.

– 아이고 예. 애가 몸이 좀 안좋안 마씸. 의원에 다녀가는 길이우다.

중림은 다가서며 여자애의 얼굴을 보더니 깜짝 놀랐다.

- 아니 이게 누구야? 너 윤아로구나?

인호는 돌아서며 중얼거렸다. '윤아? 네가 윤아였어?' 여자애가 고개를 까닥하며 인사를 했다.

- 예. 삼춘.

- 너 헌데, 목관아에선 왜 모른채 했느냐?

- 죄송합니다. 그때 몸이 좋지 못해서 인사드릴 처지가… 용서해 주십서.

인호는 가슴이 벌렁거렸다. 꿈에 그리던 아가씨가 덕배 삼촌의 딸이라니. 어렸을 적, 덕배 삼촌네 집에 아버지하고 놀러 가서 윤아를 보았었는데, 그때 동갑이라고 했다.

- 윤아 몸 상태가 좋지 못해서 이만 실례 허쿠다.

- 그러십서. 하영 안 좋수가?

- 아니우다. 아랫배가 당겨서 걷는 게 불편허연 마씸. 약 지연 감수다.

- 수망까지 걸어가젠 마씸?

- 아니 장터 한쪽에 말을 묶어 놓아수다.

- 예. 경허민, 조심허영 들어갑서.

윤아는 말없이 고개를 끄덕여 인사하고는 오른발을 천천히 내딛으며 걸어갔다. 인호는 안타까운 마음과 애틋한 마음이 교차 되면서 멀어져가는 윤아의 뒷모습을 멍하니 바라보았다. 그 모습을 보고 중림이 눈치 없이 한마디 했다.

- 뭘 경 멍청하게 쳐다 봄시니?

- 아, 아니우다.

인호가 황급히 장 의원으로 달려가는데, 마방 쪽에서 오철수가 심각한 표정으로 다가왔다.

– 무사 똥 씹은 얼굴이고?

– 성님, 돌사니가 드러누워수다. 아맹해도 안 됨직허우다.

중림이 마방 쪽으로 발길을 돌리는데, 따라가던 오철수가 머뭇거리다 말을 꺼냈다.

– 성님. 저 드릴 말씀이 이수다.

중림은 며칠 전 순녀에게서 들은 말이 생각났다.

– 기여. 고라 보라.

– 저 집안에 급한 일이 있어서 그러는데 급전 좀 빌려주시면 안 되쿠가?

중림은 가던 길을 멈추고 뒤로 돌아섰다.

– 급전? 노름 자본 아니고?

오철수는 이외의 반격에 놀라며 우뚝 서서 변명을 늘어놓았다.

– 아 아니, 동생이 육지에 가야 하는디 노잣돈이….

– 나 다 들었네. 노름 거 당장 그만둬.

– 에이. 성님. 거 심심풀이 하는 것 가지고.

– 내 아무리 돈이 있어도 노름 자본은 못 대주네. 알아보고 사실이면 순녀신디 빌려 줄 걸세. 경허고 사람 때리는 짓은 하지 말게. 가축도 아니고 어디 평생 함께 살 아내에게 매질인가?

오철수는 고개를 숙인 채 아무 말 못 했다. 중림은 돌아서서 발걸음을 옮겼다.

　- 중병은 아니지만 몸에 칼을 대야 할 것 같다.

　장 의원은 약재를 정리하며 대수롭지 않은 듯 말했다.

　- 몸 어딜요?

　- 사람의 몸속에는 소장과 대장이 있어. 소장이 끝나고 대장의 시작되는 부분을 맹장이라고 하는데, 거기 끝에 달린 뾰쪽 튀어나온 부분을 충수라고 하지. 거기에 염증이 생긴 것 같은데. 그거 몸에 아무 소용 없는 부분이라 떼어내면 그만이야.

　- 그럼 약을 먹이지 말고 당장 떼어내면 안 돼요?

　- 지금 잔뜩 부어 있어서 열을 내려야 해. 헌데, 너 왜 그리 관심 많아?

　인호는 속마음을 들킨 듯 얼굴이 붉어졌다.

　- 아니에요. 어린 시절부터 친구라서.

　- 그런데 왜 얼굴은 붉혀? 너 그애 좋아하는구나?

　- 에이 고모부도.

　인호는 더 이상 말을 했다간 본전도 못 찾을 것 같아서 얼른 의원을 나왔다. 그날 밤에 윤아는 수레에 실려서 왔다. 준비가 된 장 의원은 바로 수술에 들어갔다. 그 시간 인호는 곤히 자고 있어서 수술했다는 사실조차 몰랐다.

　인호가 의원에 도착했을 때 윤아는 회복실에서 곤히 자고 있었다. 문을 살짝 열고 바라본 윤아의 얼굴은 붉은 기운이 사라지고 평온했다. 이불 밖으로 삐져나온 발은 약

간 부어 있었으나 작고 예뻤다.

인호는 집으로 돌아와 안채 화단에 있는 장미 나무에서 꽃 몇 송이를 꺾어 묶었다. 꽃을 뒤로 감춰들고 의원에 조심스럽게 잠입했다. 다행히 의원에는 아무도 없었다. 도둑고양이처럼 살금살금 들어가 윤아의 머리맡에 꽃다발을 놓았다. 그리고 뒷발꿈치를 들고 살살 걸어 나가는데 윤아가 소리쳤다.

- 누구야? 인호?

인호는 뒤도 돌아보지 않고 후다닥 뛰쳐나갔다.

중림이 아끼던 애마, 평생을 발이 되어 함께 했던 돌사니가 간밤에 죽었다. 소식을 들은 사람들이 마방으로 모여들었다. 사람들에게 중림은 덤덤하게 말했다. 태연한 척했으나 목소리는 간간이 떨렸다.

- 무릇 생명을 가진 것들은 때가 되면 자연으로 되돌아가는 거다. 미물이나 인간도 이런 운명을 거부할 수는 없는 거지.

중림은 아랫입술을 지그시 깨물며 말을 잠시 멈추었다. 그리고 울대뼈를 위아래로 움직이고 나서 다시 말을 이었다.

- 이런 생과 죽음의 갈림길에 서면 인연이 붙은 사람들은 정이 든 만큼 괴로움도 크다. 육신은 죽어서 땅에 묻히나 영혼은 하늘에 올라 다시 만나게 될 거다. 그때는 돌사니가 나가 되고 내가 돌사니가 되마. 고맙구나. 내 둔중한

육신을 태우고 산천을 돌아다녔던 너희 수고 잊지 않으마. 잘 가거라.

중림의 말을 들으며 훌쩍이는 사람도 있었다. 중림은 말을 마치고 눈물을 보이지 않으려는 듯 급하게 마방을 떠났다. 인걸 모친은 술병을 들고 돌사니의 몸에 뿌리며 주변을 돌았다.

– 우리가 이렇게 일어선 것도 다 돌사니 네 덕이다. 험한 계곡 길, 눈보라 치는 산길을 마다 않고 다니느라 고생했다. 비록 하늘에 가서도 우리 가업 잘 보살펴 다오.

말을 마치고는 합장하고 허리를 굽히고 나서 옷소매로 눈가를 훔쳤다. 그날 중림은 집무실에서 아무도 들이지 말라 명령을 내리고는, 낮부터 술을 마시면서 밖으로 나오지 않았다. 돌사니는 마장 한구석 양지바른 곳에 묻혔다. 그리고 무덤 위에는 목비도 세워졌다. 거기에 중림은 이렇게 썼다.

'찬란한 젊음 잠들다'

인호와 윤아의 관계는 급속도로 가까워졌고 그것을 눈치챈 양가는 혼인을 서둘렀다. 신혼 방은 인호가 거주하던 모커리를 개축하여 부모와 한 울타리에서 살기로 했다.

흥성스런 잔치가 한창일 때 술에 취한 오철수가 객기를 부렸다. 중림이 없는 자리였지만 그것이 그를 향한 비난이란 것을 사람들은 알았다.

– 야 이 새끼들아. 돈 있으면 다야? 돈을 하늘로 지고 갈 거야? 있으면 없는 사람 나눠주기도 해야 할 것 아냐? 이 자린고비 돈벌레야. 돈은 혼자 번 건가. 다 말 못 하는 사람들 등골 빼먹고 번 거 아냐? 세상 사람 욕하는 거 너만 못 들은 채 하는 거지?

오철수가 주사를 부린다는 소식을 들은 순녀가 앞치마 입은 채로 달려왔다. 그녀는 취한 남편을 붙들고 때리며 한탄했다.

– 이 미친 양반아. 이게 잔치날 할 소리야. 그간 오빠네가 얼마나 우릴 도와주었는데. 무슨 개소리야. 이 노름에 미친 병신아. 어서 꺼져.

– 왜 내가 틀린 소리 했어?

– 여기서 당장 나가. 너랑 안 살아. 아이고 징징 해. 나가. 이젠 끝이야.

순녀는 오철수를 밀치며 밖으로 내몰았다. 불룩 튀어나온 배를 안고 멀찍이 서서 이 광경을 살피던 인걸 모친이 한숨을 쉬고 혀를 차며 돌아섰다.

윤아가 애를 가져 배가 오름만 해졌다. 장 의원이 진맥하더니 아들 같다고 했다. 인호는 아버지가 된다니 부끄러웠지만, 한편으론 어깨가 으쓱해졌다. 덕배도 만일과 사돈 맺은 것을 느꺼워했다.

– 너희들은 어렸을 적에 아버지들끼리 미리 사돈하기로 약속해 났주.

혼례식 치루고 처갓집에 갔을 때, 장인의 말을 들은 인호는 그런 사실을 알려주지 않은 부친이 얄미웠다. 괜히 사기를 당한 것처럼 억울한 생각이 들었다.

집안 경사는 또 있었다. 인걸 모친이 늦은 나이에 인호의 여동생을 출산했다. 그토록 바라던 딸이어서 중림은 매우 기뻐했다. 병진년에 나았다고 해서 딸애의 이름을 병생이라고 지었다.

- 사람만큼 큰 재산은 없다. 낳아 놓으면 다 제 밥값은 한다.

그렇게 흰소리하며 병생을 어르는 중림을 보고 노산의 부인은 어처구니없어하며 대꾸했다.

- 아이구. 사람들 웃는 생각도 좀 험서. 손지 이신 사름이 염치 없다고 놀리는 소리 안 들럼수가?

- 허어. 놀리는 게 아니라 부러워하는 거야.

- 아이고. 난 이제 끝이우다. 양?

- 거 무슨 소리. 낳을 수 있을 때까지 나아사주. 안 경허냐. 병생아.

- 에이구. 이 양반 주책도. 앞으로 내 옆에 올 생각 맙서. 챙피허연 죽어지쿠다.

- 챙피는 무슨? 난 좋기만 하구만.

인호와 병생은 열여덟 살이나 터울이 졌고, 조카 훈이보다도 세 살 어렸다. 훈이는 병생에게 '아기야'라고 불렀다. 그러면 중림은 야단을 쳤다.

- 이 녀석. 고모에게 '아기야'가 뭐야. 고모! 해봐.

– 고모 아니야. 아기야.

훈이의 이런 우격다짐은 철이 들 때까지 계속되었다. 병생과 같은 해에 인호의 아들 현이도 태어났다.

경마대회

대창마장이 창업 10주년을 맞이하는 해에 집안에 경사가 겹쳤다. 나라에 1백 필의 말을 바친 공을 상찬하며 임금께서 상을 내렸다는 소식이 전해졌다. 중림은 기쁨을 이웃 사람들과 나누고 싶어 했다. 방법을 궁리하다 마 경주대회를 착안했다. 우수한 종마 개발과 기마병의 육성을 위해서 경마대회 치를 계획을 차곡차곡 세웠다. 대체적인 계획이 수립되자 중림은 대창의 주요 책임자를 모아놓고 의견을 들었다. 뜬금없는 행사 소리에 집사인 병택이 의아해 했다.

– 아니 갑자기 경마대회는 무신 일이우꽈?

– 우리가 말을 키우기 시작한 지 올해 딱 십 년이다. 이만큼 성공한 것이 우리 힘으로만 된 것은 아니지 않나. 그래서 우량 마를 확산하고 기마병 육성을 진작할 수 있는 방법이 무엇이 있을까 생각해 봤지. 결론은 우리가 가진 씨수마를 부상으로 내거는 거야.

– 갑마장의 종마를요?

– 암. 말을 키워내는 동업자끼리 만나는 자리도 만들어 어깨를 맞잡고 함께 가자는 취지야. 그리고 입상자에게는 말도 나누어 줄 것이야.

팔짱을 끼고 가만히 듣기만 하던 훈련대장 덕배가 끼어들었다.

– 거기 들어가는 비용과 준비가 만만치 않을 텐데.

– 사람은 근본을 알아야 하네. 내가 무엇 때문에 이 사업을 하고, 누구 때문에 돈을 버는가? 재물은 죽어서 가지고 갈 수 있는 것도 아니고, 잠시 내가 맡아 있는 것 뿐일세. 난 이 섬에 많은 빚을 졌어. 이 짭잘한 공기, 맛있는 물, 무성하게 자라준 풀, 그리고 말을 돌보고 키우는 사람들 덕에 내가 이만큼 성공한 것 아닌가? 나 혼자 풀 한 포기 나지 않은 섬이었다면 가능했겠는가? 은공을 갚는 건 인간의 도리 아닌가?

인호는 아버지가 너무 멋있게 보여 박수를 쳤다. 사람들이 인호를 쳐다봤다. 그는 엄지를 곧추세워 들며 말했다.

– 우리 아버지, 최고. 대창 만세!

그러자 일행은 박수로 동의를 보냈다. 중림은 흡족해하면서 좌중을 둘러보았다. 그런데 옆자리에 앉은 부인은 못마땅한 듯 고개를 돌려 다른 곳을 보고 있었다. 중림은 아차 싶었다.

– 가만. 내가 실수했소. 이 대회의 성사 여부는 고팡의

쇳대를 관장하는 물주에서 있는 걸 깜빡 했소. 마님 어떻게 허락해 주시겠습니까?

그제야 부인은 마음이 풀리는 듯 어색한 미소까지 흘리며 여유를 부렸다.

– 영감이 알아서 험서. 내가 반대한다고 해서 안할 사름도 아니고 무엇을 준비해야 할지 미리 고라만 줍서.

부인이 동의하자 일행은 다시 박수 치며 환호했다.

목관아에서 상을 받으러 오라는 연락이 왔다. 중림은 집사를 대동하고 읍내로 말을 달렸다. 상을 전수받고 나서 목사에게 경마대회 계획을 설명했다.

– 경마대회라고요?

– 예. 금년이 대창마장 창립 10주년이 되는 해입니다. 귀한 상도 받았으니 그 기쁨을 동종 업자들과 함께 나누고자 합니다. 목사또 어르신께서도 큰 마음으로 많이 도와주십시오.

– 참으로 좋은 생각입니다. 내가 도울 일이 무엇이오?

– 국영 목장의 기마병과 테우리에게도 참여를 독려해 주시고, 제주목사 이름으로 상을 내려 주시면 모든 비용은 제가 책임지겠습니다.

– 그거 뭐 어려운 일 아니니 해봅시다. 아주 기대가 됩니다. 빠르고 날랜 말을 타고 기마병을 경주시키면 전마 육성에도 도움이 될 테고, 입상한 기수의 마장에 우수한 형질의 종마를 부상으로 준다니 우량마 보급 확산에도 도

움이 되겠구료.

 - 그렇습니다. 함께 힘을 합치면 종마 개량이 훨씬 다양해지지 않겠습니까?

 - 그거. 아주 탁견이외다. 제 것을 움켜쥐고 감추려는 게 인간 본성인데, 좋은 말을 내어놓으며 함께 하겠다니 정말 대단하십니다. 모두 대창의 말을 탐내고 있으니 다른 마장에서도 덤벼들 겁니다. 어디 한 번 해봅시다.

 - 제 신념을 이해해 주시고 칭송까지 해주시니 몸둘 바를 모르겠습니다. 빠른 시일 내에 계획을 구체화해서 다시 찾아뵙도록 하겠습니다.

  중림은 각종 말을 부상으로 내걸었다. 장원에게는 우수 혈통의 갑마, 차상에게는 전마로 조련된 기승마, 차하에게는 집안 한 밑천이 될 조랑말을 주기로 했다. 각 마장에서 추천을 받아 출전한 기수가 완주했을 땐 백미 서 말, 입상한 마장엔 대창에서 개량한 씨수마 한 마리씩 내걸었다.

  경주로는 옷귀마장에서 출발해서 영주산을 거쳐 백약이오름, 산굼부리, 바농오름을 돌아 물영아리 옆으로 해서 옷귀마장으로 오는 길로 정했다.

  국마장과 온 섬 곳곳에 경마대회 방이 붙었다. 병택은 읍내는 물론 대정, 정의현청과 사목장을 돌며 경기 규정을 설명하고 출전을 독려했다. 이제까지 없었던 시합에 남녀노소 할 것 없이 들떴고 소문은 금세 쫙 퍼졌다. 시합에 참가하기 위해 마장을 기웃거리는 젊은이들이 많았다.

국마장과 사둔장에선 마장을 대표해서 출전할 선수를 뽑기 위한 예비 대회가 열렸다. 큰길, 산길 가릴 것 없이 말 달리는 젊은이로 온 섬이 들썩였다. 대창마장에서도 예비 경주를 치렀는데, 테우리들을 멀찌감치 따돌리고 김인걸이 대표로 뽑혔다.

온 가족이 임무를 부여받고 맡은 업무를 수행했다. 부인은 내빈을 대접할 음식 준비를, 집사는 경기장 조성과 교섭의 일을, 고덕배는 경기 운영에 관한 일을 맡았다. 테우리를 동원하여 말이 돌아가는 길목마다 깃발을 달아 주로를 표시했다. 거쳐 가야 할 네 개의 오름 정상엔 경기 출전 기수만큼의 깃발을 뒀고 관리 병사가 배치됐다. 청, 백, 홍, 황색 4개의 깃발이 모두 있어야 완주의 증명이 되고 쌀자루를 받는다. 출전 기수에게 줄 쌀은 목관을 통하여 전라도에서 구입해 준비를 마쳤다.

예선을 거친 출전자를 모아보니 제주읍이 관리하는 국마장 여섯 소장에서 3명, 대정, 정의현 관내 소장에서 각 1명, 현청 기마병 중에서 각 1명, 대창을 포함한 사둔장에서 6명 등 14명이었다.

시합이 열리기 하루 전날, 출전할 말과 기수를 옷귀마장에 집결시켰다. 각양각색의 장식으로 치장한 말들과 기다란 장화, 각양각색의 의복과 모자로 모양을 낸 기수들이 긴장한 모습으로 모여들었다.

출전하는 말들은 개량된 조랑말, 키가 큰 호마, 근본을 알 수 없는 잡종마 등 종류와 색상도 다양했다. '신천'이라고 새겨진 흑두건을 쓴 기수가 팔짱을 끼고 목책에 묶인 말들을 유심히 살폈다. 인걸은 그가 강민철이라는 것을 알았다. 어릴 적부터 이웃 동네에 살면서 주민들을 괴롭혔던 신천마장주 강현동의 아들이었다. 인걸은 향교에 다닐 때 그 패거리에게 수없이 행패를 당했다. 눈을 마주치면 마주친다고, 피하면 무시한다고 얻어맞았고 물건을 빼앗긴 적도 많았다. 거기에 대항하려고 인걸도 다른 패거리에 들어갔고 패싸움을 벌이기도 했다. 패거리와 시장을 휘저어다니다가 부친에게 들켜 혼났던 일이 생각났다. 인걸이 옛일을 회상하고 있었는데 등 뒤에서 민철의 소리가 들렸다.

– 야. 김인걸.

인걸은 눈을 부릅뜨고 마주 섰다.

– 무사?

– 오, 이 녀석. 많이 컸네.

– 그래 임마, 네 덕에 하영 커서 애도 있다.

생각과 달리 호기로운 인걸의 기세에 민철은 주춤거렸다.

– 야, 너 내가 누군지 몰라?

– 잘 알지. 어렸을 적 닭닥질 많이 당했는데 어찌 잊겠어?

- 야 이놈. 성질 까탈스러워졌네.

- 경허난 뭐?

인걸의 눈에 불꽃이 일며 분위기가 심각해지는데, 집합을 알리는 징소리가 울렸다.

- 그래. 잘 달려라. 내일 보자.

민철은 야비한 웃음을 날리며 발걸음을 돌렸다.

고덕배가 참여 기수들을 집합시키고 경기 규칙을 설명했다. 회합이 끝난 후, 일행은 전마장 조교의 인도로 말을 타고 달려야 할 장소를 답사했다. 인걸은 여러 번 연습하던 잘 아는 길이지만 경주로의 특장들을 다시 한번 점검하며 일행의 맨 뒤에서 따라다녔다. 방자하고 오만한 강민철이 참가 기수들을 사전 제압하려고 천천히 걸어가는 말 위에서 채찍을 날리거나, 말 귀에 대고 갑자기 큰소리를 치는 등 유난스럽게 굴었다.

날이 밝자 하늘은 구름이 잔뜩 끼고 바람마저 나뭇잎을 흔들 정도였으나 말을 타고 달리기엔 그렇게 장애가 될 것 같지 않았다. 대회장 장막이 처진 내빈석을 중심으로 치렁치렁 오색천이 나부끼고, 곳곳 대나무에 묶인 지화들이 바람에 흩날렸다. 경사스런 잔치 분위기가 사람들의 마음을 들뜨게 했다.

경기를 구경하려는 사람들이 새벽부터 모여들어 차일 주변을 어슬렁거렸다. 마장 곳곳에 각설이타령을 하는 엿장수, 좌판을 깔아놓은 방물장수들이 하나둘 들어서자 그

곁으로 사람들이 모여들었다.

걸궁패들이 사물을 치며 이리저리 옮겨 다니며 흥을 돋우었다. 아이들은 걸궁패의 뒤를 졸졸 따라다니며 즐거워했고, 구경하던 사람들은 흥에 겨워 걸궁패와 함께 덩실덩실 춤을 추었다.

차일 옆 울타리에는 부상으로 걸린 말들이 장원, 차상, 차하의 표지판을 등에 달고 목책에 묶여 있는데, 목에 묶인 오색 지화 띠가 불편한지 연신 머리를 상하좌우로 움직이며 건초를 먹었다. 그 옆 울타리 씨수마 역시 사람들의 시선을 끌었다. 사람들은 값비싼 말이 신기해서 가까이 가서 소리를 지르기도 하고, 돌맹이를 던지기도 했다. 말은 두려움을 느꼈다. 조용한 곳에서 한가롭게 풀을 먹다가 왁자지껄한 군중 소리와 걸궁패들의 연주 소리에 깜짝깜짝 놀라며 불안스러워했다. 말들은 가만히 서 있지 못하고 종종거렸고, 뒷발질을 해대며 시도 때도 없이 똥을 싸고 오줌을 갈겼다. 먹이를 주고 떨어지는 말똥을 치우는 것이 소롱이의 임무였다.

사람들이 주변으로 몰려들자, 소롱이는 말을 보호하려고 울타리 앞에 서서 접근을 막았다.

– 돌 던지지 말고 저리 비켜서요.

시간이 되자 출전 기수들이 하나둘 나타났다. 도착한 말들은 참가 신청할 때 부여된 천天, 지地, 현玄, 황黃 순으로 된 기호천을 말 목에 걸었다.

강민철이 백총말을 몰고 여유를 부리며 마지막으로 도착했다. 그의 말에는 날 일日자가 걸렸고, 인걸의 말은 달 월月자를 달았다.

　읍내에서 목사와 판관이 깃발을 든 병사들을 앞세우고 도착했다. 날라리 소리와 함께 걸궁패들은 목사 일행 주변을 돌며 더 요란스럽게 악기를 쳤다. 먼저 도착해 있던 대정현감과 정의현감은 의자에 앉았다가 일어서서 목사 일행을 맞이했다. 일찌감치 소속 출전 기수를 데리고 도착한 마장주들이 앞다투어 목사와 판관에게 인사를 올리느라 장막 안은 부산스러워졌다.

　경기책임자의 지시에 따라 경주에 참석할 말들이 출발선으로 모여들었다. 중림의 안내를 받으며 목사또가 일어서서 출발선으로 다가서자 사람들이 우루루 모여들었다. 병사들이 군데군데 창을 들고 막아서며 출발선의 질서 유지에 나섰다. 경기를 담당한 테우리들은 출전한 말들을 출발선에 세우느라 애를 먹었다. 긴장한 말들은 흥분하여 날뛰며 똥을 쌌다. 사람들은 그것을 보고 웃으며 좋아했다. 말을 달래느라 마장을 이리저리 돌고 가까스로 출발선에 서는 기수도 여럿 있었다. 인걸이 탄 먹가라말 천둥번개도 긴장이 되는지 연신 꼬리로 자신의 몸을 치며 머리를 흔들었다. 인걸은 말갈기와 목을 쓰다듬으며 진정시켰다. 신천마장 백총말은 다른 말에 비해서 등치가 컸다. 강민철은 거만하게 말 위에 앉아 인걸을 보며 재수없게 웃었다.

형을 응원하러 나온 인호는 자신이 말이 되어 출발선에 선 기분이었다. 얼마나 떨릴까? 각 마장을 대표하여 온 말들이지만 기수의 날카로운 지시와 이토록 많은 사람의 시선과 경주에 대한 불안함, 그 결과에 대한 기대감으로 인호는 자신의 몸을 떨었다.

걸궁패의 사물소리가 그치고 덕배가 꽹과리를 높이 들어 휘몰이로 쳤다. 사람들의 시선이 소리나는 곳으로 향했다. 마련해 놓은 출발선 옆 단상에 목사가 올라섰다. 중림이 징을 받아 목사에게 전달했다.

– 이제 곧 사또님의 징소리로 출발하겠습니다. 잠시 조용해 주시기 바랍니다.

덕배의 소리에 사람들 시선은 목사가 든 징에 모아졌다. 잠시 고요 속에 긴장감이 흘렀다. 이윽고 목사가 징을 힘껏 때리자 말들은 일제히 달려 나가기 시작했다. 사람들은 박수 치고, 환호를 지르며 좋아했다. 걸궁패들은 다시 사물을 두드리며 분위기를 북돋웠다. 그 분위기에 놀란 말이 앞발을 높이 들고 소리지르며 달리기를 거부했지만 이내 기수의 명령에 순순히 따르며 먼저 출발한 말을 뒤쫓아 달려 나갔다.

말들이 힘차게 옷귀마장을 벗어나자, 병택과 중림은 초청된 귀빈들을 대창마장 복식방으로 안내했다. 식탁에는 달콤한 냄새를 풍기는 기름진 음식이 차려져 있었다. 귀빈들이 자리에 앉자 중림이 참석에 고마움을 전하며 술을 따랐다.

목사가 이 대회의 의의와 성공적인 마무리를 기원하며 건배를 제의했다. 건배가 끝나자 각자 자기 소개가 있었다. 그리고는 날씨가 어떻다느니, 대회를 매년 열어야느니, 중림이 고맙다느니 덕담을 이어가며 술을 나누었다. 목사가 옆에 있는 판관과 중림에게 술을 권하며 한마디 했다.

- 네 개의 오름 정상까지 오르려면 한나절은 걸리겠지요?

- 오름이 그리 높지 않고, 각 마장을 대표하여 선출된 기수들인데 정오쯤에는 돌아오지 않을까요?

판관이 화답을 하자 중림이 끼어들었다.

- 아무리 빨라도 산길이고 거리가 있는데 두어 시간은 족히 걸릴 겁니다.

- 누가 우승할 것 같소?

목사의 질문에 재빠르게 판관이 대답했다.

- 소문에는 국마장 훈련 교관이 탄 천天자 말이 제일 빠르다고 합디다만.

그러자 듣고 있던 신천마장 강현동이 음흉하게 웃으며 말했다.

- 길고 짧은 건 대봐야 알지요. 아마 신천마장 일자 마도 무시 못할 걸요? 출발할 때 보니 우리 말이 제일 크던데. 으흐흐.

중림도 오기가 발동하여 끼어들었다.

– 월자 마도 개량종이지만 빠르기와 지구력에선 뒤지지 않을 겁니다.

– 그럼 우리 내기하는 게 어때요? 이긴 자가 진 말의 돈을 나누어 가지는 겁니다.

강현동이 제의하자 중림이 말렸다. 평소에도 노름으로 여러 사람 패가 망신시키고 빚 독촉에 목을 맨 사람이 여럿이라는 것을 소문을 듣고 알고 있었기 때문이다.

– 남의 경사스런 잔치를 노름판으로 만들 생각이요?

강현동이 뻔뻔하게 얼굴을 쳐들며 반박했다.

– 강요하는 건 아니잖소. 재미로. 그냥 앉아서 결과만 기다릴 게 아니라, 우리도 기대감을 가져보자는 것이요.

그 말에 목사도 웃으면서 찬동했다.

– 거 재미로 하겠다는 거 막을 필요 뭐 있소? 싫으면 안 하면 되는 거고. 난 천자 말에 한 냥 걸겠소.

목사의 말에 신이 난 현동은 득의의 웃음을 얼굴 가득 채우고 함께 데리고 온 집사를 불렀다. 집사가 쪼르르 달려왔다.

– 자, 내가 수금할 테니 넌 정확히 기록하거라. 원하시는 분들은 엽전을 들고 여기로 오세요.

집사는 미리 준비하고 온 지필묵을 상 위에 펼쳤다. 강현동은 맨 먼저 목사에게 다가서서 손을 내밀었다. 목사가 허리춤에 달린 주머니를 열어 엽전 한 냥을 꺼내 내밀었다. 엽전을 받은 현동이 소리쳤다.

– 목사님 천자 말에 한 냥이다.

그 모습을 보고 있던 내빈들이 너도나도 주머니를 열어 엽전을 꺼내며 집사 주변으로 모여들었다. 그러자 수금하던 현동이 규칙을 정했다.

- 일등한 말에 건 사람이 가져가는데 수고료는 이 할입니다.

등록하던 사람들이 눈을 동그랗게 뜨고 서로 쳐다보는데 판관이 따지듯이 말했다.

- 이 할이라니? 거 너무 세지 않소?

- 열 냥 따면 두 냥이 뭐가 셉니까? 남는 게 있어야 장사도 하지요. 많이 걸면 그만큼 배당도 많아요. 난 일자 말에 열 냥 걸었습니다.

중림은 강현동이 설치는 꼴이 마뜩잖은지 술만 들이켰다. 그러다 문득 생각난 듯 주변을 살펴보았다. 다행히 오철수는 보이지 않았다. 그가 있었으면 눈에 불을 켜고 달려들었을 텐데. 그 버릇 개주랴. 어디선가 저들끼리 술 마시며 내기를 하고 있을 거라고 생각했다.

인호는 이 광경을 지켜보며 고개를 갸웃거렸다. 권세와 지위도 있고 재산도 있을 만한 사람들인데 요행을 바라며 돈을 탐내는 것이 이해되지 않았다.

내기 걸기가 다 끝나자, 집사가 결과를 발표했다. 천자 말에 38냥, 일자 말에 52냥, 월자 말에 30냥. 그리고 각 마장의 말에도 주인이 몇 냥씩 걸었다.

강현동이란 사람은 자기가 건 돈을 제하고도 배 이상을 가져가는 형국이었다. 인호는 이렇게 판을 벌리기만 해도 쉽게 돈을 버는 방법이 있다는 것과 있는 사람들이 남의 것을 더 탐낸다는 사실도 알았다.

옷귀를 출발한 말들은 선두 다툼을 하다 일렬로 서서 달렸다. 맨 앞에는 신천의 일자 마가 섰고, 그 뒤를 몸체 하나 사이로 국마장 전마훈련 조교가 탄 천자 마가 바짝 쫓았다. 인걸은 수망을 벗어나 오른쪽으로 꺾어서 병곳오름 앞에 다다를 때까지 천자 마와 두어 발 거리를 유지하며 달렸다.

길거리에서 마주친 주민들이 소리를 지르며 달리는 기수를 응원하기도 했다. 정의현성 앞에서 기다리고 있던 걸궁패들이 사물을 두드리며 달려 나가는 경주마들을 격려했다. 처음에 힘을 쏟은 말들은 거친 호흡과 하얀 콧김을 쉴새없이 내쏟으며 힘들어했는데 걸궁패의 사물 때리는 소리에 힘을 얻었는지 뒷다리로 힘껏 땅을 박찼다. 말들은 순식간에 검은 흙먼지를 날리며 영주산 쪽으로 사라졌다.

영주산 오르는 길은 순탄했다. 평평한 산길을 단숨에 오르다 굽이를 돌아서면 가파른 언덕이 펼쳐졌으나, 말들은 숨을 한번 길게 내쉬고는 단숨에 올랐다. 영주산 정상에는 제주읍에서 파견된 병사들이 열네 개의 청색 깃발 뒤에 창을 들고 도열해 있었다.

맨 먼저 깃발을 뽑아간 기수는 강민철이었다. 일자 말은 크기도 컸지만 힘이 좋았다. 강민철은 등 뒤에 매단 가죽통에 거머쥔 깃발을 꽂았다. 잠시 뒤, 언덕에 힘이 부친 천자 말이 쉭쉭대며 올라와 깃발을 뽑았고, 인걸은 세 번째를 유지했다. 인걸은 오르고 내릴 길을 훤히 꿰뚫고 있었고 승부를 걸어야 할 장소까지 계획하고 있었기에 조급해 하지 않았다. 게다가 천둥번개는 평소 전마장에서 훈련시킨 말이었으므로 믿음직했다.

인걸이 산 위에서 내려다보니 일자 말은 꾸불꾸불 이어진 두 굽이 밑을 돌아나가고 있었고, 천자 말이 바짝 뒤쫓고 있었다. 인걸은 많이 처지지 않았음에 안도하며 짧은 숨을 내쉬었다. 애마 천둥번개가 내리막길 앞에서 잠시 주춤하자 인걸은 달래며 말했다.

– 천천히. 이제부터 내리막이다. 너무 덤비지 마라. 충분히 따라잡을 수 있어.

안심한 듯 천둥번개는 터벅터벅 속도를 줄이며 길을 따라 내려갔다. 다음 목표는 백색 깃발이 꽂혀있는 백약이오름이다. 백약이오름에 오르려면 비치미오름과 성불오름 사이를 지나 오른쪽으로 돌아서야 하는데 외길이라 가는 말과 오는 말이 교행을 해야 했다. 인걸이 막 오름 입구에 들어섰을 때 정상에서 내려오는 일자 말과 만났다. 인걸이 반가움에 오른손을 들어 인사를 하는데 강민철이 갑자기 채찍을 들어 천둥번개의 엉덩이를 후려쳤다. 천둥번개는 예상치도 못한 채찍에 놀라 소리를 지르며 앞발을 들더니 우뚝 멈춰 섰다. 인걸이 놀라 돌아다보는데 강민철이 능글맞은 웃음을 날리며 소리쳤다.

– 감히 날 넘어설 생각은 털끝만큼도 하지 마라.

그 사이 천자 말이 내려와 지나갔고 인걸의 뒤를 따라오던 지자 말이 앞질러 달려나갔다. 인걸은 못된 버릇 그대로구나 생각하며 다시 천둥번개의 허구리를 양쪽 발로 차며 오름 위로 올라섰다.

백색 깃발을 거머쥐고 내려오니 앞선 말이 셋이었다. 인걸은 산굼부리를 지나 마지막 황색 깃발이 꽂혀있는 바농오름에서 승부를 걸려고 했다. 산굼부리 분화구를 한바퀴 돌아 내려오면 바로 바농오름으로 향하는데 이곳은 바농(바늘)이란 이름만큼이나 가시덤불이 많은 곳이다. 인걸은 경주로 말고 산비탈을 돌아서는 길을 승부처로 삼았다. 하강주로로 정해진 길이었다. 바농오름 입구에 다다르자 인걸은 경로를 이탈하여 산비탈 길로 말을 몰았다. 다른 말들이 좁은 오르막길 가시덤불 때문에 속도를 못 낼 때, 인걸은 능선을 사선으로 돌아 여유있게 오름 정상에 올랐다.

인걸이 깃발 대 앞에 서자 관리병들이 서로를 쳐다보며 의아한 표정을 지었다. 막 황색 깃발을 뽑아들고 올라온 길로 다시 내려가려고 할 때 일자 말이 숨을 허덕이며 언덕 위로 올라오는 게 보였다. 눈이 마주친 강민철은 영문을 모르고 잠시 어리둥절하더니 숨이 찬 소리로 말했다.

– 야. 너. 이 새끼. 거기 서.

인걸은 그 소리를 뒤로 들으며 재빨리 앞장서서 내려갔다. 손에 쥔 깃발을 확인하자 저절로 웃음이 나왔다. 돌아가는 길은 순탄한 평지이며 내리막길이다. 돔베오름을 오른쪽에 끼고 달리면 곧바로 붉은오름이 나타나고, 이어서 물영아리오름이 보이면 거기가 수망이다. 거기서 웃귀 도착 지점까지는 평탄하여 단숨 거리다.

물영아리오름 곁에 다다르자, 인걸은 뒤를 돌아보았다. 아득하니 멀리서 흰말이 달려오는 것이 보였다. 천둥번개가 거꾸러지지 않는 한 승리는 따 놓은 당상이다.

－ 감히 네가 나를 넘어서? 흥.

인걸은 '이랴' 소리치고는 엉덩이를 들고 상체를 숙였다. 천둥번개는 갈귀를 휘날리며 힘차게 내달렸다. 마을이 보이기 시작했다.

도착 지점에서 천둥번개가 달려오는 것을 발견한 사람이 소리쳤다.

－ 온다.

그 소리에 장터에서 놀던 사람들이 길가로 몰려나왔다. 경비를 책임진 테우리들과 관리 병사들이 사람들을 막아서며 통로를 확보했다.

－ 누게고?

－ 인걸이다. 가라말이 김인걸 맞잖아?

눈이 좋은 누군가 달려오는 인걸의 말을 알아봤다.

－ 그래 틀림없이 월자 말이군.

대창마장 사람들이 박수 치며 환호했다. 그늘에서 잠시 휴식을 취하던 걸궁패가 서로를 채근하며 모여들어 사물을 쳤다. 사그러들었던 분위기가 다시 흥성스러워졌다.

여기저기 삼삼오오 모여서 놀던 사람들과 복식방에 있던 사람들이 우르르 쏟아져나왔다. 인걸이가 맨 앞에 달려온다는 말에 중림은 채신머리 없이 어린아이처럼 껑충 껑충 뛰었다. 중림만 뛰는 것이 아니라 모여 있던 많은 사람들이 손뼉 치며 좋아라 했다.

－무어? 일자가 아니고 월자라고?

소식을 들은 강현동이 사람들을 헤치고 나와 확인했으나, 맨 앞에 달려오는 것은 분명 검은 말이었다. 순간 그의 얼굴색이 검게 변했다. 평시에도 검은 얼굴이 술을 마신대다 분노가 솟구쳐서 더 검었다. 월자 말은 사람들의 박수를 받으며 도착선에 당당히 들어섰다.

－아니. 이럴 수가 있나. 망했다.

강현동은 다리 힘이 풀렸는지 털썩 땅에 주저앉았다. 인걸은 채찍과 깃발을 든 두 손을 번쩍 들며 승리의 기쁨을 만끽했다. 사람들도 박수 치며 좋아했다. 천둥번개도 흥분한 듯 콧심을 내쉬면서 머리를 이리저리 흔들었다. 인걸은 땀이 촉촉한 말의 목을 쓰다듬으며 내렸다. 중림은 달려가 인걸에게 손을 내밀었다. 인걸은 내미는 손은 마다하고 중림을 덥썩 감싸안았다.

일자 말이 도착했고 뒤이어 천자, 지자 말이 차례로 들어왔다. 천자 말의 기수 옷에는 피가 묻어 있었고 얼굴이 잔뜩 부어 있었다.

강민철이 씩씩거리며 말을 탄 채로 인걸에게로 다가갔

다.

　- 야. 김인걸. 이 야비한 개새끼야.

　위협적으로 채찍을 휘둘렀다. 인걸이 피하자 중림이 막아서며 보호했다. 그는 분이 풀리지 않은 듯 말과 함께 쉭쉭 거리며 말에서 내렸다.

　- 야. 너 반칙했잖아?

　- 반칙이라니? 네 개의 깃발만 있으면 되는 거야. 자봐. 난 맨 먼저 도착했어. 내가 장원이지.

　인걸은 네 개의 깃발을 사람들에게 내밀며 확인시켰다. 사람들이 맞다고 환호하며 박수 쳤다. 두 사람 주변으로 사람들이 몰려들자 관리 병사들이 제지했다. 어느 틈엔가 사람들 사이를 비집고 나타난 강현동이 야료를 부렸다.

　- 그래. 이건 뭐가 잘못된 거야. 우리 비룡이 질 수가 없어.

　그러자 이번엔 천자 말의 기수가 나타나 강민철에게 달려들며 주먹을 날렸다.

　- 야. 이 개새끼야. 너 죽여버리겠어.

　강민철은 날렵하게 피하며 발길질을 하자, 국마장의 기수가 쓰러졌다. 주변을 둘러선 사람들은 '와' 하며 소리를 질렀다. 강민철이 쓰러진 기수에게 발길질을 하려고 다가서자 포졸들이 달려들어 말렸다.

　차일 안에서 실랑이를 지켜보던 목사가 판관을 보며 말했다.

　- 무슨 곡절이 있는 모양인데 심판장이 바라만 볼 참이

오?

　판관은 다투는 기수와 마주들을 차일 옆 가림막이 쳐진 막사로 불러들이라고 경비대장에게 명령을 내렸다.

　판관과 목사의 뒤를 따라서 막사 안으로 들어 간 사람은 기수 세 명과 강현동, 중림, 고덕배였다. 막사 안에서도 그들은 서로가 옳다고 주장했다. 경기책임자 고덕배는 사태를 목격한 바농오름의 관리병을 찾았다. 뒤늦게 도착한 병사가 막사 안으로 들어서자, 경기 결과는 명쾌하게 정리되었다.

　관리병이 사건의 전말을 설명했다.

　ㅡ 맨 처음 바농오름 꼭대기에 올라온 것은 월자 마가 맞습니다. 그러나 그 말이 올라온 것은 하강주로가 명백합니다. 그러자 정상 주로로 올라온 일자 마가 화가 났습니다. 그래서 뒤를 따라온 천자 마 기수가 깃발을 집는 순간, 일자 마 기수가 채찍으로 내리쳤습니다. 천자 마 기수가 말에서 떨어졌고 코피를 흘렸습니다. 일자 마는 기를 뽑아 달아났고 천자 마가 뒤를 쫓았습니다.

　경기 규칙을 정한 덕배가 인걸의 장원이 당연하다고 판단하며 의견을 냈다.

　ㅡ 경기 규칙엔 깃발이 꽂힌 오름을 올라 네 개의 깃발만 가져오도록 했습니다. 어떻게 오르라는 말은 규정에 없습니다.

　인걸의 입꼬리가 올라갔다. 그러자 못마땅한 표정으로 바라보던 강민철이 화를 내며 억울함을 호소했다.

－ 분명 전날 경주로를 답사할 때 오르고 내리는 길을 안내 받았습니다. 월자 말은 규칙을 어겼으니 실격 처리해야 합니다. 내가 장원입니다.

그러자 강현동이 맞장구를 쳤다.

－ 암. 그러면 그렇지. 반칙한 자를 장원 주면 말이 안 되지.

말을 듣고 있던 덕배가 다시 나섰다.

－ 경기를 훼방하고 기수를 타격해서 부상을 입힌 자는 실격입니다.

－ 뭐라고?

－ 그런 규칙이 어디에 있어?

강현동 부자가 동시에 반발하자, 판관이 탁자를 치고 일어서며 소란을 잠재웠다.

－ 그만. 조용히 하세요. 판단은 심판장인 본관이 합니다.

사건의 추이를 파악하며 담담하게 듣고 있던 중림이 손을 들며 일어섰다.

－ 판관님. 이 경기를 주최한 자로서가 아니라 경기에 참가한 천둥번개의 마주로서 말씀드리겠습니다. 규칙은 최소한의 약속입니다. 그러나 규칙 이전에 더 중요한 것은 경기에 참여하는 자의 양심입니다. 경기라는 것은 승자를 가리는 것이기 때문에 이기려는 것은 인지상정입니다. 그러나 오기만 가지고 반칙을 행한다면 경기 자체가 해악을 키우는 일입니다. 모든 경기는 상식에 따르고 공정해야

합니다. 들고보니 우리 월자 말은 상식에 벗어났고 정의롭지 못했습니다. 그래서 월자 말의 입상은 포기하도록 하겠습니다.

중림의 말에 인걸은 변명도 못하고 고개를 푹 숙였다. 순간 강현동이 득의의 미소를 지으며 주장했다.

– 그렇지. 장원은 우리 거야.

그러자 판관이 다시 책상을 손바닥으로 두드린 후 말했다.

– 이제 결정을 내리겠습니다. 대창의 의견과 판단은 옳습니다. 그리고 일자 말도 정의롭지 못했기 때문에 실격 처리하겠습니다. 따라서 천자 말이 장원입니다. 이상 판결합니다.

판관의 판결에 국마장 기수가 두 손을 번쩍 들고 소리치며 막사 밖으로 뛰쳐나갔다.

– 장원이다. 내가 장원이야.

밖에서 박수와 환호 소리가 들렸다. 목사도 의자에서 벌떡 일어서며 좋아했다.

– 만세. 이겼다. 내 이럴 줄 알았으면 열 냥을 걸걸. 허허허.

목사의 경망스러운 모습에 좌중이 서로를 쳐다보며 어처구니없어했다. 심판장의 판결이 떨어지자, 강민철이 불같이 화를 냈다.

– 씨발. 이런 식이 어디 있어? 처음부터 국마장 기수가 이기도록 짠 거 잖아?

- 맞아. 우리가 속았어. 씨부랄 가자.

강현동이 불만을 드러내며 나가자, 강민철도 씩씩거리며 의자를 발로 걷어차고 밖으로 나갔다.

설한 속에서도 꽃은 피고

발 없는 말이 천리를 간다고 했으니 작은 섬에서는 소문이 금방 퍼졌다. 성어진을 제주 성안에서 봤다는 소문이 대창 마나님 귀에도 들렸다. 처음에는 쓸데없는 소리라며 그 말을 믿지 않았다. 제주에 왔으면 응당 옷귀에 왔을 터인데 읍내에 있을 리가 없다고 생각했다. 그런데 어진을 목격한 사람이 늘어나고, 요즘 들어 남편 외박이 잦아진 것이 수상했다. 목관아에 일이 있다고 가고서는 당일에 오는 법이 없고, 사나흘 건너 읍내 출입을 했다. 지아비 하는 일을 꼬치꼬치 따져 묻는 것은 아내의 도리가 아니라고 생각했으나, 여러 사람 입에 성어진의 이름이 오르내리는 것을 그냥 무시하여 넘기기는 자존심 상하는 일이었다.

건넌방 문을 열었으나 싸늘한 공기만 이부자리를 감싸고 있었다. 지난밤도 들어오지 않은 것을 확인하자 불안한 기운에 휩싸이며 몸이 떨렸다. 집사 동생을 생각했다.

읍내 출입을 자주하는 병택이라면 소문의 진상을 알고 있을 거라 확신했다. 사무실에서 한참을 기다리는데 느지막하게 병택이 출근했다.

- 지금 몇 시고? 너 이리 와보라.
- 무사 마씸?
- 나만 바보 만들지 말고 사실대로 말해보라. 너 성어진에 대해 알고 있지?

병택은 움찔하다가 누님의 근엄한 표정을 보고 사실을 털어놓았다.

- 예. 읍내에서 봐수다.

혹시나 하는 마음이었는데 의외의 명쾌한 대답에 마음이 철렁 내려앉았다.

- 매형하고 같이 있는 거지?
- 그건 모르쿠다. 읍내 장에 물건 구하러 갔다가 마주쳐수다. 헌디 나를 보더니 몸을 피합디다.

미덕이 버럭 화를 냈다.

- 무사 숨기잰 햄시니. 너 집안 쪼개지는 거 보고 싶언? 괜찮다. 혼저 말해보라.

누님의 윽박지름에 병택의 마음이 복잡했다. 매형과의 약속을 어길 수도 없고 누님을 배신하기도 난감했다. 병택의 판단은 빨랐다. 누님이 의심했으니 말을 안 해도 곧 사실이 들통날 것이고, 만약 사달이 나더라도 누님 편을 들어야 한다고 생각했다.

- 사실은 어진이가 제주에 온 거 미릇 알고 있어수다.

하루는 읍내에 혼디 가던 매형이 집을 구해 달랜 헙디다. 그때 어진이 제주에 온 걸 알았고, 집을 구해 줘수다. 이 건 비밀로 하기로 단단히 약속해신디….

이야기를 듣는 미덕의 표정은 오히려 담담했다.

– 얼마나 됐더냐?

– 서너 달 되엄수다.

– 알았다. 내가 알아서 하마. 나가 일 보라.

병택이 나가자, 미덕은 한숨을 쉬며 사후 처리에 대해 곰곰이 생각했다. 성격 탓에 마음을 정리하는 데는 오랜 시간이 걸리지 않았다. 그날 저녁에 남편이 좋아하는 음식으로 술상을 준비하고 귀가를 기다렸다. 아무것도 모르는 중림은 남자 몸에 좋은 음식을 보고 싱글벙글했다.

– 아니 이 귀한 굴과 전복은 어디서 구했소?

– 천천히 드시면서 내 말 들읍서. 영감은 능력이 이시난 예펜 하나 더 두는 것은 나 말리지 않으쿠다. 나도 이제 하근디가 아프고 몸이 버치니 집안일 도울 사람도 필요허우다. 더구나 그것이 어진이라면 난 쌍수들고 환영이우다. 거늘이 왕상허게 소문 내우지 말앙 데령 옵서. 혼디 살게.

술 한 잔을 입에 털어넣고 안주를 집으려던 중림은 젓가락을 내려놓으며 부인의 손을 덥썩 잡았다. 감격했는지 커다란 눈망울에 눈물이 그렁그렁 했다.

– 인걸이 어멍 고마워. 언젠간 알게 될 거라 생각했주만, 이해 해주니 정말 고마워. 은공을 갚는 게 사람의 도

리니까. 오갈 데 없는 그 아인 내가 품어주는 게 마땅한 일이라 생각했소. 당신은 정말 여장부야. 고맙소 부인.

아내의 너른 마음씨에 감복한 중림은 기어코 눈물을 흘렸다.

사랑방 앞 객사를 개조하여 방을 꾸미고 성어진을 집 안으로 들였다. 부인과 재회한 날 성어진은 눈물을 흘리며 고맙다는 말을 수도 없이 했다.

집안에 새로운 사람이 들어오는 것은 부산스런 일이다. 이불을 만들고 가재도구를 장만하면서 침묵에 잠겼던 집 안에 다시 활기가 돌기 시작했다. 집안 공기와 분위기가 달라졌다. 집안이 정리되자 가까운 친척들을 저녁에 초대했다. 조촐한 상견례로 혼례식을 대신했다. 집을 떠난 지 삼 년만이었다.

한라산은 높이 솟아 있어서 대양에서 육지로 향하는 큰 바람을 막아준다. 대차게 올라오던 바람도 한라산을 만나면 그 방향이 중국 쪽으로 바뀌거나, 어쩌다 가을에 지나는 태풍은 일본 쪽으로 꺾인다. 한라산이 마치 난공불락의 성처럼 굳건하게 서 있기 때문에 예로부터 본토는 태풍의 피해가 적었다.

여름철에 들이닥치던 태풍이 없더니 아침 저녁으로 서늘한 바람이 불기 시작하자 이상 징후들이 나타났다. 물질하는 좀녀들 사이에 깊은 바다 속에서 웅웅거리는 소리를 들었다는 말이 나돌았다. 콩밭에서 떨어진 낟알을 주어먹던 새들은 어디론가 사라졌고, 풀을 뜯던 말들이 갑자기 경기를 일으키는 현상이 곳곳에서 벌어졌다. 땅이 울리면 곧 큰바람이 닥칠 것이라고 경험 많은 노인들이 말했지만 누구도 그 말을 심각하게 듣는 사람은 없었다. 그런 소문이 돌고 얼마 후 정말 한라산을 덮치며 큰바람이 세차게 몰아쳤다.

엄청난 대열의 기마병들이 흙먼지를 날리며 거친 들판을 거침없이 달리듯 높아만 가던 파란 하늘이 금세 검은 구름으로 뒤덮였다. 바람이 점점 강해지기 시작하자 사람들은 서둘러 집안 단속을 했다. 탈곡한 보릿짚을 쌓아 놓은 노적가리, 베어다 말려 쌓아 놓은 촐눌을 새끼줄로 단단히 묶고 그 위에 돌맹이를 얹었다. 바람을 막기 위해 지붕 차양을 늘어뜨리고 덧문을 닫았다. 단속을 마친 집은 저녁을 먹는 둥 마는 둥 불을 끄고 일찍 이불을 뒤집어썼다. 마치 적군이 쳐들어온다는 소식에 단단히 성문을 걸어 잠그고 숨죽이며 숨은 사람들처럼 마을은 쥐 죽은 듯이 고요했다. 마른번개가 하늘을 찢어놓더니 천둥이 으르렁거리다가 이윽고 세차게 빗방울이 내려꽂히며 집채를 덮쳤다. 쉬지 않고 내닫는 바람 소리에 잠을 이루지 못하는 어린아이의 울음소리와 이따금 개 짖는 소리만이 바람에 날렸다.

인호도 잠을 이루지 못했다. 밤새도록 창문을 막아놓은 널문을 바람이 때리면서 찌걱거렸다. 윤아도 잠을 못 이루는지 뒤척이다가 인호의 품속으로 파고들었다. 현이는 울다가 자다가를 반복하며 잠을 설쳤다.

비몽사몽간에 꿈을 꾸었다. 죽은 돌사니가 나타났다. 돌사니는 부친을 태우고 들판을 달리다가 하늘 위로 날았다. 돌사니는 어깨 양쪽에 달린 날개를 젓고 있었다. 부친은 곧 하얀 구름을 만나고 그 속으로 들어갔다. 하얀 구름 속에서 갑자기 개가죽 옷을 입고 호랑이 탈을 쓴 적군들이 나타나 앞을 가로막았다. 아버지는 적장에게 삿대질하며 고함을 쳤으나 소리는 들리지 않았다. 그때 검은 구름이 솟아오르더니 커다란 괴물로 변했다. 괴물은 순식간에 철퇴를 휘둘러 돌사니의 머리를 후리쳤고 부친은 말에서 떨어졌다. 인호는 비명을 질렀다.

- 으악!

단말마의 비명에 잠이 깬 윤아가 인호를 흔들었다.

- 무사? 나쁜 꿈을 꾸언?

악몽에서 깨어난 인호는 안도하며 긴 숨을 내쉬었다.

바람은 여전히 거세게 휘몰아치고 있었다. 마당에서는 물건들이 구르는 소리, 무언가 날아와서 문짝에 부딪히는 소리가 들렸다. 문들이 덜컹거리며 집을 흔들었다. 현이는 긴 잠에 빠진 듯 기척이 없다. 윤아가 잠을 이루지 못하는 듯 중얼거렸다.

- 이 바람이 사람 여럿 잡겠는 걸?

- 그래. 잠이 안 와도 억지로 자둬. 낼 할 일이 많을 거야. 이리와 내가 재워 줄게.

인호는 이불을 끌어 올리며 돌아누운 윤아를 끌어안았

다. 찰싹 달라붙는 윤아의 자그만 등을 손바닥으로 가만히 두들겼다.

날이 밝아오기 전부터 바삐 움직이는 사람 소리로 밖이 소란스러웠다. 인호가 옷을 추스르고 밖으로 나왔을 때, 하늘은 구름 한 점 없이 푸르고 햇볕은 능청스럽게 빛나고 있었다. 인호의 집에도 피해가 컸다. 기왓장이 날아가고 식량과 사료 창고의 초가지붕이 엉망이 되었다. 복식방과 사무실, 안꺼리 등 물이 새는 곳이 한두 군데가 아니었다. 젖은 이불, 옷가지와 그릇들이 밖으로 내몰렸고, 하녀들은 그것들을 넉시오름 아래 서중천으로 부지런히 옮겨 세탁했다. 하인들은 마장 너른 들판에 멍석을 깔고 창고의 사료와 식량 포대를 옮겨와서 내용물을 꺼내 말렸다.

장터에 쳐놓았던 차일과 좌판들은 어디론가 사라졌고, 부러진 나뭇가지와 지붕에서 빠져나온 새, 굴러다니던 밥사발과 옷가지와 온갖 쓰레기들이 폐허가 된 싸움터처럼 널려 있었다.

인호는 밖으로 나가다, 서중천 쪽에서 시무룩한 표정으로 터덜터덜 걸어 나오는 큰 고모부를 만났다.

– 마장에도 피해가 나수가?

– 조랑말 세 마리가 없어졌다. 냇물에 휩쓸려 갔나 봐.

아버지가 보이지 않았다. 인호는 걱정되어 하몽을 타고 수망으로 달렸다. 거리의 큰 팽나무가 뿌리가 뽑힌 채 쓰

러지고, 가지가 꺾인 나무들은 속살을 보인 채 너덜거렸
다. 밭담에는 부러져 날아온 나뭇가지, 널빤지 조각, 건초
더미에서 빠져나온 촐, 지붕에서 떨어져 나온 새 뭉텅이
들이 뒤엉켜 있었다. 물에 잠긴 밭과 물이 빠진 밭에는 농
작물이 하나도 남아있지 않은 채 민 바닥을 드러냈다. 불
난 끝은 있어도 물 난 끝은 없다는 말을 확인이라도 시키
는 듯 모두 쓸려가 버렸다.

　마을 사람들은 자신의 경작지에 앉아 망연자실 처절한
표정으로 하늘만 쳐다봤다. 밭에 퍼질러 앉아 우는 사람
도 여럿 있었다. 지붕에 올라가 새를 덧씌우며 때아닌 지
붕갈이를 하는 사람도 있었다.

　수망마장에 도착해 보니 부친은 이미 가시마장으로 옮
긴 후였다. 인걸이와 장인어른이 말의 상태를 점검하고
있었다. 수망마장의 피해도 컸다. 널빤지로 덮은 숙사 지
붕이 날아갔고, 마방도 수선이 어려울 정도로 부수어져
새로 지어야 할 지경이었다.

　― 말은 피해 어수가?

　인호가 걱정스러운 표정으로 묻자, 장인어른은 한숨을
쉬고 나서 대답했다.

　― 아직은 몰라. 앞으로가 문제야. 태풍이 휩쓸고 가면
가축들에겐 돌림병이 돌지. 비를 복싹 맞은 놈들은 감시
해봐야 해.

　찬 바람이 불기 시작하자 고덕배의 예측대로 말들은 눈

꼽이 끼며 콧물을 질질 흘리기 시작했다. 드러누운 채 머리만 꺼덕이는 놈도 있었다. 장 의원이 육지에 긴급 요청을 해서 소독제를 뿌리고 주사를 놓았으나 때를 놓쳤다. 매일 마장을 돌며 점검하고 이상 있는 말은 격리하여 관리했지만, 서서히 쓰러지며 죽는 말이 기백 필이나 됐다. 커다란 웅덩이를 파서 묻고 나면 이틀이 멀다 하고 새 웅덩이를 파야 했다.

이렇게 기둥 무너지듯 재산이 뭉텅뭉텅 사라졌지만 중림은 덤덤했다. 대창만 그렇게 당한 것이 아니었기 때문에 사람들은 모두 하늘만 원망했다. 눈치만 살필 뿐 애처로워서 아무도 중림에게 말을 걸지 않았다. 어쩌다 위로하랴 치면 애써 웃음을 지으며 말했다.

– 아직 많이 남았잖아. 그래도 난 괜찮은 편이야.

속이 타들어 가겠지만 중림은 역병이 물러가기만을 침묵으로 기원했다. 말 키우는 사람을 만나면 오히려 위로했다.

– 하늘의 뜻인데 누굴 원망해. 괜찮아 다시 하자구. 내가 씨수마 빌려줄게.

국마장을 비롯한 사둔장의 말도 많이 죽어 나갔다. 조정에서 체찰사가 말을 구하러 왔으나 온 섬을 뒤져 50필을 마련하기가 어려운 지경이었다. 섬의 기근 사실을 알고 쌀 몇 섬을 보내고 말을 올려보내라 했지만, 양질의 말을 구할 수가 없어 대신 소를 몇 마리 가져가기도 했다.

눈발이 날리면서 기근이 시작됐다. 해안가에 사는 사람들은 바다 물질을 해서 굶어 죽을 걱정은 덜었으나, 산간에 사는 사람들은 식량을 마련 못 해 초근목피를 캐어 먹으며 연명했다. 그런 곤궁을 오래 버티지 못해 굶어 죽는 사람이 늘어났다. 섬사람들은 장성한 아들이 결혼하면 안꺼리를 물려주고 부모는 밧거리로 옮겨 살았다. 밥도 따로 해 먹고 벌이도 따로 관리했다. 먹을 게 없어 함께 죽지 않기 위해서다. 거동이 불편하고 노동력이 없는 노인네들이 많이 죽어 나갔다. 사람이 죽었지만 곡소리가 집 밖으로 새어나오지 않았다. 조문 오는 사람에게 대접할 음식도 없었고, 부조 따위로 어려운 이웃에게 폐를 끼치지 않기 위해서다. 한밤중에 아무도 모르게 관도 없이 시신을 포대에 싸 들고 가서 산에다 묻었다.

테우리도 수난이었다. 집안에 흉사가 잦아서 말을 돌보지 못하니 방목해서 키우던 말을 잃어버리기 일쑤였다. 민가에서 맡아서 기르던 말들, 특히나 세도가 집안의 말을 유실한 경우에는 평생 벌어서 마련해 놓았던 밭으로 변상해야 했다.

민심이 흉흉해지자 도둑과 강도가 날뛰었다. 하루 자고 나면 누구 집이 털렸다는 소문이 나돌았다. 있는 집이 대상이었다. 제주읍에서 원정 온 도둑들이 성읍 부잣집을 털었다는 소문도 들리고, 읍내 문 목장에서 말을 도둑맞았다는 소식도 들렸다. 대창은 경비원이 돌아가며 불침번을 섰기에 피해가 덜했다. 그렇게 대비를 했는데도 하루는 한밤중에 침입한 도둑들과 싸우다가 경비원 하나가 칼에 찔리는 사고가 생겼다. 조마조마하게 하루를 버티어나가는데 기어코 가시마장에서 일이 터졌다.

밤중에 곤히 자는데 마당이 시끄러워지면서 중림의 다급한 목소리가 들렸다. 인호가 밖으로 나와보니 여명으로 붉게 물든 구름이 아름다운데, 용철이가 검게 그을은 몸으로 사람들에게 둘러싸여 있었다. 몸에서 나는 탄 냄새가 역겨웠다. 모친과 어진 이모, 하인과 하녀들이 근심스런 표정으로 용철을 바라보았다. 용철이는 울 듯한 표정으로 상황을 조곤조곤 보고했다.

– 우리 힘으로 어떵 해보려고 해신디, 바람이 엄청 붑디다. 말이 난리 치는 소리에 잠을 깨어보난 방안에 연기는 가득하고 창밖이 벌겁디다. 벌컥 겁이 나서 밖으로 나와보난 촐들이 바람에 날아다니면서 사방에 불씨를 옮기고 있어수다. 초롱이 아방이 건초더미에 불을 놓은 거라 마씸.

초롱이 아방이라는 말에 둘러선 사람들이 놀랐다. 중림도 믿기지 않은 듯 재차 확인했다.

– 무신 거. 오 서방이?

– 예. 밤중에 자는데 술에 취한 초롱이 아방이 찾아와수다. 경허멍 막 어르신 욕을 하더라고 마씸. 우린 졸려서 자겠다고 하나둘 자빠지난 할 수 없이 나갑디다. 그리고 조금 후에 불이 나수다. 불은 마방에 옮겨붙었고, 사람들

이 허둥대멍 씨수마부터 꺼내 놓고 밀들올 옮거수다. 날
이 히끄므리 밝아올 때 겨우 불길이 잡혀신디 집 세 채가
홀라당 타부런 마씸. 불씨 붙언 들러키는 말을 단도리 허
는디, 건초더미 근처에서 검게 탄 사람 시체 나왔댄 소리
가 들립디다. 초롱이 아방이….

　사람들은 혀를 차기도 하고 눈물 흘리면서 야단들이었
다. 중림은 어금니를 깨물었다.

　– 그 사람이 끝내.

　말을 마친 용철이는 시꺼먼 손으로 눈가를 쓸었다. 숯
검뎅이가 눈가에 묻은 꼴이 우스워서 웃음이 나오는 걸
인호는 겨우 참았다.

　지난 가을 초입 태풍 물난리 후에 서 목수를 다시 불렀
다. 마장을 돌아다니며 새로 짓기도 하고 보수를 해놓은
집들이다. 중림은 인상을 찌푸리면서도 서두르지 않았다.

　– 수고했다. 그밖에 다친 사람은 어시냐?

　– 다친 사람은 어신디 화상을 입은 말이 꽤 되우다.

　듣고 있던 인걸이 모친이 발을 동동 구르며 말했다.

　– 하이고 이 노릇을 어떵허믄 조코? 초롱이네 집엔 누
가 가시냐?

　– 나가 가쿠다.

　하녀 정자가 뛰어갔다. 다른 하인과 하녀들이 멍청히
서서 지시를 기다렸다.

　– 너희들은 어서 가시마장 갈 준비들 허라.

　– 덤비지 말고 차근차근 헙시다. 우선 장 의원과 집사에

게 연락허고, 아침들 먹고, 테우리들 먹을 거 챙기고 천천히 와.

중림은 날쎈돌이를 타고 앞장서 달렸고 그 뒤를 용철이와 인호가 따라갔다.

타버린 건초더미들과 형체도 알 수 없게 무너져 버린 마방과 테우리의 숙사, 여기저기 나뒹구는 타다 남은 건초더미, 숯덩이가 된 기둥에서는 아직도 모락모락 연기가 날리고 있었다. 화상을 입어 속살이 드러나고, 흘린 피가 가죽과 엉겨 붙고, 검댕이가 묻은 것도 아랑곳 없이 말들은 여유롭게 울타리 안을 맴돌고 있었다.

한밤중에 일어나 불을 끄려고 애쓰다 기진해서, 여기저기 풀밭에 시체처럼 누워 있는 테우리의 모습이 마치 전투에 패배하여 도망치다 탈진한 패잔병 같았다. 순녀와 어른이 다 된 초롱이가 와서 통곡하며 숯처럼 탄 시신을 옮겨 갔다.

소식을 들은 마을 사람들이 구경거리 났다고 시도 때도 없이 몰려드는 바람에 작업은 더디게 진행됐다. 현청 관리가 와서 조사를 위해 현장을 보존해야 한다고 해서 마장의 정리는 사흘이나 걸렸다.

배상을 걱정하는 누이를 달래며 중림은 매제의 장례를 치러주고 망인이 남긴 빚까지 갚아주었다.

화불단행禍不單行이라고 나쁜 일은 한꺼번에 닥쳤다. 가

시마장의 정리를 마치고 한숨을 놓을 무렵에 또 흉사가 터졌다. 숨이 가빠라 마실도 못 가고 집 안에서만 지내던 중림의 부친이 사위의 방화 소식에 충격을 받아 숨을 멈추었다. 부인이 일찍 돌아가서 혼자 지내는 그의 임종은 아무도 지켜보지 못했다. 아침에 찬거리를 들고 본가에 갔던 어진이 온기 없는 시부의 주검을 발견하고 남편에게 알렸다.

식구들이 본가로 몰려들었다. 아들이 부자인데도 거적 대기 같은 홑이불 한 장 덮고 돌아가신 부친을 보며 중림은 눈물을 흘렸다. 자신의 탓인 듯 한탄했다.

- 멋진 집에 방을 마련할 테니 오시라고 그렇게 권했는데 기어코 마다 하더니만….

인호가 위로하듯 말을 건넸다.

- 제가 할아버지한테 왜 우리 집으로 안 오냐고 물은 적이 이수다. 그때 할아버지는 이 집이 아버지 발복하게 만든 집이라고 옮기지 않으켄 헙디다.

말은 거기까지 하고 인호는 생각했다. 할아버지의 말대로 우리 집의 복을 관장하는 신이 있다면 기운이 다해서 불이 났고 할아버지를 데려간 것 아닌가? 한참을 생각하던 아버지가 엉뚱한 대답을 했다.

- 불을 놓고 도둑질하는 것은 세상이 공평하지 못하다고 생각하는 사람들이 저지르는 일이다. 그것이 옳은 일은 아니지만 사람들에게 원성 사는 짓은 하지 말아야 한다.

밤이 깊어지자, 가족들을 다 돌려보내고 중림은 혼자 남아 취하도록 마셨다. 어지럽고 흐트러진 마음을 스스로 달래면서 마시다 잠이 들었는데 꿈속에 장인 성 참의가 찾아왔다.

– 이보게, 중림. 생전에 자네를 꼭 보고 싶었는데. 천상에서도 자네의 소식 잘 듣고 있네. 의지할 데 없는 내 여식 거둬줘서 참으로 고맙네.

– 장인어른. 생전에 찾아뵈지 못한 게 얼마나 한이 맺혔는지. 죄송합니다.

– 아닐세. 우환을 만나 고생이 많네. 전쟁 속에서 영웅이 나고 어둠 속에서도 향기는 멀리 퍼지네. 재물 때문에 생긴 일은 재물로 풀어야 하네. 가진 사람은 가진 만큼 더 무거운 짐을 지는 법이고 나누는 만큼 가벼워지는 것 아니겠나? 먹을 것이 없어 굶어 죽는 사람이 생기고 있으니 움켜쥐지 말고 손을 펴게. 사돈어른이 시기를 맞춰 돌아가신 뜻도 거기 있지 않겠는가?

중림은 놀라서 벌떡 일어났다. 참의의 말이 천둥소리처럼 들렸다. 꿈속의 장면이 생생하게 떠올랐다. 중림은 즉시 부인을 찾아가 꿈 이야기를 했다.

일가친척이 조부의 장례 문제를 의논하기 위해서 모였다. 소란스러운 좌중을 주목하게 하고 중림은 깜짝 놀랄 발언을 했다.

– 망인이 남기신 것은 비록 본가 한 채지만, 난 튼튼한

육신과 사업 성공의 지혜, 날마다 자식 성공을 위해 기원하신 영적 재산을 받았다. 그래서 난 이 기회에 아버지를 알고 있는 사람들과 인연을 함께 한 모든 사람에게 아버지의 합당한 재산을 나누고자 한다.

이외의 발언에 의아해하다가 이어질 말에 신경을 곤두세우며 시선을 집중했다. 인걸 모친은 이미 알고 있는 듯 소매 주머니에서 손수건을 꺼내 눈가를 닦아냈다.

– 모두가 참 어려운 때다. 먹을 것이 없어 굶어 죽는 사람이 많다. 망인이 이런 곤궁한 때에 돌아가신 것은 어려운 사람들을 돌보라는 뜻으로 생각하자. 그래서 마을 사람들을 초대해서 장사 치루는 기간만이라도 따뜻한 세끼 밥을 대접하자.

재산을 관리하는 병택이 미간에 바늘을 세우면서 걱정했다.

– 아이고. 거 땅 열 섬지기를 팔아도 모자랄 텐데.

– 돈은 쓰기 위해 버는 것이니, 망인은 그보다 더한 대접 받을 권한이 충분하시다. 돈 걱정 말고. 조문 오시는 분들을 모시도록 하자.

가족들은 장례에 그렇게 쓰는 돈을 아깝게 생각했지만, 누구도 반대의견을 내세우는 사람은 없었다. 이견이 없자 중림이 다시 제안처럼 말했으나 그건 명령과 다름없었다.

– 그리고 부조금은 일체 받지 않으려고 하니 상주들도 따라주기 바란다. 대신 모든 경비는 내가 부담할 테니 누이들은 부담을 갖지 마라.

섬에선 부모가 돌아가면 상주들과 인연을 맺은 사람들은 상주 각자에게 부조를 해왔다. 남의 집 일 날 때마다 그렇게 많은 부조를 했던 누이들은 되돌려받을 것을 내심 바라고 있어서 오라비의 말이 섭섭했다. 그러나 집안 기둥인 오라비의 결정을 대놓고 반대할 수는 없어서 그냥 고개를 끄덕이면서도 부조에 대한 보상을 모른 척 하지 않기를 바랐다.

복식방에 영안실과 분향소를 마련했다. 마장 마당에는 이웃 마을의 천막까지 동원하여 조문객 맞을 준비를 했다. 부뚜막이 급하게 만들어지고 커다란 솥 가마가 여러 개 걸렸다. 고기가 떨어지면 식용으로 키우는 말을 부담 없이 잡았다. 일하는 사람에게 품삯을 지불하기로 하고 마을 사람들을 고용했다. 사저 마당에는 병풍을 쳐 상을 차리고 모조리네의 집전으로 사흘 동안 시왕맞이굿을 펼쳐 죽은 영혼을 위무했다. 음식을 장만하고 장작을 캐오고 심부름을 하는 사람들 모두가 신이 나서 일했다. 온 섬에 김 부자댁 장례 소문은 금방 퍼졌다.

- 참으로 대단한 사람이야.
- 암. 부자가 이 정도는 해사주.
- 그거 아무나 할 수이신 일이 아니매. 돈 아까운 줄 모른 사름이 어디 이서? 돈 맛 아는 사람이 돈이라면 눈에 불을 켜고 달려드는 세상인데.
- 그러니까 대단하다는 말이주.

- 암. 앞으로도 크게 번성할 사름이야.

조문을 가면 망인의 평소 일화를 떠올리며 덕담을 늘어놓는 게 상갓집 풍경이지만, 조문객들은 망인보다 중림을 칭송했다. 상가는 마을 잔칫집으로 변했다. 쌀밥을 먹을 수 있다는 소문을 듣고 이웃 마을만이 아니라 먼 길을 걸어서 읍내에서 온 사람도 있었다. 순서를 기다리는 사람들의 줄은 마을 어귀까지 이어졌다. 아궁이는 식을 여유가 없이 벌겋게 달아올랐다. 밥 짓는 연기는 온 마을 안에 가득 찼고, 설거지 그릇은 서중천에 둥둥 떠다닐 정도였다. 원님 덕에 나팔 분다고 배불리 밥을 먹은 웃귀 사람들은 뒷짐을 지고 길게 늘어선 사람들을 살폈다. 그러다 낯이 설은 외방 사람을 발견하면 솎아내기 위해 트집을 걸었다.

- 웃귀 사름 아니면 나가시오.
- 누구는 입이 아니고 주둥이가?
- 야. 어디서 새치기야.
- 아니 저 사람은 금방 먹고 나오더니 또 줄을 섰어?
- 같이 먹고 삽시다. 난 사흘을 굶었어.

식게집 아이 몹씬다고 동네 사람과 외지 사람 간에 실랑이가 벌어졌다. 먼저 먹으려고 꼼수를 부리는 사람 때문에 줄을 선 사람들은 항상 긴장했다. 그러나 대창의 큰마나님은 그런 웃귀 사람들을 나무랐다.

- 경허지 맙서게. 명복을 비는 사람이 많을수록 망인이 좋은 곳으로 가는 법이우다. 밥은 하영이시난 차례차례

들어오십서.

출상을 앞둔 일포날, 성안에서 이정록 목사가 호위병만 대동하고 조문을 왔다. 분향소에 조의를 표한 후에 중림은 목사를 사랑방으로 안내했다.

– 공사간 황망하실 텐데 이렇게 찾아주셔서 고맙습니다.

– 망극지통에 드릴 말씀 없습니다. 소문을 듣고 탄복했습니다. 굶어 죽는 사람이 생기는 판에 정말 장하십니다.

– 망인의 유지라고 생각합니다. 이렇게 하시길 바라셔서 때를 맞춰 돌아가신 것 아니겠습니까?

– 지난번 목장에 화재를 당해 막대한 피해 입으셨다지요?

– 예. 하오나 하늘은 감당할 수 있는 만큼의 시련을 주는 것 아니겠습니까? 잘 버텨냈습니다.

– 참으로 배포도 크시고 공덕 쌓으심이 존경스럽습니다. 이 흉년 기근을 이용하여 쌀로 돈벌이를 하려는 자도 있습디다만.

– 어디 섬 안에 남아도는 쌀이라도 있다는 말입니까?

– 아니요. 전라도 영암에 관곡이 있다는 말을 듣고 사람들을 보내 구휼미로 차용하자고 했습니다. 헌데 군수가 고개를 젓더랍니다. 그래서 할 수 없이 돈을 긁어모아 사왔습니다.

– 섬사람 살리려는 사또 어르신의 덕정에 고개가 절로

숙여집니다.

― 목민관으로서 으당 해야 할 일이지요.

어진이 들어와 찻잔을 놓고 나가는 사이 잠시 말이 끊겼다. 중림은 그간 자신이 들었던 소문의 진위가 궁금했다. 차를 한 모금 목으로 넘기고 나서 손바닥으로 수염을 쓸면서 물었다.

― 하온데, 궁금한 게 있어서 몇 가지 엿줍겠습니다. 제가 사복시에 보낸 말에 무슨 문제가 있었습니까?

― 소문 들으셨군요. 말에 문제가 있던 게 아니고 사복시 관원 중에 그 말을 빼돌린 자가 있었던 모양입니다. 이를 주상께서 아시고 추고하라 엄명을 내리셨던 거지요.

― 그리고, 왜놈들이 말등포로 들어와 수산평에 방목한 말 여러 필을 강탈해 갔다구요?

― 그게 한두 번이 아닙니다. 대정현에도 나타났고, 읍내 죽도에선 다수의 백성이 희생당했습니다. 승전을 하고도 그것 때문에 한양 대신들의 규탄을 받았습지요.

― 듣자하니 왜놈들이 홍국사에 불을 놓았다던데 사실입니까?

― 안타깝게도 그리됐다고 합니다. 승병들이 구국의 결의를 다지고 훈련을 받던 곳인데 가만두었겠습니까? 도량 내 모든 전각이 소실되었다고 합니다.

홍국사가 전소했다는 소식을 들었을 때 중림은 가슴이 울큰했다. 귀인을 만나 혜안을 얻었던 곳이 잿더미로 변했다는 사실을 확인하자 분기가 치밀어 올랐다.

그런 중림의 마음도 모르고 목사는 당신 사정을 늘어놓았다.

　- 이런 시급한 상황에선 국녹 먹는 사람들이 마음을 모아야 하는데 참으로 속상합니다.

　중림은 의미를 몰라서 가만히 이정록 목사를 바라보았다.

　- 이거 상가에서 터놓을 일은 아니지만, 사람은 겉으로 드러난 면만 봐서는 모릅니다. 판관이 얼마나 교활하고 고집불통인지 아십니까? 그리고 주색은 어찌나 밝히는지.

　- 판관께 그런 면이 있습니까?

　- 말도 마세요. 본관이 하는 일에 사사건건 토를 달아서 일을 못 해 먹겠어요.

　- 마음이 안 맞으니 참 속상하시겠군요.

　- 들어보시오. 지금 수산에 있는 방호소는 바다와 너무 멀리 떨어져 있어서 왜놈들의 침범에 제때 대비하지 못해요. 그런데 성산일출봉, 거긴 천연의 요새 아닙니까? 바다와 접해서 높이 솟은 데다가 사방이 절벽이라 놈들이 기어오르지를 못해요. 거기로 방호소를 옮기려는데 그것도 반대합니다.

　- 권한과 책임은 사또 어르신 몫 아니겠습니까. 옳다고 생각되시면 밀고 나가십시오.

　중림의 말에 힘을 얻은 듯 목사의 표정이 환해졌다.

　- 그래서 이미 공사할 인력도 파견했소이다.

— 잘하셨습니다.

— 참 좋은 소식도 있소. 지난번 첨사께서 헌마하신 덕분으로 제주에서 별시를 치른다고 하오.

중림은 이 무슨 뜬금없는 소리인가 생각하며 목사의 입을 바라보았다.

— 경차관敬差官이 오고 있소. 특별히 섬 안의 인재를 뽑는다 하오.

별시를 시행한다는 방이 온 섬에 붙었다. 정기적인 향시를 준비하던 수망마장의 훈련병들이 소식을 듣고 환호하며 격정에 사로잡혔다.

향교의 대부분 유생이 별시에 응시했다. 사전에 부친에게 무과 시험 준비를 명 받았던 인걸도 얼떨결에 응시했다. 그러나 결과는 낙방이었다. 치밀한 중림에 비해서 인걸은 보통 부잣집 한량의 여유 그 자체였다. 아예 공부에는 열의가 없었으니 당연한 귀결이었다. 무술과 기마 과목은 우수했으나 강서 과목에서 좋은 성적을 내지 못했다. 인걸은 좌절감을 구실로 매일 읍내 명월관을 드나들었다.

명월관, 밝은 달밤에

만삭이 된 달은 밝은 테를 두르고 명월관 동백나무 잎사귀에 처연하게 부서지고 있다. 자정이 넘었는데도 명월관은 흥겨운 악기 소리로 불야성이다.

판관과 한양에서 내려온 경차관이 기녀를 끼고 아전들과 주안상을 마주하고 앉아 주흥을 즐기고 있다. 추임새를 넣는 고수의 장단에 맞춰 사월이 시조창을 마치자, 일행은 박수 치며 환호했다. 고수와 함께 사월이 일어서서 다소곳이 허리 숙이며 물러가려 하자 판관이 붙잡았다.

– 사월이는 이리 오너라.

경차관 옆에 앉은 추월이가 눈을 찡긋거리자, 사월이는 못 이기는 척 판관의 옆에 좌정했다. 고수가 나가고 대기하고 있던 예기가 가야금을 들고 와 연주했다.

판관이 사월이에게 잔을 내밀었다.

– 자, 수고했다. 한잔 받아라.

사월이 두 손으로 잔을 받쳐 들자 술이 채워졌다.

- 목이 마를 텐데. 한 잔 죽 들이켜라.

사월은 몸을 돌려 잔을 입에 대었다가, 그냥 주안상에 내려놓았다. 판관은 경차관의 눈치를 살피며 분위기를 띄우려 애썼다. 그의 얼굴은 전작이 있는 듯 돼지 간처럼 붉었다.

- 자, 이번에는 경차관 나으리의 무사 귀경을 위해 건배합시다.

판관의 말이 끝나기도 전에 기녀들은 주전자를 들어 관리들의 빈 잔에 술을 따랐다. 경차관을 비롯한 아전들이 술잔을 높이 들자, 판관이 건배를 외쳤다.

- 경차관 나으리의 무사 귀경을 위해 건배.

일행은 '건배'를 복창하고선 일제히 술잔을 입으로 가져갔다. 사월은 젓가락으로 안주를 집어 준비했다가 판관이 술잔을 내려놓자 그 입 앞으로 재빠르게 가져갔다.

- 아.

판관은 넙죽 받아 입에 넣고 씹으며 사월이의 어깨를 껴안았다. 사월이는 판관의 허벅지를 살짝 꼬집으며 품에서 벗어났다. 허겁지겁 안주를 맏아 먹는 아전들의 모습이 그리 재미있는지 기녀들이 낄낄거렸다.

- 자, 이번엔 경차관께서 한 말씀 주시지요.

경차관은 갑작스런 요청에 씹고 있던 안주를 얼른 목으로 넘기고는 손바닥으로 점잖게 수염을 쓰다듬으며 헛기침을 했다.

- 이렇게 환대를 해주셔서 고맙습니다. 이 자리에 참석

못 하셨지만 목사또 어르신께도 깊은 경의를 표합니다. 부친상을 당하시고 기복을 하셔야 하나, 왜적이 호시탐탐 노리고 있는 섬을 떠날 수 없다 하여 선공후사하심은 가히 귀감이 될 만한 처신이옵니다.

목사를 칭찬하는 말이 듣기 민망한 듯 판관은 미간을 찡그리며 말을 막았다.

– 누군 상 중 아닌가? 나도 여름에 모친 상을 당했으나 이 섬을 벗어나지 않았소.

경차관은 어안이 벙벙하여 판관에게 되물었다.

– 그럼 상 중이신데 이런 기방 출입을 하신단 말씀이오?

판관은 아차 싶었는지, 화두를 재빠르게 바꿨다.

– 그게 아니고, 사또가 너무 독선적이고 고집스러운 게 탈이란 말입니다.

앞에 앉은 이방이 안절부절못하며 낮은 소리로 만류했다.

– 나으리, 조정에서 내려오신 손님 전 입니다요.

그러나 판관은 작심한 듯 버럭 소리 질렀다.

– 왜 내가 못 할 말 했나?

경차관은 굳은 표정으로 술을 입안에 털어 넣었다. 분위기가 이상한 것을 안 추월이가 애교를 떨며 얼른 안주를 집어 들었다.

– 나으리. 아.

기분이 상한 경차관은 추월의 팔을 물리치고 목소리를

높였다.

– 도대체 목사에게 무슨 잘못이 있단 말이오?

정색하며 바라보는 경차관의 부릅뜬 시선이 부담스러운 듯 송 판관은 주안상을 깔떠 보았다. 아전들은 애써 판관의 눈치를 보며 술잔을 기우렸다. 배알이 꼴린 판관은 이내 작심한 듯 술잔을 입에 털어놓고 나서 목사를 직격했다.

– 내 사감이 있어 이러는 것 아니옵니다. 글쎄 들어보십시오. 수산방호소는 예로부터 왜적의 침입에 잘 대처해 온 곳입니다. 헌데, 목사는 본진과 방호소를 성산으로 옮겼습니다. 일출봉이 천혜의 요소이긴 합니다만 왜적이 해안으로 침범해 와서 방호소로 통하는 길을 막아버리면 꼼짝 없이 독 안에 갇힌 형국이 됩니다. 거긴 물도 없고 농사도 지을 수 없는 바위 천지인데 장차 어찌하려고 그러시는지. 위험천만이라고 수십 번 말렸지만 고집불통입니다.

경차관은 진중하게 듣고 나서 자신의 의견을 말했다.

– 방호소 이전 문제는 목사의 권한이외다. 그러나 이런 사정을 병부에 전언은 하겠소.

– 꼭 그렇게 해주십시오. 그리고 섬에서 녹을 먹는 사람들 불쌍히 여겨 주십시오, 여긴 유배지 아닙니까? 우린 무슨 죄를 지었습니까? 집안에 애경사가 있어도 함부로 바다를 건널 수도 없습니다.

– 알겠소. 내 이런 사정을 조정에 보고 하겠소이다.

이에 마음이 누그러진 송 판관이 경차관에게 잔을 권했다.

- 자, 제 술 한 잔 받으시지요?

경차관이 어색하게 웃으며 술잔을 들었다. 이때다 싶어 사월이는 판관에게 귓속말을 하고는 슬그머니 일어나 밖으로 나갔다. 술잔을 채우며 판관이 본색을 드러냈다.

- 대감님. 제가 이 섬에 온 지도 삼 년이 넘어가고 있습니다. 이만하면 도성 안으로 불러올려 주실 때가 됐지 않습니까? 적조하오나 귀경 선물은 잘 싸 두었습니다.

- 뭘 그런 것까지. 여하튼 고맙소이다.

경차관이 서먹해진 분위기를 추스르려고 좌중을 보며 술을 권했다.

- 자, 한 잔씩 합시다.

서로 술잔을 채우고 술을 목으로 넘기는데, 놋그릇이 땅바닥에 쏟아지는 소리와 함께 악다구니 소리가 들렸다. 모두 동작을 멈추고 의아스런 표정으로 서로를 바라보는데, 한 기녀가 방 안으로 들어왔다. 판관이 소리쳤다.

- 어떤 개아들놈이 소란이냐?

기녀가 추월에게 귓속말을 하자, 일어서며 양해를 구했다.

- 흥을 깨서 죄송합니다. 하찮은 주정뱅이 소행이니 신경 끄시고 주흥이나 즐기셔요.

추월이 방 밖으로 나와보니 옆방에서 술을 마시던 인걸이 하인을 붙들고 생떼를 쓰고 있었다. 인걸은 화가 나 잔뜩 부어 있었다.

- 글쎄 안 된다니까요.

- 왜, 내 돈은 돈이 아니야? 말해봐. 난 손님이야 발님이야?

- 손님 맞습니다요. 헌데 도련님 왜 이렇게 억지십니까?

인걸의 취태를 바라보던 추월이 방 안으로 들어갔다. 술상이 엎어진 광경을 보자 느긋하던 그녀의 얼굴이 변했다. 차디찬 목소리로 하인에게 물었다.

- 무슨 일이냐?

- 글쎄. 사월이 대령하라고 이 난리지 뭡니까요. 손님 방에 계시다고 했는데도 막무가내로….

- 넌 가서 술상을 다시 차려오도록 일러라.

하인은 나뒹구는 안주와 사발을 대중 정리하고 술상을 들고 밖으로 나갔다. 추월이 웃음을 흘리며 인걸 옆에 앉았다.

- 어머, 잘생긴 도련님이 왜 이러셔요?

- 넌 필요 없으니까. 사월이 나오라고 해.

- 아이, 다 알면서 왜 이러실까? 사월이 지금 손님 받고 있잖아요? 옆 방에서 창하는 소리 못 들었어요?

- 다 끝났으면 나와야 할 것 아냐? 너 내가 누군지 몰라?

- 왜 모르겠습니까? 정의골 말 부잣집 큰 아드님이라고 자랑하셨잖아요?

– 그럼. 서방님이 왔으면 인사라도 해야 할 것 아냐?

– 이러시면 사월이 앞길 망치는 겁니다. 그 애는 돈을 벌어야 해요.

– 돈? 그까짓 거 나한테 많아. 사월이 일 안 해도 돼.

– 돈이 대숩니까? 사월이 마음을 움직여야지요.

– 원하면 다 줄 테니 어서 데려 와.

– 그러면 오늘은 장부에 달아놓은 거 조금이라도 갚으셔요. 많이 밀렸어요.

뒷간에서 나와 밖에서 대화를 엿듣던 사월이 방문을 열고 들어왔다.

– 언니, 영감 어르신께 가보셔요. 제가 알아서 할게요.

추월이 옆자리를 내주며 눈을 찡긋하고서 나갔다. 새롭게 차린 술상을 들고 들어온 초선이 사월이와 눈을 맞추고 웃으며 나갔다.

– 오라버니. 왜 이리 안달이실까? 제가 그렇게 좋아요?

– 그래. 임마. 왜 이제야 와?

– 아이 오라버니도. 오신 줄 알았으면 푸더지멍 달려 와실테죠. 헌데 듣다시피 한양에서 온 귀중한 손님을 모시고 있어서요. 자, 한 잔 받으셔요.

사월이 나긋나긋하게 말하며 주전자를 들자, 인걸이 술잔을 들며 한 소리 했다.

– 너. 판관 좋아하냐?

– 단골손님이잖아요. 우리 집 장사시켜 주는 알짜배기 손님.

말이 귀에 거슬린 듯 인설은 미간을 찌푸리며 술을 단숨에 목으로 넘겼다.

　- 헌데, 오라버니 부자라면서 외상값은 왜 안 갚아요? 그간 깔린 술값이 얼만지 알아요?

　- 줄게. 까짓것 한 번에 다 갚아 준다고.

　- 정말? 오라버니 말이 나온 김에 당장 해결해.

　- 돈을 안 갖고 왔는데 어떻게 해결해?

　- 아이. 오라버니 타고 온 말 있잖아? 아주 좋던데?

　- 어. 너 말 볼 줄 아는구나? 암. 우리 천둥번개 최상품이지.

　- 그거 나 주라.

　인걸은 술이 확 깨는 듯 눈을 부릅떴다.

　- 뭐? 고관대작들이 백만금을 준대도 팔지 않은 애마야. 그건 안 돼. 대신 우리 사월이에게 어울리는 말을 가져다줄게.

　사월이는 삐친 척 휙 몸을 돌렸다.

　- 피. 그 정도도 아깝다면 앞으로 날 찾지 마셔요.

　사월이 일어서서 나가려 하자, 인걸이 손목을 잡았다.

　- 알았어. 생각해 볼게. 이리 앉아 봐.

　사월이 못 이기는 척 도로 앉으며 미소를 지었다.

　- 나 줄 거야?

　- 그래 준다. 줘.

　- 우리 오라버니 화끈하네. 좋았어. 우리 오늘 밤 재미있게 놀아봐요.

사월이 기뻐하며 인걸의 볼에 입술을 찍었다. 인걸이 그녀를 안고 저고리 고름을 잡아당기려 하자 사월이 뿌리치며 자세를 고쳐 앉았다.

  – 지금 안 돼요. 아직 절차가 남았어요.

  – 아이구. 절차는 무슨?

  – 나중에 다른 소리 않도록 양도증서는 써줘야지. 쇠돌아. 쇠돌이 밖에 없니?

  밖을 향해 소리치자, 밖에서 화답했다.

  – 쇠돌이 대령입니다요.

  – 거 초선이 들여보내라.

  미리 짜고 준비한 듯, 지필묵을 들고 초선이 들어왔다. 펼친 종이에는 이미 양도 문서가 작성되어 있었고 인걸이 기명만 하면 되었다.

  – 오라버니, 이거 우리 혼인 문서와 같은 거예요. 여기 기명을 하셔요.

  인걸이 보는 둥 마는 둥 자포자기의 상태로 붓을 들어 자기 이름을 썼다. 사월은 재빨리 서류를 초선에게 넘겼다.

  – 자. 되었다. 이제 목책에 묶여 있는 말을 마굿간으로 옮겨라.

  – 예.

  초선이 들고 왔던 도구들을 도로 들고 나가자, 인걸이 투덜댔다.

  – 이거 내가 너무 손해 본 것 아냐?

- 에그 말 부자 오라버니가 쫀쫀하게 참.

사월이 인걸의 얼굴을 양손으로 붙들고 입을 맞췄다. 인걸이 사월이를 안고 쓰러지는데, 문밖에서 사월을 찾는 소리가 들렸다. 판관의 목소리였다.

- 사월아. 사월이 어디 갔어?

사월은 재빨리 떨어져 앉으며 옷매무새를 고쳤다. 이윽고 방문이 열리며 판관이 나타났다.

- 아니 측간에 다녀온다더니 여기서 뭐 하는 거야?

인걸과 시선이 부딪치자, 알아보는 눈치였다.

- 아니. 넌?

- 나으리, 왜 이러십니까? 시골서 오신 오라버니셔요.

판관은 무례하게 방 안으로 들어와서 인걸을 확인했다.

- 오라버니? 넌 파평 윤씨 자손 아니더냐?

사월이 일어서며 판관을 막아섰다.

- 알았어요. 나으리 어서 우리 방으로 가요.

판관은 엉겨 붙는 사월의 몸 뒤로 인걸을 자세히 살피다가, 사월을 옆으로 제치며 앞으로 다가섰다.

- 어라? 어디서 많이 보던 놈인데? 너 누구냐?

- 내가 누구든. 돈 내고 술 마시는 손님에게 이거 무슨 무례한 짓이오?

- 오라. 너 지난번 과거에 응시했던 정의골 김가 놈 아들이지?

- 그렇다. 왜? 낙방한 놈은 이런데 출입하면 안 된다는 법이라도 있냐?

- 촌놈의 새끼가 기방 출입하면서 남의 애첩을 가로채려 하다니. 너 주제를 알아. 임마.

인걸은 판관의 말을 확인하려는 듯 사월을 쳐다봤다.

- 뭐. 애첩?

- 나으리. 왜 사리에 맞지 않는 말씀을 하십니까? 제 낭군님은 여기 계신 분이셔요. 영업 방해 마시고 얼른 나가셔요.

사월이 난처한 듯 판관을 뒤에서 안고 밖으로 끌어내리고 하나 힘에 부쳤다.

- 뭐? 낭군님? 이 요망한 것.

돌아서서 뺨을 갈기자, 사월이 쓰러졌다. 그 광경을 본 인걸이 바짝 독 오른 뱀처럼 벌떡 일어서며 판관과 엉겨붙었다.

- 이 자식이 어디다 손찌검이야. 판관이면 다야?

- 그래. 다다. 이놈아. 말똥 냄새 풍기는 섬놈 주제에 어디 감히 판관에게 대들어?

- 섬놈? 야 이 새끼야. 육지놈은 똥구멍으로 쳐먹고 입으로 싸냐? 왜 주둥이가 그렇게 더러워?

- 뭐? 똥구멍? 너 나 모욕했어? 어디 덤벼봐. 임마.

서로 치고받는 사이에 다시 술상이 엎어지고 방안은 아수라장이 됐다. 난리 치는 소리에 추월이 들어왔다. 말릴 새도 없이 인걸이 휘두른 주먹에 판관이 코를 붙들고 나뒹굴었다. 코에서 피가 쏟아졌다.

- 아이고 나 죽네. 불한당 같은 놈이 판관을 쳤네.

엄살떠는 소리에 주연을 벌이넌 경차관과 아전들이 모두 나와 이 광경을 목도했다.

인걸은 곧바로 목관아로 끌려가 감옥에 갇혔다. 성읍에 사는 인걸의 아내는 이런 사실을 알 리 없었다. 과거에 낙방한 후 낙심한 남편의 심기를 건드리지 않으려고 동녘이 환하게 밝아서 들어와도 아무 소리 하지 않았다. 옛날 개구쟁이 시절 같이 놀았던 친구들을 데리고 읍내 기생집 드나든다는 소식을 들었지만, 한때거니 생각했다. 떡이 되도록 술 마셔도 천둥번개는 주인을 싣고 고스란히 집으로 돌아왔다.

그런데 이틀째 남편이 집에 들어오지 않자 경주댁은 벌컥 겁이 났다. 신변에 이상이 생겼다고 생각했으나, 어찌할 바를 몰랐다. 의논할 사람도 없고 의지할 데라곤 웃귀본가밖에 없었다. 훈이를 업고 오랜만에 웃귀로 갔다. 엎드리면 코 닿을 이웃 마을에 살아도 본가에 드나드는 게 싫었다. 모든 게 불편하고 눈치 보는 게 힘들었다. 사람을 원숭이 보듯 쳐다보는 것도 마음에 들지 않았다.

본가에도 남편의 소식을 아는 사람은 없었다. 시어머니는 병생을 어르며 심드렁하게 말했다.

– 거 소나이 허는 일 가만히 두고 보라. 오죽 실망 풀어져시믄 경 허느냐. 난 이번 과거엔 붙을 줄 알았주. 낙방했댄 소리 들으난 나도 가슴이 는착해라. 객사할 팔자는 아니난 하루 이틀 더 기다리믄 나타날 테주. 이 섬 안에서

어디 가느니? 그렇지 병생아. 느네 오빠 바람 났나보다.

시어머니는 속 긁는 소리를 했지만, 시아버지는 달랐다. 이제 갓 걸음마를 배운 딸 병생이 아까워 눈을 떼지 못하면서도, 훈이를 안고 걱정을 해주었다.

- 이 자식. 술 쳐 먹언 어디 꼬라박아졌구나. 거 혼디 댕기는 친구 알아지느냐?

- 예. 수망리에 규진이라는 사람과 늘 붙어 다닙니다.

- 규진이? 그 놈이 우턴 놈이여.

시어머니가 끼어들어 훙을 봤다.

- 껄렁패 그놈 때문에 우리 인걸이 다 배렸주.

중림은 무슨 생각에선지 갑자기 손자를 내려놓았다.

- 가만. 그 녀석 집을 내가 알주. 다녀오마.

수망과 옷귀는 경계가 붙은 이웃 마을이어서 중림은 금방 돌아왔다. 그런데 중림의 굳어 있는 얼굴을 보고 며느리는 벌컥 겁부터 났다.

- 아버님, 훈이 아빠 무슨 일 있어요?

- 성안에 다녀와야겠다. 며칠 전 함께 술을 먹었는데 규진인 먼저 왔댄다. 이 녀석 사고 친 게 틀림없어.

중림은 제주읍으로 말을 달렸다. 명월관을 찾아가서 자초지종을 확인하고 목관아로 달렸다. 판관은 아프다는 핑계로 등청하지 않아서 관저로 찾아갔으나 문전박대를 당했다. 다시 홍화각으로 가서 이정록 목사를 만났다. 몇 달 못 보던 사이에 목사는 몰라보게 얼굴이 핼쑥해졌다.

- 아니 어디가 편찮으십니까?

- 아니요. 좀 무리를 해서 그런 것 같소. 성산일출봉이 방어적으로 취약하다는 말이 많아서 외성을 쌓고 있소이다. 그 일에 신경을 많이 쓰다 병을 얻었소만 약을 닳여 먹고 있으니 금방 괜찮아질 거요.

안색은 완연한 병자의 모습이었다. 지난번 조문 때보다 얼굴이 반쪽 된 것 같아 안쓰러웠다.

- 권율 도원수께서 비밀 장계를 보내왔는데, 왜놈들이 병사를 일으켜 전라와 제주섬을 유린할 것이라 합니다. 그래서 2천 필의 전마를 준비하라는데 이것 참.

- 2천 필이나요?

- 예. 이곳에서요.

- 그렇게 많은 말을 이 섬에서 어떻게 구합니까? 말의 씨를 말릴 겁니까?

- 윗사람들이 어디 현지 사정을 알기나 합니까? 그저 명령만 하면 다 만들어 내는 줄 아는 거지요.

- 소인도 최선은 다하겠습니다만, 제 마장에선 오십 두도 어렵습니다.

- 어림없는 숫자라는 거 나도 압니다. 국마장에서 구할 수 있는 만큼만 하겠습니다. 세모 연시에 도와주시는 것만도 고마운데.

- 하온데 판관 영감께서 많이 불편하십니까?

- 다 핑곕니다. 나하고 마주하기도 싫고, 울고 싶은데 뺨 때려준 격이지요.

– 관저 앞에서 박대를 당했습니다.

– 그 양반 욕심이 오죽해야지요. 이번 명월관 소란도 계집 욕심 때문에 생긴 겁니다. 기녀 하나 놓고 어린 자제분과 다투다 그리 된 거지요.

– 애비로서 면목 없습니다.

– 그게 문제 아니고, 그 양반은 상중에 있습니다. 금년 여름에 모친상을 당했는데 무슨 사정인지 모르지만 섬을 떠나지 않았어요. 경차관이 이런 사실을 알고 대노하며 귀경하셨으니 그냥 넘어가진 않을 겁니다.

중림은 판관이 쳐놓은 올가미에 인걸이 용케 걸렸다고 생각했다.

– 제 아들놈은 어찌 되는 겁니까?

– 그 사람 재물 밝히는거 아시지 않습니까? 단단히 준비해야 할 겁니다.

중림은 목사또의 배려로 인걸을 면회했다. 인걸은 부친의 출현을 은근히 기대하고 있었다. 인걸은 아버지를 만나면 어떻게 변명할 것인가를 여러모로 생각했었다. 사내로서 당당하게 맞서자고 마음먹었으나, 부친의 얼굴을 보자 눈물부터 나왔다. 중림은 인걸을 보면 뺨이라도 갈겨야겠다고 분개했지만, 막상 초라하게 옥에 갇힌 아들을 보자 불쌍하고 애달픈 마음이 앞섰다. 인걸의 울음에 중림도 눈시울이 뜨거워지는 것을 느꼈다.

– 죄송합니다. 아버지.

- 녀석. 귀염 떠는 아들 생각은 안 나냐?

- 정말 잘못했습니다. 당장 나가게 해주세요. 아버지.

- 가장이라는 것은 집안에 대해서 무한 책임을 지는 것이다. 이런 꼴로 아들 앞에 떳떳하게 설 수 있느냐?

- 아버지 이번 한 번만 용서해 주시면 꼭 급제하도록 하겠습니다.

- 급제 바라지 않으니, 가정에 충실해라. 헌데, 하필 판관을 건드렸어? 있는 죄도 덮고, 없는 죄도 만들어내는 자인데.

- 죄송합니다. 이런 일은 두 번 다시 없을 겁니다.

인걸은 무릎을 꿇고 고개 숙여 펑펑 울었다. 중림도 소매로 눈가를 닦았다.

- 헌데. 천둥번개는 어떻게 했느냐?

인걸은 아차 싶었다. 그러나 머릿속이 재빠르게 회전하더니 말이 툭 튀어나왔다.

- 잃어버렸수다.

- 뭐라고? 천둥번개를 잃어버려?

중림의 안색이 변하는 것을 눈치챈 인걸은 다시 태도를 바꿨다.

- 죄송합니다. 여기서 나가게만 해주시면 꼭 찾아 오쿠다.

- 넌 아직도 정신을 못 차렸구나. 말은 자식이나 마찬가지라고 했잖느냐?

- 잃어버린 것이 아니라 명월관에 잠시 맡긴 겁니다.

- 그럼 말을 팔아 술을 먹은 거야?

- 아닙니다.

- 아니면 어디서 돈이 나서 그 껄렁패 녀석들에게 매번 술을 사줘?

- 죄송합니다. 아버지.

애련의 마음이 증오의 감정으로 바뀌는 건 순식간이었다. 분노가 치밀어 올랐다.

- 망할 놈. 장자라는 놈이. 넌 틀려먹었어. 너 구출 위해 한 푼도 어림없다. 여기서 썩던지, 귀신이 되든지 마음대로 해. 정신 차리기 전에는 본가에 발 들여놓을 생각도 마라.

중림은 단호하게 일어서더니 아들의 울부짖음도 외면한 채 밖으로 나갔다.

생각할수록 분노가 치밀어올랐다. 장자라고 해서 인호 몰래 떡 하나 더 주며 기대했는데, 갈수록 실망이다. 도대체 저놈은 내 종자가 아닌가? 과거는 볼 때마다 낙방하고 주색에 팔려 소일하는 아들을 중림은 이해할 수 없었다. 말을 타고 산을 넘으면서 분노가 울분으로 바뀌더니 기어코 눈물이 뚝 하고 떨어졌다.

집으로 돌아온 중림은 아내와 며느리를 불러 앉히고 성 안에서 일어났던 인걸의 일에 대해 자세하게 설명했다. 그 분풀이는 부인에게 돌아갔다.

- 아주 배렸어. 당신이 애를 망친 거야.

- 이거 메누리 앞에서 무슨 소리우까?
- 당신이 오냐 오냐 하니까 저 모양이 된 거 아냐?
- 그렇게 개 패듯이 타작하고, 윽박지르기만 하니까 아이가 어긋난 거 아니우까? 한 배에서 난 자식도 똑 같지 않해 마씸.
- 그놈은 고생을 해봐사 세상 물정을 알아. 죄값 받고 옥에서 나올 때까지 가만 내버려 둬.

며느리는 시아버지의 말이 섭섭해서 눈물을 왈칵 쏟아내며 두 손을 비볐다.

- 아버님. 잘못했어요. 제가 이렇게 빌게요. 한 번만 살려 주세요. 예. 아버님.

중림은 며느리의 울음에 마음이 흔들리는지 헛기침하며 밖으로 나가 버렸다.

훈이를 맡기고 부인과 며느리는 성안을 드나들었다. 넓은 집은 어린이 놀이터가 됐다. 막내동생 병생이, 순정네 작은아들 석이, 훈과 현을 돌보는 것은 인호와 윤아의 몫이 됐다. 중림의 인걸에 대한 미움은 손자를 대하는 태도에서도 나타났다. 애들은 싸우면서 크는 건데 훈이 석이한테 맞아서 울면 달래지는 않고 '아이고 저 미련둥이' 하며 나무랐다. 그리고는 마당에 퍼질러 앉아 우는 훈이는 외면한 채 현이를 안고 둥개둥개 하며 놀았다. 그러면 훈이는 할아버지의 편애가 서러워서 마당에 누워 뒹굴며 앙작했다.

집사와 모친이 성안 출입을 하던 며칠 후, 인걸이 천둥 번개를 타고 돌아왔다. 돌아온 날 인걸은 부친을 찾아 무릎을 꿇었으나, 중림은 시선을 마주치지도 않고 외출해 버렸다.

인호는 왜적과 싸우다 돌아온 인걸을 우상처럼 존경했다. 젊은 시절에 깨지고 부딪치면서 세상을 알아가는 모습이 멋졌다. 그러나 그 일 이후로 인걸은 기제사 때에도 본가에 오지 않았다. 가끔 며느리가 와서 동향을 전하는데 사람이 아주 달라졌다고 했다.

중림이 집무실 의자에 기대어 명상에 잠겼는데, 집사가 급하게 들어왔다.

– 성님, 소문 들읍디가?

– 무신 소문 말이라?

– 사또 어르신이 어제 아침에 돌아가셨댄 햄수다.

목사의 부음을 듣는 순간, 중림은 현기증을 느끼며 두 손으로 머리를 감싸 쥐었다.

– 요전 번 뵈올 때에 걱정이 되더니만 기어코.

앞으로 일이 걱정되었다. 그간 이정록 목사는 마정을 관리하는 현감이나 판관의 횡포에 방패막이가 돼주었다. 이정록처럼 백성들에게 추앙받는 목사도 흔치 않았다. 사욕으로 백성들의 재산을 탈취하지도 않았으며. 부정과 비리로 축재하는 목민관과는 거리가 멀었다. 오로지 왜적의 침입을 경계하며 노심초사하다 병을 얻어 천수를 누리지 못했다. 중림은 이제 다시 내부로부티의 적에 대비해야 한다고 생각했다.

　새 목사가 당도하기 전 판관 송홍렬이 먼저 파직을 당했다. 나라의 녹봉을 먹는 자는 부모가 돌아가면 직을 물러나 3년 묘를 지켜야 하는데 송 판관은 승진에 눈이 멀어 기복을 하지 않았고, 더구나 기방 출입을 하며 기녀를 놓고 다툼을 벌이는 등 패륜적인 행위를 한 죄였다. 특히 생일을 맞은 판관이 이정록 목사의 관을 옆에 둔 채 경내에 풍악을 울리고 술잔치를 벌여 백성들의 원성을 샀다.

　이정록 목사가 이승을 떠난 해에 이순신 장군도 전사했다. 다행히 기나긴 전란도 왜군이 물러가면서 끝이 났다.

말을 나면 제주로

7년에 걸친 전쟁은 많은 것을 변화시켰다. 전쟁으로 인한 폐해와 그 참혹함을 보며 백성들은 나라의 소중함을 알았으며, 삶에 대한 억척스러운 의지를 갖게 되었다.

임금은 전승에 공이 많은 신하와 백성에게 상을 내렸다. 중림 집안에도 경사가 났다. 전마를 바친 중림에게는 헌마공신이라는 칭호와 함께 중추부의 종2품 관직인 동지중추부사의 교지를 내렸다. 거기에 앞으로 제주 산마장의 감목관은 김만일의 자손 중에서 추천하도록 하명했다. 우수한 말을 육성하기 위한 비법을 자손 대대로 전수하라는 의미였다.

교지를 받은 중림은 가족들을 모아놓고 감회를 설파했다.

– 오늘의 이 교지는 우리 가문에는 영광이지만 많은 젊은이의 피와 목숨으로써 얻어진 것이다. 나라가 패망했으면 우린 왜놈의 노예가 되어 재산도 목숨도 부지하기 어

려웠을 것이다. 그리고 산마장 삼목관을 우리 가문에서 맡게 되었으니 그 임무는 매우 엄중하다. 장손이라고 해서 반드시 감목관이 되는 건 아니다. 내 피를 나눠 가진 모든 후손이 자격을 가지므로 모두 정진하라.

말을 전해 들은 인걸은 충격을 받았다. 인호에게 감목관을 물려주려는 속셈인 걸로 생각했고, 그 순간부터 인호에 대한 적개심이 생겼다.

교지 받음을 축하하기 위해 친족들이 모여들었다. 목사로부터 전수된 교지는 사무실 정면 벽 높은 곳에 붙여 놓아 모든 사람이 볼 수 있도록 했다. 아이들이 그 아래 몰려들어 교지를 올려다보았다. 이종형제 간인 조카들이 자신의 한문 실력을 뽐내며 다투었다. 키가 제일 큰 순녀의 작은 아들이 해독하다 걸리면 순정의 아들이 끼어들었다.

－교지. 김만….

－김만일. 외삼촌 이름도 몰라.

－알아. 알고 있었어. 내가 마저 읽을 테니 조용히 해봐. 위 동지중추부사 자….

복식방에서 축하연이 무르익을 즈음, 중림이 눈치를 주며 슬그머니 자리를 뜨자, 집사와 덕배가 뒤를 따라 집무실로 가 마주 앉았다. 낮술을 마셔선지 중림의 얼굴이 불그스레했다.

－성님. 아직도 긴장이 안 풀립디가? 화색이 좋수다.

병택이 의자에 앉으며 농을 건넸다.

- 두어 잔 거푸 마셨더니.

두 손으로 얼굴을 쓰다듬으며 중림이 화답했다. 덕배가 끼어들었다.

- 볼그롱한 게 새신랑 담은게.

- 사둔. 그럼 장가 한 번 더 가도 되쿠가?

- 어허. 그걸 무사 나신디? 인걸이 어멍신디 물어봐사 주.

덕배의 농담에 실내 분위기가 환해졌다. 웃음이 사라지기도 전에 중림이 한숨을 쉬었다.

- 헌데 말야, 목사의 인상이 어떻던가?

대동하여 목관아에 다녀온 병택을 바라보았다.

- 게매 양. 범상한 얼굴은 아닙디다.

- 맞지? 얼굴에 욕심이 덕지덕지 붙었어.

- 아맹허믄 전임 목사만 허쿠가? 나도 목사 여럿 봐 왔지만, 이정록 목사만큼 물욕 없이 나랏일에만 열심인 분은 못 봐수다.

- 아. 임지에서 일하다 순직하는 것도 목민관의 복이지.

듣고 있던 덕배도 중림의 말에 맞장구를 쳤다.

- 그럼. 이정록 목사 욕하는 사람 못 봤어.

- 좋은 시절 다 간 거 같애. 사업이라는 건 관의 협조가 필수적인데.

덕배가 걱정스런 표정으로 거들었다.

- 협조는 고사하고 간섭하고 빼앗아 가지만 않아도 고맙지.

- 미리 기름칠 좀 해 놓으카 마씸?
- 아서라. 호구 잡히면 탐관의 욕심 어찌 감당하려고.

제주 목사로 부임한 초기에 성윤조는 제주의 방어와 목사의 임무에 의욕을 불태웠다. 조천관을 중수하고 쌍벽정雙碧亭 현판을 연북정戀北亭이라 개제하여 교체했으며 남문 위에 제이각을 세우고 홍예교를 놓았다. 그리고 전임 목사가 만든 성산방호소는 수산진으로 환진했다. 그의 개혁적 행보는 거기까지였다. 현지에 적응하는 시간이 흐르자 서서히 본색을 드러냈다.

한편 판관으로 부임한 이종생은 자신은 귀양 온 것이라 낙담하여 정사에는 관심이 없고 주색에 빠져 살았다.

명월관 사월이는 보는 사람마다 탐을 내는 매력 있는 기녀였다. 오똑하게 솟은 코와 붉은 입술, 아담한 생김새도 일색이지만 악기 연주 솜씨와 애절한 시조창도 듣는 이의 심금을 울렸다. 무엇보다 그녀의 나긋나긋한 말투가 사내들의 애간장을 녹였다.

꽃이 아름다우면 벌 나비와 더불어 똥파리도 날아들기 마련이다. 지난번에는 사월을 두고 인걸과 송 판관이 싸움을 벌이더니, 이번에는 신임 목사와 판관이 낯을 붉히며 언쟁했다. 명월관에서 주연이 있으면 서로 자기 옆자리에 앉히려고 난리였고, 난처한 사월이는 핑계를 대며 피신하기 일쑤였다.

급기야 성 목사는 판관의 행태를 비난하는 장계를 한양

에 올렸다. 등청도 일정치 않고 나태하며 계집과 술독에 빠져 지낸다는 참소였다. 결국 판관 이종생이 파직되자 성 목사는 기고만장해져서 명월관을 제집처럼 드나들었다. 그런데 참소로 인해 파직된 이종생이 가만히 있지 않았다. 성 목사의 실정을 조목조목 적어 사헌부에 투서했다.

전쟁이 끝나니 멸실된 관청을 새로 짓는 등 피해 복구 비용을 지방 관청에 할당을 시켰는데 성 목사는 과다 조달하여 축재를 일삼았다. 유생, 생원, 진사를 대상으로 경서에 능통한 사람을 가려내던 시험이 강경과였다. 그중에 사서삼경을 암송하게 하여 인재를 가리던 시험이 고강考講이다. 지방 관청의 관리가 되려는 자는 이 시험에 급제해야 하는데, 성 목사는 이 고강에 낙제한 자를 병사 훈련의 교관으로 임명했다. 뇌물을 주고 교관이 되었다는 사실을 안 수험생이 시정을 요구했으나 받아들여지지 않자, 유서를 쓰고 자진했다. 이런 내용을 담은 투서가 사헌부에 도달하자 성 목사에 대한 조사가 개시되었다.

아침 일찍 서귀에서 목장을 하는 동종 업자가 대창마장 사무실로 찾아왔다. 애경사에서 가끔 만나던 얼굴이었다. 그는 시름이 잔뜩 담긴 얼굴로 집무실 안으로 들어와 앉자마자 죽어가는 소리를 했다.

– 아이고, 이 탐관들 때문에 우리 같은 말 장시들은 다 죽게 생겨수다.

– 무슨 일 있수가?

– 대창이야 말 한두 마리는 아무것도 아니주만, 우리 같이 기십 두 키워서 겨우 먹고 사는 입장에서 씨수마 한 마리는 재산 밑천 아니우꽈?

전쟁이 끝나자 명나라의 보상 요구는 노골적이어서 제주 말 1천 필을 보내라고 했다. 이를 빌미로 정의 현감 이철영과 제주 목사, 판관의 착취가 심해졌다.

– 우리도 많이 당하고 있수다. 진상마 말만 나오면 맨 먼저 대창으로 달려옵니다. 이번에도 백 필 가지고는 어림없다고 엄포우다.

– 곧건 들어봅서. 한 달 전에 현감이라는 자가 목장에 찾아왔습다. 목장을 구경하는 척하다가, 풍채 좋고 윤기나는 다소니가 눈에 띈 거라 마씀. 다소니는 종말주게. 헌데 며칠만 빌려 달라고 합다. 씨수마를 가져가면 우리 말 농사는 어떵 하느냐고 막아섰지만, 막무가내로 강탈해 가고선 여태 돌려주지 안 햄수다. 현청으로 찾아갔지만 감춰놓고 며칠만 며칠만 하면서 안주지 뭐우꽈?

– 날강도놈들.

– 경허곡 우리같이 영세한 업자가 어떵 한 해 암말 두 마리씩 바쳐집니까?

한양 시복시에서 말 품종 개량을 위해 제주의 암말 두 마리씩을 육지 국마장으로 보내라고 지시가 내려왔다.

– 게매 양. 부당한 일이주만 빼앗아 가는데 무슨 방도가 이시쿠가? 종마는 잘 감추면서 기를 수밖에.

시끌벅적한 웃귀 장터에 포졸 두 명을 앞세우고 잘 차려입은 양반집 부인과 두 명의 아이가 말에서 내렸다. 아이들은 놀이판이라도 만난 듯 장터를 휘저어 다녔다. 부인은 장을 구경하다 방물을 파는 판매대 앞에 섰다. 물건을 이리저리 구경하다가 화려하게 장식된 옥비녀를 집어 들었다.

– 어머, 시골 장터에 이런 게 다 있네? 이거 조선 제품 아니지?

교만하게 거드름 피우며 반말로 지껄였다. 상인은 임자를 만났다고 생각했는지 아양을 떨며 제품을 설명했다.

– 역시 눈썰매가 있으십니다. 명나라 옥 제품입니다.

– 이거 마음에 드는데.

– 여기 제품 모두 다 해도, 그거 하나 값만 못하죠. 비싼 거지만 마님이 쓰신다면 잘해드리겠습니다.

– 얼만데?

– 육지에서 온 선비한테 구한 건데, 서른 냥만 주십시오.

– 서른 냥? 좀 비싼데?

– 비싸긴요. 물건은 제값 주고 사야 가치가 있는 거지요. 호호.

– 그건 그렇지.

부인은 몸에 찬 노리개를 만지며 주머니를 찾는 척했다. 애초부터 없는 것을 속이려는 수작이었다.

– 어머 이를 어쩌나? 돈주머니를 안 갖고 왔네? 거기

포졸아. 너 엽전 가진 거 있니?

말하면서 상인 모르게 한눈을 찡긋 감았다. 포졸이 알아채고 다가와서 상인 앞에 섰다.

— 왜 돈이 모자라세요?

— 아니, 내가 돈이 왜 없어. 주머니를 못 가져왔단 말이지.

봉 잡았다고 생각했던 상인은 아쉬워하며 혀를 찼다.

— 물건이 마음에 드시면 다음에 오십시오. 다른 사람에게 팔지 않고 꼭꼭 숨겨 두겠습니다.

— 안돼. 나 이 물건 놓칠 수 없어. 꼭 가질 거야. 돈은 다음에 줄게.

부인은 대답도 듣지 않고 옥비녀를 들고 급히 발걸음을 옮겼다.

— 여보세요. 거 남의 물건을….

상인이 뒤따라 가려 하자 포졸 둘이 막아섰다.

— 어허. 다음에 준다잖아.

— 아니 저분이 누구신데, 어떻게 믿어?

— 제주읍 새로 오신 판관 어른 마나님이시다. 섬을 유람하다가 들리셨으니 만나 뵌 걸 영광인 줄 알아.

— 무신 영광. 판관이고 판수고 난 필요 없어. 내 물건 내놔.

판관 부인은 빠른 걸음으로 줄행랑쳐 보이지 않았다. 포졸 때문에 앞으로 나가지 못하자, 상인은 바닥에 주저앉아 땅을 치며 울부짖었다.

– 도둑년아, 내 물건 내놔. 판관 각시가 내 물건 강탈해 갔다. 아이고, 내 재산.

상인이 소리치는데 마 시장 쪽에서 조랑말 두 마리가 달려왔다. 말은 이리저리 날뛰며 좌판과 매대를 엎어버리는 등 난리를 피웠다. 조랑말 위의 기수는 판관의 아이들이었다. 조랑말 뒤를 소롱이가 맨발로 뒤따라오면서 허둥대다 돌부리에 걸려 넘어졌다. 소롱이는 허우적 대며 소리쳤다.

– 야, 이놈들아. 돈을 주고 가.

난장판이 된 장마당을 말을 타고 지나가던 한 노인이 보면서 혀를 찼다. 갓을 쓰고 두루마기를 곱게 차려입은 노인은 장터를 지나 대창마장 사무실 앞에서 말을 세우고 내렸다. 그가 업장으로 들어서자 병택이 반갑게 인사했다.

– 하이고 삼촌 어떵허면 기별도 없이 오십디가?

– 지나가다 조카 얼굴 보젠 들렀네. 집에 이신가?

– 예. 이리로 오십서. 먼 길 오시젠 허난 폭삭 속아수다.

병택은 노인을 사랑채로 안내했다.

– 여기 잠시 계시면 조카 내외분들 곧 모시고 오쿠다.

집사가 나가자, 노인은 보료에 앉아 눈을 감으며 한숨을 쉬었다.

– 도대체 어쩌자는 것인가?

노인은 제주읍내에 사는 납마첨지納馬僉知 문충규였다.

중림과 미덕의 혼례식 때는 주례를 맡아 집전했다. 학식과 덕망이 높고, 젊었을 때는 향교에서 유생들을 교육했던 남평문씨 집안의 어른이었다.

잠시 후, 문이 열리며 앞장선 부인의 뒤를 따라 중림이 들어왔다.

- 삼촌님. 이런 시골까지 어떻헌 행차시우꽈?
- 너무 오랜만이우다. 절 먼저 받으십서.

중림과 부인은 나란히 서서 무릎 꿇고 인사를 올렸다.

- 만수무강하십서.

절이 끝나자 부인은 곁으로 가서 첨지의 손을 양손으로 붙잡았다.

- 삼촌. 무슨 일 이수과?
- 일은? 조카네가 대궐 같은 집 지어서 잘 산다기에. 사둔 영감 돌아가실 때도 못 와보고 겸사겸사 오랐져.
- 이야기 나눠십서. 과일이나 좀 가정 오크메.

부인이 나가자 첨지의 얼굴이 다시 심각해졌다.

- 자네는 피해가 없었나?
- 무슨 말씀이오신지?
- 이번 목민관들은 참 유별난 사람들이야. 재물에 눈을 밝혀도 정도껏 해야지.
- 저희 업자들이야 으레 당하는 일이우다만, 탐관에 대한 원성이 말이 아니우다. 이러다 무슨 큰일이라도 날 것 같아 마씸.
- 목사만이 아닐세. 판관이며 고을 원님까지 가렴주구

가 이렇게 심할 수가 없어. 오죽하면 내가 섬을 주류하며 조사 나섰겠나.

　－ 예. 잘 하셤수다. 삼촌님같이 덕망 있는 어르신이 나서 주셔얍주.

　－ 교생 애들이 하루에도 두어 명씩 찾아와서 원통함을 하소연하는 바람에. 내 상소 올리기로 작정했네.

　－ 좋은 판단 내리셨수다.

　－ 조정에서 손 쓰지 않으면 섬 백성들이 들고 일어설 판이야.

　귤은 임금에게 올리는 진상품으로 종묘 상에 올려지는 귀한 공물이다. 그중에서도 금귤과 유감, 동정귤을 상품으로 쳤다. 비싼 과일이었기에 주로 고관대작이나 사대부들이 애용했다. 이 귀한 진상품은 관아에서 관리했다. 민간이 경작하는 귤나무도 수를 조사하여 열매가 맺든 안 맺든 나무 수에 따라 세를 징수했다. 주인도 함부로 귤을 따 먹을 수 없게 했고 할당량을 내지 못하면 속전贖錢을 내야 했다. 기한 내에 귤을 가져가지 못 해도 태장을 가하는 등 엄한 벌을 내렸다. 그러니 민가에서는 귤나무를 베어버리거나 몰래 뜨거운 물을 부어 고사시키는 일이 허다했다. 관리들은 그들에게 과다한 벌금과 옥살이를 시켰다. 차라리 매년 고통을 받는 것보다 농민들은 그게 났다고 생각했다.

　－ 좀수潛嫂들 고통도 말이 아니야. 예년에는 호구 당 건

해삼과 건전복 열 두름씩 서됐는데, 성 목사가 오면서 호구 당이 일인 당으로 바뀌었어. 삼대가 물질하는 집에서는 세금 바치다 날 샐 판이지. 상황이 이 지경이다보니 기한 내 세 채우려고 과로하다가 초상 치른 집안이 한둘이 아니라네.

사태의 삼각성을 뼈저리게 느끼는 중림도 말을 덧붙였다.

– 우리 마장에서 말가죽을 가져가던 갖바치가 말합디다. 온갖 장인들을 성안에 모이게 해서 강제로 일을 시킨다고 마씸.

– 암. 조정의 세력가에게 뇌물 바치려는 수작이지. 가죽신에 탕건, 망건에 갓은 물론이고 부녀자와 아이들 노리개까지, 걸신들린 개처럼 혈안이야. 이런 목민관들의 야욕에 백성들은 왜란 때보다 더 살기 힘들다고 한탄하고 있어.

성 목사는 서문 근처에 있는 명월관을 대낮부터 드나들었다. 관할지를 돌아보며 민생을 살피기보다 필요한 사람은 명월관으로 불러서 만났다. 부속 집무실처럼 명월관을 사용하는 것은 청탁으로 받는 뇌물을 숨겨 보관하기에 제격이었기 때문이다. 목사는 어려운 백성은 안중에 없고 대낮부터 주흥에 빠져 있으니 손가락질하며 수군거리는 것도 몰랐다.

가야금 소리가 한가롭게 울려퍼지는 명월관 대문 안으

로 아전이 황급히 들어섰다.

－ 사또.

사월이의 무릎을 베고 누워 있던 목사가 아전의 소리를 듣지 못하자, 사월은 옷을 추스르며 목사를 흔들었다.

－ 아이, 영감님, 밖에 손님이 찾사옵니다.

목사는 헝클어진 옷차림과 몽롱한 눈동자 그대로 누워서 역정을 내었다.

－ 거 누구냐?

－ 사또 어르신. 이방입니다요. 큰일 났습니다.

－ 이놈아 전란이 끝났는데 큰일이라니? 또 왜놈들이 쳐들어오기라도 했느냐?

－ 그게 아니옵고. 급히 드릴 말씀이 있사옵니다.

－ 어허. 거 눈치 없기는? 웬만하면 낼 아침에 아뢰어라.

－ 사또. 내일까지 기다릴 일이 아니옵니다.

이방의 다급한 목소리가 신경이 쓰이는 듯, 목사는 사월의 도움을 받아 몸을 일으켜 앉았다.

－ 들어오너라.

사월이 술상을 들고 나가자, 아전이 호들갑스럽게 방 안으로 들어왔다.

－ 태평성대에 무슨 급한 일이기에 호들갑이냐?

이방은 넙죽 엎드리며 아뢰었다.

－ 사또. 역모입니다요.

－ 뭐라? 역모?

－ 그러하옵니다. 어서 등청하시어 진상을 파악하시옵소

서.

사또는 마신 술이 역류해 오는 듯 얼굴을 붉히며 화를 냈다.

– 감히 어떤 놈이 반란을 획책했단 말이냐?

– 다행이 역모에 가담했던 자가 밀고해서 모두 잡아들였습니다요.

– 내 이놈들을.

목사는 급히 몸을 일으켜 일어서다가 꽈당 소리 내며 넘어졌다.

목관아에 들어서자 찬 공기를 가르며 비명이 들려왔다. 비명은 팽나무를 흔들었고 우수수 떨어진 잎사귀들이 바람에 흩어져 날아갔다.

목사가 좌정하자 판관이 들어왔다. 역모라는 말이 아직도 귀에 생생한 듯 성윤조는 몸을 부르르 떨었다. 헛기침을 내뱉고 나서 말이 꼬이지 않도록 입안에서 혀를 여러 번 굴린 후에 말을 내뱉었다.

– 도대체 반역을 꾀한 놈이 누구요?

판관은 주변에 있던 아전들에게 물러가라는 손짓을 보냈다. 아전들이 퇴장하자 비장한 얼굴로 아뢰었다.

– 문충규 일당이옵니다. 일당이 모의해서 만든 상소문을 입수했습니다.

– 상소문이라고?

– 예. 사또님과 소신의 비행이라고 적은 문서였습니다.

- 문충규라면 도내 대성인 남평문씨 집안의 첨지 어른 아니오?

- 납마첨지 맞습니다. 다행히 거사 전 밀고자가 있어서 전부 잡아들여서 문초하고 있습니다.

- 그자가 왜 그렇게 어리석은 짓을 했을까?

판관이 상소장을 목사에게 내밀었다.

- 이게 증거물입니다.

목사는 손을 벌벌 떨면서 판관이 내민 소장을 읽었다. 옆에서 지켜보던 판관이 안심시키듯 토를 달았다.

- 문서가 조정에 도달했다면 우린 죽은 목숨이 될 뻔했습니다. 아주 기발한 내용으로 우리가 백성들을 착취했다고 쓰여 있습니다. 거기 적힌 거 사또께서 하신 일 맞습니까?

목사는 상소장을 조용히 내려놓으며 눈을 감고 크게 숨을 내쉬었다.

- 정말 모가지 댕강 날아갈 뻔했군, 그래 일당이 누구요?

- 경상도 선산 출신인 길운절과 전라도 익산 출신 소덕유가 문충규와 작당 모의했고, 거기 향교 훈도 홍경운과 교생 김정길, 김대정, 김지, 이종 등이 동조했습니다.

목사가 분개하며 탁자를 손바닥으로 쳤다.

- 길가, 소가 놈은 반정에 참여했다가 도망 온 놈들 아니오? 나쁜 놈들. 이건 모함이야. 우리 동인들을 척결하려는 서인 패거리들의 작당이란 말이오.

판관이 교활한 웃음을 지으며 아뢰었다.

- 맞습니다. 역으로 쳐야 합니다. 그걸 역적 반란 모의로 끌고 가야 우리가 삽니다.

목사는 그제야 말뜻을 알아듣고 음흉하게 웃었다.

- 살다뿐이겠소. 역모를 사전 발각해서 발본색원 했으니 상을 받을 일이잖소?

- 소관 생각도 같습니다. 제주도에서 난을 일으켜 경상도, 전라도에서 동조 세력을 규합하여 한양으로 몰고 올라가서 조정을 뒤엎으려 한 것으로 보고 올리겠습니다.

- 암. 아주 작살내야지.

둘은 마주보며 득의의 미소를 흘렸다.

문 첨지가 하옥됐다는 이야기를 들은 중림은 즉시 목관아로 말을 몰았다. 나라에 죄를 지은 중죄인이라 면회가 안되는 것을, 옥사쟁이를 구워삶아 한밤중에 문 첨지를 만났다. 문 첨지는 모진 고문을 받아 성한 데가 없이 피투성이였다. 노쇠한 몸에 기운도 없어 중림의 몸에 기대고서야 겨우 알아봤다.

- 어르신. 이게 어떻게 된 일입니까?

- 밀고자가 있었어. 길가 놈이. 상소장에 함께 이름을 올리려고 관록 있는 식자들을 불렀는데 그만.

- 여기 계시면 죽습니다. 피신하십시오.

- 아니야. 난… 살만큼 산 목숨… 자네나… 어서 가. 여기 온 걸 알면… 자네도… 무사 못해.

몸은 망가졌으나 의식만큼은 또렷했다.

– 제가 하겠습니다. 조정에 상소장을 제가 올리겠습니다. 그간에 명줄을 놓지 마시고 굳건하게 버티셔야 합니다.

– 소용없는… 일이야. 조정에도… 당쟁으로 편이… 나뉘었어, 잘못 하다간… 자네가 다쳐.

– 제가 알아서 할 테니 부디 옥체나 보전하십시오.

성윤조는 공물 외에 백성을 착취해서 사사로이 조정 중신들에게 물건을 바쳤고, 무식한 무리들이 명목 없는 진헌으로 요행히 은혜를 입는 일은 막아달라는 중림의 상소문이 사헌부에 도달했다. 역모 사건을 사전 발각하고 난을 진압한 공으로 성 목사와 안 판관에게 상을 내렸던 조정에서는 그 사건이 성윤조의 자작극임과 투서에 의한 목사와 판관의 비리가 사실임을 밝혀내면서 두 사람을 파직시켰다.

조정에서는 사건의 진상을 규명하고 섬 백성을 위무하기 위하여 안무어사 김상헌金尙憲(청음)을 제주에 파견했다. 안무어사는 제주에 도착하자마자 하옥되어 있던 사람들을 석방하였으나, 문충규는 고문의 후유증으로 얼마 살지 못하고 운명을 달리하고 말았다.

안무어사는 제주에서 난을 일으켜 한양을 점령한다는 게 비현실적이고 황당무계한 계획이라 납득하기 어려웠다. 더구나 반란에 가담했다는 사람들이 제주 섬의 지식인으로서 기득권을 충분히 누리고 있으므로 난을 일으킬 이유가 없다고 판단했다.

당사자들을 접견하면서 상소문에 지장을 찍은 자들이 가혹한 고문 끝에 거짓 자백으로 조작된 사건이라는 것을 파악하게 되었다. 백성들이 성윤조 목사의 학정으로 인해 민심이 크게 이반 되었고 그것을 참지 못한 지식인들이 상소를 올리려다 역적 모의로 오해를 받았다고 결론지었다.

수령들의 착취로 인해 민생은 피폐되었고, 목사가 너무 가혹하게 형벌을 쓰는데다 비루하고 탐욕스러워 인심을 잃어 왔으므로 고을이 원망으로 가득했다는 것을 안무어사는 섬 안을 돌아다니면서 직접 청취했다. 안재효 판관이 가속들을 제주에 데리고 와 갖가지 폐단을 일으킨 사실을 확인했고, 정의현감이 민간의 말을 공용이라 칭탁하여 빌려서는 돌려주지 않고 자기 재산으로 만든 사실도 알아냈다. 이들에게 파직을 명해 달라는 장계를 올렸다.

안무어사는 왕명에 의한 교서를 반포하고 진상보고서를 올리고 난 후, 비변사에서 지시 받은 군무, 마정, 관속들에 대한 실정 파악에 나섰다.

동문을 출발하여 섬을 일주하던 사흘째 날 청음은 정의현청 객사에 묵으면서 중림을 초치하여 만났다. 제주에 오기 전에 섬의 내력과 중림에 대해서 알고 있어서 마정에 대해 조언을 구했다. 중림은 평소에 가졌던 사복시 마정의 폐단에 대해서 시정을 요구할 좋은 기회라고 생각했다.

– 조선의 말 품질과 양육 문제는 심히 염려되옵니다.

– 어르신이 조선 전체에서 말을 잘 키운다는 건 저도 익히 들어 알고 있습니다. 사대부들이 대자 낙인이 찍힌 말만 찾는다고 소문이 자자합디다.

– 우량마를 생산할 수 있는 건 제주섬이 가진 특질 때문입니다.

– 섬의 특질이라구요?

– 예. 대양을 건너온 제주의 해풍 속에는 사람들이 모르는 기운이 담겨져 있습니다. 거기다 암반을 통하여 흐르는 물은 어디서나 약수지요. 그런 해풍과 약수로 자라는 초근과 약초는 말들에게 많은 영양분을 제공합니다. 그러기 때문에 제주말을 육지에 옮겨 키우는 사업은 즉시 시정되어야 합니다. 매년 제주의 암말 50두를 전국 국마장으로 보내라고 하는데, 이는 유감乳柑을 탱자로 만드는 꼴입니다. 오히려 말을 나면 이 제주섬으로 보내야 합니다.

안무어사는 고개를 끄덕거리며 중림의 말을 기록했다.

– 말은 나면 제주로 보내라. 들고보니 육지의 말을 제주로 옮겨와 키워야 한다는 말은 탁월한 견해십니다. 꼭 진언하겠습니다.

중림은 말이 나온 김에 점마의 폐단에 대해서도 한마디를 덧붙였다.

- 점마도 문제가 많습니다. 점마를 위해 말몰이를 하거나 목책을 설치하는데 많은 사람이 필요해서, 섬사람이 총동원됩니다. 특히 바쁜 농사철에 점마에 참가하면 농사를 망치기 일쑤고, 임신한 말을 몰이하면 이리저리 쫓기다 낙태하기 위험천만입니다. 그동안 여러 차례 점마의 폐단에 관해 목사께 진언했으나 공염불이 됐습니다. 또한 적임자가 아닌 사람이 점마관으로 오는 바람에 폐단이 생기는 것이니 전문가를 보내주실 것을 부탁드립니다.

안무어사는 당시 제주에서의 일들을 『남사록南槎錄』에 적어 전하는데, 제주 향교 교생들에게 제주민이 겪고 있는 여러 폐단을 들었다고 기록하고 있다.

중림의 의견은 곧 조정에 전달되었고, 안무어사의 진언을 받아들여 이로부터 제주에서 암말이 반출되는 것을 엄격하게 금하였다.

하늘이여, 종마를 구하소서

　삼라만상은 어둠이 내리면 잠을 자고, 해가 솟으면 일어난다. 어둠은 휴식을 명하지만 생명체는 끊임없이 성장하고 변화한다. 해와 달이 순환을 거듭하는 동안 대창 가문에도 많은 변화가 있었다.

　그토록 말썽만 부리던 인걸은 서른이 되는 해에 무과에 급제했다. 장자가 과거에 급제하자 중림은 잔치를 열어 마을 사람들과 기쁨을 나누었다. 이 잔치로 불편한 부자 관계는 해소되었으나 인걸은 벼슬길에 나가지 못했다. 전라도 어느 지역으로 발령이 났으나, 하필 병이 생겨 서너 달을 병상에 누워 지내야 했다.

　인호는 부친의 가업을 이어받기 위해 꾀병 부리고 있다고 오해했다. 애초에 벼슬길에 오를 생각도 없었는데 부친에게 자신의 능력을 증명하고자 과거를 봤다고 생각했다. 그러나 인걸은 걸어다니지도 못하고 시름시름 앓으면서 여위어 갔다. 술병으로 얼마 살지 못해 죽을 것이란 소문도 돌았다. 장 의원이 인걸을 살렸다. 집도하고 속에 썩은 고름을 긁어내고서야 인걸은 안색을 되찾기 시작했다.

또 하나의 경사는 성어진이 옥동자를 낳은 것이다. 큰마님은 손자들이 커 가는데 부끄러워서 얼굴 못 들고 다니겠다고 하면서도, 가문의 셋째 아들이 세상 밖으로 나오자, 자청하여 산후조리 수발을 들었다. 중림은 아기의 이름을 인철이라 지었다.

병생은 동생 인철을 업고 다니며 키웠다. 현이는 자신보다 나이가 한참 어린 인철을 숙부라고 불렀으나, 훈이는 병생과 인철 앞에서는 입을 닫았다. 그러다 남들이 안 보는 곳에서는 삼촌들에게 이유 없이 꿀밤을 먹이거나 꼬집는 등 심술을 부렸다.

건강을 되찾은 인걸은 나이 들어 거동이 불편한 덕배를 대신하여 수망마장의 전마 양성에 전념했다. 인호는 장 의원을 따라다니며 우수 종마 생산법과 질병 치료법에 대해 마음을 쏟았다. 연륜이 쌓이면서 의원에 오는 환자를 진맥하고 약 처방을 하기도 했다.

바다를 건너서 제주에 오는 수령은 대부분 이 섬이 벼슬길의 무덤이 되어서는 안 된다고 생각했다. 그래서 대다수의 목민관은 섬에서 벗어나길 기원하며 조정에 뇌물을 바쳤다. 뇌물을 마련하기 위해 토색질과 가렴주구를 서슴지 않았다. 어느 현감은 관에서 쓰는 말 여러 필을 훔쳐서 조정의 관리에게 보냈다가 발각되어 파직당하기도 했다.

　제주 수령들의 수탈 대상은 섬사람, 외지 사람 가리지 않았다. 하루는 안남국 왕자가 일본으로 향하던 중 표류하여 제주에 기착하게 되었다. 이들이 가지고 있는 물건들이 신기해서 탐이 났다. 목사는 앞뒤 생각 없이 왕자 일행을 모두 죽이고 재물을 약탈하고, 조정에는 왜구를 척살했다고 거짓 보고 했다. 그러나 금세 들통이나 파직되고 유배형에 처해졌다. 이 일은 나라 간 분쟁으로 비화 되기도 했다.

　아이들이 자라는 것을 보고 세월의 흐름을 안다. 훈이는 커 가면서 비뚤어졌다. 피는 못 속이는지 공부에는 관심이 없고 읍내에 드나들면서 불량배들하고 어울렸다. 자신의 전철을 밟는 아들을 인걸이 가만둘 리 없었다. 과거 부친이 자신에게 행한 것처럼 훈에게 매질을 했다. 흠씬 두들겨 맞은 훈은 성공해서 돌아오겠다는 쪽지를 남기고는 사라졌다. 나중에 수소문하니 육지 가는 배를 탔다는 소식이 들렸다. 그 사이에 인호는 젊은 할아버지가 됐다. 아들 현이가 일찍 장가가서 손자를 낳았다.

　선조 임금이 승하하고 광해군이 왕위에 올랐다. 선왕이 지나치게 명나라를 사대하면서 일본의 조선 침공을 불러들였음을 아는 광해군은 일본과도 멀지 않은 중립 외교를 취했다. 이때 중국에서는 여진족의 추장 누루하치가 여진

족 주변의 나라를 통일하여 후금을 건국했다. 힘이 커진 누루하치는 만만해진 명나라에 싸움을 걸었다.

명나라와 후금의 싸움은 조선에도 불똥이 튀었다. 다급해진 명나라는 조선에 2천 필의 말을 요구했다. 타 민족끼리의 전쟁 수발을 조선이 하게 됐다. 사정이 위급함에도 조정의 중신들은 패를 지어 싸움만 벌였다. 잘못은 조정에서 해놓고 뒷감당해야 하는 것은 언제나 불쌍한 백성들 몫이었다.

명나라가 말을 요구했다는 소문이 들리자, 중림은 감당해야 할 몫을 생각했다. 전마로 쓸 수 있는 네 살짜리 이상 수말을 점검해 보니 이백 마리가 조금 넘었다. 인걸에게 이백 마리를 점마 해 따로 관리할 것을 지시했다.

제주 말의 우수성을 아는 광해 임금은 넉넉한 비용을 지불하여 김만일의 말을 차출하고 상을 주라 명했다. 아울러 제주 말을 잘 안다는 사람을 점마관으로 임명하여 파견했다.

명나라 진상을 빙자한 제주에서의 목사와 점마관의 횡포는 극에 달했다. 목사로 온 양휘는 표독스럽고 욕심이 많은 자였다. 그는 비용도 지불하지 않고, 도내 사목장을 돌아다니며 좋은 말들을 사정없이 약탈해 갔다.

곤경에 처한 섬 안의 사둔장들이 연통을 돌려 대창에 몰려들었다. 하나같이 말을 빼앗긴 분노를 중림에게 고자질하듯 털어놓았다.

– 이러다가 제주 말이 씨가 마르쿠다. 준마, 역마, 암수 가리지 않고 빼앗아 갔수다.

– 우리 목장에서도 씨수마 여러 마리를 빼앗겨수다. 앞으로 말 농사를 어찌해야 할지 걱정이 태산이우다.

– 강탈해 간 말 중에서 괜찮은 놈은 조정의 세력가에게 뇌물로 바친댄 헙디다.

– 쟁이들도 죽겠다고 난리우다. 그들을 잡아다 온갖 물건을 만들게 하고 그걸 한양으로 올려 바친댄 마씸. 오죽 고달프면 산속에 숨어서 풀을 엮어 몸을 가리쿠가?

– 우리 동네 갖바치 김 씨는 검지손가락 한 마디를 잘라내고 그 일에서 빠졌댄 헙디다.

사둔장이 보고 겪은 일을 털어놓을 때마다, 서로 '저런' '죽일놈들'로 화답했다.

– 아이고, 읍내 머리털 잘리운 기생은 목메어 자진했다고 하던데?

– 읍기의 머리털은 무사?

– 그걸로 후궁들의 어여머리를 만든댄 마씸.

사둔장들의 하소연을 듣던 중림은 예전에 가렴주구를 일삼던 성 목사와 이에 저항하다 일찍 가신 문 첨지 어른이 생각났다. 그러자 가슴 한구석에 숨어있던 부아가 치밀어 올랐다.

– 암말은 출도가 금지되었는데 어찌 이럴 수가 있단 말이오? 아주 정신들이 나간 놈들이지.

– 어르신께서 수령과 친하니 만나서 대책을 좀 세워 줍

서.

– 믿을 건 어르신뿐이우다.

– 살려줍서. 제발.

모인 사람들이 이구동성으로 중림을 쳐다보며 부탁했다. 그들의 소리는 귀에 들어오지 않고 중림의 머릿속에는 다른 생각이 일었다. 이렇게 개인 목장을 돌면서 약탈해 가는데 대창만 찾아오지 않는 게 이상했다. 폭풍 전날의 고요함이라는 생각이 들었다. 치밀한 꿍꿍이를 세우고 들이닥칠 것이 틀림없다. 국마장이나 사둔장에서 할당량을 메꾸다가 부족한 부분을 대창에서 왕창 채우려는 심산이 뻔히 읽혔다.

– 사람의 욕심은 이성을 마비시키는 사향과 같소이다. 탐관은 그걸 당연한 권리라고 믿는 게 잘못된 거지요. 수탈에는 대책으로 맞설 수밖에요. 이제 대창 말을 강탈해 갈 차례만 남아수다. 여러분에게 종마 한 마리씩 분양해 드리쿠다. 대신 대창의 점마가 끝날 때까지만 내 말을 맡아줍서. 종마를 빼앗기면 제주마는 씨가 마를 거우다.

중림의 종마는 말을 키우는 사람이라면 누구나 탐을 냈다. 품종 개량으로 매년 우수한 종자가 생산되기 때문이다. 대창의 종마장에는 수십 종류의 씨수마가 있다. 형질이 우수한 다양한 말들은 중림이 직접 관리하며 여러 종의 암말과 교배시키면서 시험했다. 몸체가 빼어난 기승마부터 하체의 힘이 좋고 달리기에 빠른 조랑말, 어떤 조건에서도 잘 견디는 전마, 힘이 좋은 노새를 만들기 위한 수

탕나귀까지 모든 종류의 말들이 중림의 손에 의해 만들어졌다.

중림은 닥쳐올 일에 대비하여 씨수마와 어린 수말을 분산하여 숨겼다. 제주읍 장인 목장에도 보내고, 어린 수말은 사목장의 규모에 따라 2,30마리 씩 배분해서 종마와 함께 보냈다. 엉덩이에 대大자 낙인이 찍힌 말들을 테우리들이 밤중에 옮겼다.

아끼는 우량종 씨수마는 계곡 옆 동굴 속에 숨기고 테우리가 함께 기거하도록 했다. 중림은 마치 왜적의 침탈에 대비하는 비장한 심정이었지만, 말을 강탈하러 오는 사람이 국록 먹는 관리라는 것이 슬펐다.

기어코 점마관이 방문한다는 기별이 당도했다. 중림은 올 것이 왔다고 마음을 다잡았다. 잠을 설친 중림은 날이 밝기 전에 가시마장으로 나갔다. 마장에는 인걸이 미리 나와 테우리들을 지휘하며 그늘막을 치고 탁자를 마련하고 있었다. 마장 울타리 안에 미리 점마해 놓은 말들은 이별의 운명도 모른 채 한가롭게 건초를 먹고 있었다. 인호는 아들 현이와 함께 말의 상태를 점검했고, 인걸은 마장 안을 걸으며 곧 보내야 할 말들을 어루만지며 아쉬움을 나눴다.

점마관은 창을 든 기십 명의 기병을 데리고 위압적으로 들이닥쳤다. 기병들은 울타리 안으로 들어오더니 교관의 호령에 따라 전투를 준비하는 병사들처럼 대형을 맞춰 섰다. 정적을 깨는 그 기세에 놀라 풀을 먹던 말들이 소리 지르며 달아났다. 테우리들은 말을 좇으며 진정시키려고 이리저리 뛰었다. 중림은 그늘막 안에 앉아 눈을 감고 마음을 가다듬었다.

말에서 내린 점마관이 부관과 정의현감의 호위를 받으며 위세 등등하게 다가왔다. 그런데 점마관은 놀랍게도 양시훈이었다. 그가 어떻게 점마관이 되어 나타났는지 끈질긴 악연이라 생각했다.

– 오랜만이오. 내가 점마관이오.

거만하게 웃으며 내미는 손을 중림은 쓴웃음 지으며 마주 잡았다.

– 어서 오세요.

중림은 함께 온 정의현감과 부관에게도 허리를 굽히며 인사를 했다. 상견례를 마친 양시훈은 차일 속에 마련된 의자에 앉으며 거드름을 피웠다. 한쪽에서 성어진이 차를 우려내는 것을 슬쩍 훔쳐본 양시훈은 고개를 돌려 중림에게 명령했다.

– 마적 대장 가져오시오.

중림이 눈짓하자 병택이 다가와 마적부를 탁자 위에 올려놓았다. 그러자 양시훈이 멀대처럼 서 있는 정의현감에게 명령했다.

– 대조해 보시오.

정의현감이 대창마장이라고 씌어진 책자를 꺼내 집사가 내민 마적부와 대조했다. 세상이 얼어붙은 듯 정적이 흐르는 가운데 간간이 말의 울음소리와 테우리들이 고함치는 소리가 들릴 뿐이었다. 중림은 장부를 대조하는 현감을 불안한 모습으로 보다가 차를 옮기는 어진에게 시선을 돌리며 마음을 안정시켰다. 양시훈은 어진이 내민 찻잔을 들어 한 모금 마시고는 천연덕스럽게 날씨 타령을 했다.

— 거 참. 하늘 푸르네. 천고마비의 계절에 하늘은 제주 하늘이 최고야. 안 그런가?

양시훈이 갑자기 어진을 쳐다보았다. 어진은 갑작스러운 질문에 당황하며 중림을 쳐다봤다. 중림이 재빨리 하늘로 시선을 돌리며 대답했다.

— 그럼요. 늘 대양을 품고 있어서 파랗습니다.

어진에게 물은 질문에 중림이 대답하자 양시훈은 마뜩잖은 듯 미간을 찌푸리며 다시 찻잔을 들었다.

— 누가 임자한테 물어봤나?

— 죄송합니다.

양시훈이 목을 젖히고 찻잔을 입으로 가져갈 때, 어진은 남편에게 눈을 찡긋하며 고마움을 전했다. 차를 입안에 넣고 음미하던 양시훈이 갑자기 잔을 탁자에 던지며 입안의 차를 뱉어냈다.

— 이거 차 맛이 왜 이래?

점마관이 기어코 트집을 잡고 시비를 걸었다. 어진이 당황하자 중림이 끼어들어 분위기를 수습하고자 했다.

— 왜 그렇습니까? 입 맛에 안 맞습니까?

- 차에서 말똥 냄새가 나잖아?

어진이 얼굴을 붉히며 대답했다.

- 원래 이 차는 그런 맛입니다.

약속이라도 한 듯 장부를 살피던 정의현감이 집사에게 소리쳤다.

- 이거 올봄 수치와 왜 달라? 신출 암말의 숫자가 우리가 조사한 것보다 적잖아?

병택이 어색하게 웃으며 변명했다.

- 그거 조사한 후 여름에 돌림병이 돌아 여러 마리가 죽었습니다.

- 팔아먹었는지 그 말 어떻게 믿어?

정의현감이 집사와 옥신각신하는 것을 보던 양시훈이 자리에서 벌떡 일어나며 중림에게 말했다.

- 그건 됐고. 말은 얼마나 준비해 놓았소?

- 군마 백오십 필에 기승마 오십 필을 준비했습니다.

- 엥? 겨우 이백 필? 그거 가지고는 택도 없소.

- 준비된 것은 그것뿐이오.

그러자 현감이 초라니처럼 잽싸게 나섰다.

- 마적부에는 이천 필이 넘는데 무슨 소릴 하고 있는 거요?

중림은 아랫입술을 지그시 악물며 올 것이 왔다고 생각했다.

- 그건 종마와 암말, 노역에나 쓰는 태마, 어린 말까지 다 합친 수입니다. 매년 바치는 세공마에 백 필을 더한 것

입니다.

그러자 양시헌이 본색을 드러냈다.

– 됐고. 주상의 명령이다. 뒤져. 수망, 옷귀, 여기까지
다 뒤져. 네 살 이상이면 암말도 끌고 와.

중림은 암말이라는 말에 머릿발이 서며 복장이 뒤집혔
다.

– 안됩니다. 왕명으로 암말은 출도 금지입니다.

– 임금이 바뀌었어. 난 그런 거 몰라. 당장 실시.

– 실시.

점마관의 명령을 받은 부관이 기마병들 앞에 다가가 군
관들에게 지시했다. 수명한 군관이 앞장서서 달려 나가
자, 뒤에 섰던 기마병들이 뒤따라 울타리 밖으로 빠져나
갔다. 일부의 병사는 갑마장 안의 마방을 뒤지기 시작했
다.

– 이러면 우린 모두 죽습니다.

어쩔 줄 모르고 몸을 벌벌 떨던 집사가 사색이 된 얼굴
로 뒤따라갔다. 마장을 어슬렁거리던 말들이 놀라 소리를
질렀다. 밖으로 나가려고 울타리를 뛰어다니거나, 오줌과
겁똥을 싸며 제자리에 엉거주춤 서 있는 말도 있었다. 테
우리들은 그들을 진정시키려고 이리저리 뛰어다녔다.

– 저것들 다 끌고 가.

점마관의 지시에 기마병들이 나란히 서서 통로를 만들
고 말들을 밖으로 내보내기 시작했다.

상황을 지켜보며 잔뜩 찡그리고 있던 인걸이 얼굴을 붉

히며 점마관 앞으로 나섰다. 인호와 현이도 인걸의 뒤를
따라 나왔다.

- 암말은 한 마리도 바다를 건너게 하지 말라는 임금님
명을 거역할 참입니까?

젊은 혈기의 현이도 앞으로 나섰다.

- 이게 뭐 하는 짓입니까? 공출을 빙자하여 도적질할
작정이오?

인호도 앞으로 나서며 항의했다.

- 이건 왜놈이나 하는 짓입니다. 백성의 소중한 재산을
함부로 유린해도 됩니까?

점마관은 자신의 권위에 도전하는 자들이 괘씸한 듯,
불쾌한 감정을 드러냈다.

- 이것들이. 패거리로 공권력에 저항해? 안 되겠구만.
여봐라 이놈들 모두 끌고 가.

명령이 떨어지자 병사들이 달려들어 세 부자를 포박했
다. 광경을 지켜보던 중림이 점마관에게 사정했다

- 애들이 무슨 죄가 있다고 이러시오?

점마관이 코웃음치더니 버럭 화를 냈다.

- 당신 귀가 먹었소? 방금 나를 도적이라고 하지 않았
소? 왜놈이라고 했고. 주상 전하의 명을 받아 공무 집행
하는 나를 모욕하는 것은, 곧 임금을 모욕하는 반역이야.
끌고 가.

- 야, 이 개새끼들아. 이거 봐.

- 이 날도적놈아. 내가 무슨 죄지었어?

포박당하여 끌려가면서 인걸과 현이는 악을 썼다. 인호는 너무 억울하고 분해 눈물만 뚝뚝 흘렸다. 점마관은 득의의 미소를 지었다. 중림은 차마 그 광경을 바라볼 수 없어 뒤로 돌아서며 하늘로 시선을 돌렸다. 무심한 구름이 한가롭게 놀고 있었으나, 중림의 눈에는 분노의 눈물이 고여 앞이 흐릿했다. 가슴 깊숙한 곳에서 날카로운 쇠코쟁이 같은 것이 치밀어 올라왔다. 중림은 눈을 감고 침을 삼키며 꾹 눌러 앉혔다.

마방을 조사하러 갔던 관원이 뛰어오더니 점마관에게 보고했다.

– 마방은 텅 비었습니다. 종마실에도 한 마리 없습니다.

양시훈이 얼굴을 일그러뜨리며 자리에서 일어섰다. 중림을 향해 침을 내뱉었다. 중림은 고개를 빳빳하게 들고 점마관을 쳐다보며 팔을 들어 얼굴을 닦았다.

– 이 간사한 놈. 숨기면 내가 못 찾아낼 것 같지? 흥. 어디 두고봐. 내일 아침 닭이 울기 전에 다 불게 만들 테니까.

자리를 뜨려는 점마관 앞을 가로 막으며 중림이 무릎을 끓었다.

– 차라리 나를 잡아가고 애들을 놔주시오. 제발 부탁이오.

점마관은 코웃음을 치며 단호하게 말했다.

– 당신은 말을 찾아와.

– 도대체 얼마나 되야 만족하시겠소?

- 최소한 오백 필은 채워야지.

오백 필이라는 소리에 눈앞이 캄캄했다. 중림의 넋 나간 표정을 보자 양시훈은 얄밉게 웃으며 조롱했다.

- 왜? 한 열 마리쯤 깎아줄까?

중림은 머리를 가로저으며 중얼거렸다.

- 당최 오백 필은….

- 이놈이 까라면 깔 것이지 뭔 말이 많아? 네가 키웠다고 네 것인 줄 알지? 흥. 말은 나라의 재산이고 다 나랏님 것이야. 이 늙신네야.

거들먹거리던 점마관은 부관이 가지고 온 말 위에 올라탔다. 중림이 사정이나 해보려고 일어서며 손을 뻗었는데 하필 말허구리를 건드렸다. 말이 놀라 히잉하고 울더니 앞발을 들며 버둥거렸다. 양시훈이 떨어지지 않으려고 말고삐를 당기며 중심을 잡았다. 떨어질 뻔한 위기를 간신히 모면한 그는 중림을 향해 채찍을 날렸다. 채찍은 얼굴에 정통으로 부딪혔고 중림은 얼굴을 감싸며 단말마의 비명과 함께 뒤로 나자빠졌다. 점마관이 쓰러진 중림을 내려다보며 말했다.

- 내가 전에 했던 말 기억하나? 이제 당신은 하루아침에 망하는 거야. 다 쓸어갈 거니까. 권력의 힘이란 이런 거야. 알겠어? 이 섬 늙은이야. 하하하.

점마관은 호탕하게 웃으며 마장 밖으로 말을 몰았다. 나머지 관리와 기병들도 그의 뒤를 따라 나갔다. 어진은 눈앞에서 벌어진 급박한 상황에 어찌할 바를 모르고 벌벌 떨면서 쓰러진 중림 곁으로 다가가 무릎을 꿇었다. 중림의 얼굴에 피가 번지며 흘러내렸다. 남편의 상체를 일으켜 무릎을 바치고 옷고름을 풀어 얼굴의 상처를 눌렀다. 잠시 의식을 잃었던 중림이 눈을 떴다.

– 괜찮아요?

중림은 고개를 끄덕였다.

– 어떻게 해요. 이제 우린.

중림은 일어나 앉으며, 어진의 어깨를 감싸안아 도닥거렸다.

– 괜찮아. 괜찮아. 내가 이 정도에 무너지지 않아. 섬놈 김만일은 그런 나약한 놈이 아니야.

중림의 두 눈에 핏발이 섰다. 북받쳐 오르는 분노의 기운을 참는 듯 목 힘줄이 도드라지더니 기어이 한 줄기 눈물이 상처 위를 흘러내려 뚝 하고 떨어졌다. 가득 찼던 말들이 다 빠져나간 마장엔 여기저기 건초 나부랭이와 말똥만 수북히 쌓였다.

아이들이 잡혀갔다는 소식을 들은 큰 마님은 집사와 함께 서둘러 성안으로 달려갔다.

중림은 술상을 마주하고 사랑방에 앉아 시름에 잠겼다. 아무리 마셔도 취하지 않았다. 힘들었던 과거의 장면들이 떠오르며 정신은 오히려 명징해졌다. 어떻게 하지? 종마는 지켜야 하는데 어떻게 해야 하나? 아이들은 어떻게 하고 있을까?

소식을 가지고 올 부인을 기다렸으나 밤이 깊어서 돌아온 것은 집사 혼자였다.

– 어찌 혼잔가?

– 아이들 내놓으라고 대들다가 누님도 옥에 갇혔습니다.

가슴이 쩍 금이 간 것처럼 쓰라렸다. 침을 삼키니 목 아래로 굵직한 것이 쑥 내려갔다.

– 애들은?

– 얼굴은 못 보고 곤장 치는 소리와 비명만 들었습니다.

과거 옥에서 받았던 고통스런 장면이 떠오르자 치가 떨렸다. 분노의 열기가 눈동자를 통하여 뿜어나오는 것 같이 눈이 화끈거렸다.

– 아무래도 모두 빼앗길 것 같수다.

– 수고했다. 밤이 깊었으니 들어가 자라.

– 성님, 괜찮겠수가?

– 날이 밝으면 또다시 들이닥칠 테지. 버새 같은 놈들. 왜놈도 이렇게까진 안 했는데.

중림은 다시 깊은 시름에 잠겼다. 그의 얼굴은 채찍에 맞은 상처로 퉁퉁 부어올랐지만, 생각에 골똘한 나머지 아픈 감각을 느끼지 못했다. 집안이 온통 벌집 쑤셔놓은 것처럼 엉망이 된 상황이라 어진도 잠을 이루지 못해 마루로 나왔다. 사랑방에 불이 켜진 것을 보고 문을 열었다. 중림은 어떤 결단을 내린 듯 외출할 준비를 하고 있었다.

- 아니 아직 날이 밝으려면 멀었는데 성안에 가시게요?
- 아니야. 어디 다녀올 데가 있어.
- 얼굴이 많이 부었어요. 냉찜질이라도 더 하고 가세요.
- 괜찮아. 나 걱정말고 잠을 청해봐. 날이 밝으면 다 돌아올 거야.

　중림은 날쌘돌이를 타고 밤길을 달렸다. 달도 별도 없는 어둠 천지였지만 희붐하게 밝은 빛이 감도는 기운만으로 날쌘돌이는 날 듯이 달렸다. 눈 감고도 찾아갈 수 있을 만큼 익숙한 길이다. 계곡으로 난 산길 위에 갑자기 마른 번개가 치더니 환하게 앞길을 비추었다. 곧 천둥이 울었다.

　날이 밝아오는 듯 하늘을 뒤덮은 검은 구름 사이로 드문드문 여명의 붉은 기운이 새 나왔다. 산길을 내려 동굴 앞에 다다르자, 날쌘돌이의 말발굽 소리에 화답하듯 궤 안에서 말의 울음소리가 들렸다. 중림이 고삐를 잡아당기자, 날쌘돌이는 걸음을 멈추고 입술을 떨며 가쁜 숨을 토해냈다. 투레질 소리에 동굴 안에 있던 테우리가 눈을 비비며 거적데기를 헤치고 나왔다. 궤 안에서 잠을 설친 말들의 울음소리가 불빛과 함께 쏟아져나왔다. 테우리는 갑자기 눈앞을 막아선 검은 물체에 경계심을 가지고 물었다.

- 누구요?
- 나다. 속암져.

테우리는 말에서 내리는 중림을 알아보고 넙죽 고개를 숙였다.

– 나으리, 이 동새벽이 무신 일이우꽈?

– 그 사이 별일은 없었느냐?

– 예. 말들이 하도 촐을 잘 먹어서 똥 치우는 게 일입니다요.

– 그래. 수고한다. 내가 잠시 말에게 침을 놓을 것이다. 너는 안에 들어가서 말이 움직이지 못하도록 앞다리를 단단히 고정시켜라.

– 예. 알겠습니다.

테우리가 안으로 들어가자, 중림은 안장에 달고 다니는 술 주머니를 꺼내 한모금 마셨다. 그리고 다른 주머니에서 은장도를 꺼냈다. 칼집을 열고 자그만 칼을 꺼냈다. 다시 번개가 번쩍이더니 은장도의 칼날에 쩽하고 부딪치며 부서졌다. 중림은 술을 한 모금 입에 머금었다가 칼날에 뿜어냈다. 그리고 칼집은 버린 채, 칼만 허리춤에 감추고 거적대기를 걷으며 궤 안으로 들어갔다. 궤 안은 곳곳에 밝혀놓은 송진 불에 비친 말 그림자로 기괴했다. 테우리는 바위틈을 비집고 여기저기 세운 목책에 묶여 있는 말의 다리를 단단히 결박하고 있었다. 말들은 중림을 보자 서로 울음소리를 내며 반가워했다. 씨수마를 분산 배치하면서 종별로 특별하게 선정해 놓은 열 마리였다.

중림은 묶여 있는 한 마리 한 마리 끌어안으며 볼을 비볐다. 말도 투레질을 하고 꼬리를 흔들며 반가워했다. 중림의 가슴이 요동치기 시작하며 눈물이 나왔다.

─ 미안하다. 정말 미안하다.

결박을 끝낸 테우리가 말을 어루만지며 우는 중림을 보고 고개를 갸웃거리며 다가섰다.

─ 다 끝냈습니다. 나으리.

─ 그래. 수고했다. 밖에 나가서 누가 오는지 망을 보거라.

─ 예.

테우리는 넙죽 인사를 하고는 밖으로 나갔다. 번개가 번쩍이더니 다시 천둥이 쳤다. 번개 갈라지는 소리가 고문당하는 자식들의 비명처럼 들렸다. 중림은 씨수마 앞으로 가서 입고 있던 웃통을 벗어던졌다. 그리고 허리춤에 찼던 은장도를 꺼냈다. 술기운이 이제야 몸에 번지는 듯했다. 번쩍이는 칼날에 놀란 말이 고개를 번쩍 들었다. 중림은 고개를 들어 중얼거렸다.

─ 하늘이여 이 종마들을 구하소서.

중림은 한 손으로 반항하는 말의 귀를 움켜잡고 왼눈을 찔렀다. 눈에서 피가 뿜어져 나오며 중림의 얼굴에 튀었다. 말은 비명을 지르고 묶인 발을 구르며 요동쳤다.

─ 미안하다. 이게 너희들이 살길이다.

중림은 은장도로 자신의 왼쪽 팔뚝을 그었다. 피가 번져 나왔지만 아픈 감각을 느끼지 못했다. 다시 다음 말 앞으로 다가섰다. 앞말이 날뛰는 것을 본 말은 겁을 먹었는지 움직이지 않고 똥만 싸댔다. 중림은 왼손으로 말갈귀를 잡고 머리를 가슴 앞으로 잡아다녀 고정시킨 후에 눈을 찔렀다. 다시 피는 중림의 몸통에 튀었고 말은 비명을 지르며 정신없이 들러켰다. 궤 안은 비명소리로 가득찼다.

– 조금만 참아라. 고통은 잠깐이고 자손들은 영원할 것이다.

중림이 다시 자신의 팔뚝에 칼집을 내는데, 밖에 있던 테우리가 거적을 열고 안의 동정을 살폈다. 피를 흘리며 날뛰는 말을 보자 놀라며 달려왔다.

– 나으리 이거 무신 일이우꽈? 말이 다 죽습니다.

– 눈 한 짝 없다고 죽는 것 아니다. 이래야 이놈들 안 뺏긴다. 이놈들 살리는 길은 이것밖에 없다.

중림은 넋이 나간 사람처럼 중얼거리며 다음 말에게로 다가섰다. 겁에 질린 말은 소리도 지르지 않고 몸을 털었다. 말머리는 큰 부인의 얼굴로 바뀌더니 눈물을 쏟으며 울부짖었다.

– 미안하오. 정말 미안하다.

중림은 말의 귀를 잡고 칼을 들이대고 그었다. 귀는 두 쪽으로 찢어지고 피가 쏟아지며 사방으로 튀었다. 날뛰는 말에서 뚝뚝 떨어져 나오는 선혈로 바닥은 피범벅이 됐다. 테우리는 울면서 몸에 칼집을 내는 중림을 말렸다.

– 이러시면 안 됩니다. 나으리.

– 놔둬라. 말은 얼마나 고통스럽겠느냐? 이 정도는 아무것도 아니다.

테우리는 콧물까지 흘리면서 펑펑 눈물을 쏟아냈다.

– 나으리. 이러다 어르신이 죽습니다.

– 내가 죽어도 말은 살려야지. 피는 금세 멈출 것이고 상처는 세월이 흐르면 지워진다. 하지만 이것들을 빼앗기면 제주의 말은 영원히 없어질 것이다.

– 나으리.

테우리는 어쩌지도 못하고 털썩 주저앉아 소리 내며 울었다.

– 울면서 말을 죽게 놔둘 셈이냐?

– 소인이 뭘 어쩌란 말입니까?

– 날쌘돌이에게로 가면, 안장 옆에 술 주머니가 있을 것이다. 상처가 덧나기 전에 그걸로 씻어줘라.

테우리는 손으로 코를 잡고 흥하고 콧물을 내뱉더니 소매로 얼굴을 닦으며 밖으로 달려나갔다. 중림은 피투성이인 몸을 움직여 다음 말에게로 다가섰다. 테우리는 술 주머니를 가져다 날뛰는 말들을 진정시키며 상처에 술을 부어 닦아냈다. 말은 쓰라림을 참지 못하고 울부짖었다. 두 아들의 울음소리가 들렸다. 중림은 머리를 흔들며 두 귀를 막았다. 말의 울음소리가 반향이 되며 송진 불꽃들이 나불나불 춤추었다. 이윽고 말머리가 비웃는 양시훈의 얼굴로 바뀌었다. 중림은 날뛰는 말의 모가지를 길게 그었다. 중림의 팔뚝만이 아니라 가슴과 배에서도 피가 흘러나왔다. 중림은 일곱 마리를 훼손한 후에는 다리 힘이 풀렸는지, 가쁜 숨을 몰아쉬며 털썩 주저앉았다. 머리에서 바지와 가죽 신발까지 온통 피투성이였다. 울면서 말들의 상처를 닦아내던 테우리가 달려왔다. 중림은 피가 잔뜩 묻은 칼을 테우리에게 내밀었다.

－네가 마저 일을 마쳐라.

주인의 명령을 받았지만 테우리는 차마 움직이지 못했다.

－어서. 새벽이 되면 도적놈들이 달려들 것이다. 저 말들을 빼앗겨도 좋으냐?

－경헐 수는 어수다.

－말을 지키고 싶으면 어서 해라. 이들은 제주 섬을 지킬 마지막 종마다.

테우리는 흘러내린 콧물과 눈물을 손등으로 문지르고 나서 피 묻은 은장도를 받아 옷으로 닦았다. 말들의 신음과 울부짖는 소리가 귀청이 터질 듯이 동굴 안에 울려 퍼졌다. 테우리는 울면서 마지막 세 마리의 신체 훼손하는 일을 마쳤다.

안쓰럽게 바라보던 중림은 안도의 한숨을 내쉬고는 눈을 감고 바닥에 드러누웠다. 밖에는 세차게 비가 내리는지, 찬 바람이 거적데기를 헤치며 밀려들어 왔다.

욕망은 파도를 넘고

중림은 점마관의 횡포와 수령들의 가렴주구, 자신과 가족이 받은 수모 내용들을 낱낱이 적은 상소문을 조정에 보냈다. 말미에 두 해 뒤에 오백 필의 말을 보내고자 하니 공마선을 준비해 달라고 덧붙였다. 수령들의 토색질을 피하고 종마를 보호하기 위한 계책이었다.

광해 임금은 상소문을 가납하고, 중림의 간난을 위로하면서 나라를 위한 단심에 고마움을 표했다.

'암말은 비록 한 필이라도 바다를 건너게 하지 말라고 선왕께서 명령했는데 어떻게 감히 일천 필의 암말을 한꺼번에 점검해서 뽑아낼 수 있단 말인가. 양시훈을 파직한 뒤 추고하라.'

점마별감 양시훈, 제주목사 양휘, 대정현감 이삼이 파면되었다. 왕명서를 받은 사복시에서는 제주에 보낼 공마선을 점검하고 대책을 세우기 시작했다.

살아남은 종마들은 종속 보존과 혈통 계승의 왕성한 활동에 매진했다. 암말들은 해마다 자식을 불렸으며 어린 수말들은 나날이 몸집이 불었다. 중림은 상처가 남은 종마를 볼 때마다 안쓰러워 말없이 껴안고 쓰다듬었다.

그 많던 하얀 머리카락이 다 빠져 중림의 이마는 넓어졌고, 인걸의 머리에도 하얀 서리가 내리기 시작했다. 인걸은 외삼촌이 하던 집사 일을 물려받아 집안일을 챙겼다. 인호는 손이 떨려 침놓기 힘든 고모부를 대신하여 의원 일을 맡았고, 일이 없을 때는 아들과 함께 지냈다. 현은 조부와 부친에게서 전수받은 품종 개량의 기법을 현장에서 시험하며 연구했다.

해가 두 번 바뀌면서 중림의 마음은 초조해졌다. 한양으로 보내기로 한 오백 두의 말을 채우기가 만만치 않았다. 중림은 부족한 말은 다른 사둔장에서 구하도록 했다. 암말은 매년 자식을 생산하므로 수말보다 유용했다. 손해 보는 일이었으나 암말을 내주고 수말을 구해왔다.

인걸은 조카 현이를 볼 때마다 맥이 풀리고 쓸쓸해졌다. 아장아장 걷는 손자를 보면 아들 생각이 났다. 쪽지 한 장 남기고 떠난 지 삼 년이 지나도록 서찰 한 장 없는 아들이 야속했다. 술로 시름을 달래다 보니 언제나 그의 입에서는 술 냄새가 끊이지 않았고 얼굴은 검게 변해 갔다.

중림이 사무실 문을 열고 들어오다가 쿵쿵 냄새를 맡고

서는 잔소리했다.

— 에고 그놈의 술 작작 해라. 그렇게 매일 마셔대면 몸은 견뎌내냐? 어휴 냄새 봐라.

인걸은 대답없이 고개를 숙였고 중림은 손바닥으로 허공을 저으면서 창문을 열었다.

— 그래, 아직도 못 채웠어?

— 일 년만 늦추면 문제없겠는데 아직도 열두 마리 정도가 부족허우다.

— 신천마장에도 가 본 거지?

— 그 주인녀석. 욕심이 사나워서 말도 못 붙이겠어요.

— 말 상태만 좋으면 하자는 대로 해줘.

— 수말 하나에 암말 두 마리라니 말이 되는 소리에요? 암말 하나에 수말 세 마리는 받아야 하는데.

— 그놈도 우리 급한 사정을 아니까 몽니부리는 거야. 공마선 도착 날짜가 한 달도 채 안 남았어. 잔말 말고 달라는 대로 주고 채워.

약속한 날이 다가오자 한양에서 공마선을 담당하는 관리가 도착했다. 공마를 배에 싣기 전 사전 준비 계획을 설명할 테니, 공마에 관계된 사람들은 전부 목관아로 모이라고 연락이 왔다. 기별을 받은 중림은 아들 둘과 현이까지 집무실로 불렀다.

— 너희를 부른 것은 내 일생일대 사업을 너희와 함께하기 위해서다. 오백 필의 말을 모으느라 모두 고생 많았으

니, 임금을 알현할 자격이 충분하다. 준비들 해라.

현이는 생각지도 못한 일이라 믿기지 않아서 확인했다.

– 할아버지, 저도요?

– 그럼. 훈이가 있었으면 네 차례는 없었을 텐데. 넌 손자 대표로 가는 거다.

현이는 그 자리에 엎드려 넙죽 절했다.

– 할아버지. 정말 고맙습니다.

인호는 콧등이 씽하고 아리더니, 이내 맺히는 눈물을 얼른 손등으로 닦았다.

– 훈이 아방은 과거 보느라 한양 구경을 했을 거고, 현이 아방은 처음이지?

– 예. 가문의 영광을 보전하는 좋은 기회로 삼겠습니다.

중림네 식구 말고도 정의현감과 현청 소속 군두와 군감, 습마習馬(수의사), 결책군, 구마군의 수장과 함께 목관 아전들이 배석하여 관덕정 안은 가득 찼다.

목사가 부재중이므로 판관이 조정에서 온 관리들을 소개했다. 맨 처음 소개된 자는 호조에서 파견된 영선천호領船千戶였다. 그는 공마선의 선장, 사관, 격군 등 조졸 운영과 항해를 책임진다고 했다. 다음으로 병조에서 파견된 말 호송 책임자 압령천호押領千戶가 소개되고, 이어서 판관이 공마선에 말을 탑선 시키기 위한 준비 과정을 설명했다.

– 공마선이 도착하기 닷새 전, 정의현의 결책군과 구마

군이 대창마장의 말을 정의현 원장園場으로 몰아가야 한다. 울타리 안에 집결된 말은 습마가 하나하나 사장蛇場을 통과시키면서 진상마로서의 결격 여부를 점검한다. 그리고 승선일 사흘 전, 현감의 책임하에 말들을 목관아로 옮기고, 목사를 대신하여 판관의 입회하에 낙인과 마적의 일치 여부를 확인한다. 그런 다음 차사인差使人으로 임명된 정의현감이 군두, 군감, 테우리와 함께 탑선 하루 전 진상마를 조천포 연북정 앞으로 운송하도록 한다. 여기까지가 제주목에서 할 일이다.

판관의 설명이 끝나고 자리로 돌아가자, 투구를 쓴 수염이 텁수룩한 영선천호가 일어섰다.

– 다음으로 공마선 조직에 대해 설명하겠소. 배는 대선 4척과 중선 10척이 옵니다. 대선에는 본관과 압령천호, 선장과 사관射官 4명, 격군格軍 43명 등 도합 50명이 승선하는 게 기본입니다. 그리고 압령천호의 지휘 아래 말 40두를 싣습니다. 중선에는 격군 37명이 말 34두씩 싣고 출항합니다. 공마선에 필요한 격군과 사관 6백여 명은 전라우수영에서 이미 확보하여 훈련 중에 있소이다. 이상입니다.

영선천호는 군말은 피하면서 요점만 간단히 설명했다. 그 다음 압령천호가 일어서서 기둥에 걸어 놓은 지도 앞으로 다가갔다. 거기엔 제주에서 남해안 그리고 한양까지 말이 주행할 경로가 붉은 줄로 표시되어 있었다.

– 항해 과정에 대해 설명드리겠소이다. 배는 정남풍이

부는 때를 맞춰서 출항 일시를 정합니다. 조천포에서 출항하면 완도 왼쪽을 지나 해남의 이진포를 향해 갑니다. 순풍을 받으면 하루 만에도 도착합니다만 보통 이틀에서 사흘을 잡습니다. 바람이 없거나 방향이 맞지 않으면 돛을 내리고 격군이 노를 젓게 됩니다.

그는 지시봉으로 지도를 가리키며 자상하게 설명해 나갔다.

– 여기 주목해 주세요. 여기 화탈도, 사수도를 거쳐 추자도를 지나게 되는데, 추자도 부근 여기가 해적들이 자주 출몰하는 지역입니다. 왜구들이 공마선을 노리고 달려들지만, 한 번도 약탈당한 적 없으니 안심하셔도 됩니다. 배에는 사관들이 사방을 주시하고 있고, 전투가 벌어지면 격군들이 참전하기 때문에 그들은 상대가 안 됩니다. 그리고 보길도, 노화도, 완도의 좌측으로 해서 해남의 이진 가리포에 도착합니다. 여기가 육지로 이어지는 가장 가까운 포구입니다.

현이는 부친을 마주보고 웃으며 신기해했다.

– 그런데 여기 조천포와 추자도 사이는 해류가 교차되는 곳이라 물살이 아주 셉니다. 말까지 멀미를 하니 승선하신 분들은 대비해야 합니다. 포구에 도착했다고 해서 바로 한양으로 출발할 수 없습니다. 말의 피로 회복을 위해서 하루나 이틀 정도 이진 포구 주변에서 쉬게 할 겁니다. 그리고 나면 이후부터는 각 읍에서 파견된 견마군이 각자 관할 구역 접경지까지 호송을 책임질 겁니다. 여기

영암으로 해서 나주, 정읍, 익산, 공주, 천안으로 한양까지 이르는데 1개월 이상이 소요됩니다.

섬 떠난 경험이 없는 현이는 그렇게 오랜 시간이 소요된다는 사실이 믿기지 않았다. 말로만 듣던 한양이 어떻게 생겼는지 궁금해서 출도 일을 손꼽아 기다렸다.

갑마장에 선별해 놓은 말들은 정의현에서 파견된 병사들에 의해 이송되었다. 이들은 정해진 절차에 따라 목관아에서 검사를 거치고, 조천관 연북정 앞 탑선할 공마선에 따라 표시한 구획된 장소로 이동하여 휴식을 취했다.

이미 조천포에는 공마선들이 위엄을 부리며 정박해 있었다. 오백 마리의 말이 주행한다는 소식을 전해 들은 사람들은 좋은 구경거리를 보려고 몰려들었다. 곳곳에 배치된 병사들이 공마선과 말에 다가서려는 주민들의 접근을 통제했다.

몰려든 인파의 웅성거리는 소리에 당황하여 날뛰는 말을 진정시키느라 테우리들이 애를 먹었다. 관원들은 도착하는 말을 확인하고 지정된 장소로 배치하느라 부산스럽게 움직였다.

조천관 앞 너른 들판은 오색의 깃발 아래 모인 각양각색의 말과 사람이 함께 어울려서 장관을 이루었다. 한쪽에서는 공마선 사람들을 먹일 음식을 준비하느라 커다란 솥을 여러 개 걸고 불을 삼았다. 해풍을 타고 불리는 연기에 사람들은 눈물을 흘리며 웃었다. 엿장수, 각설이가 홍겨운 가락을 뿜어대고 방물상수들이 돌아다니며 물건을 팔았다. 왁자지껄하니 흥겨운 잔치 풍경이었다.

격군들은 미리 산더미처럼 야적해 놓은 돌덩이를 각기 공마선 배 밑창으로 날라 실었다. 배의 무게가 한쪽으로 쏠리지 않고 평형을 잡도록 하기 위함이다. 그러고 나서 지정된 말을 차례로 배 위로 옮겨 묶었다.

말의 탑재를 마치고 구경꾼들이 돌아간 야심한 때 진성 안 연북정에는 환하게 횃불이 타고 있었다. 판관을 비롯한 관리들이 빙 둘러선 사이로 요령 소리가 흘러나왔다. 심방이 한쪽에 앉아 주술을 읊조리는 가운데 사람들은 상에 엽전을 놓으며 배례했다. 제차가 끝나자, 심방은 흥겨운 연물 장단에 사람들을 일으켜 세워 춤을 추게 하면서 해신제를 마쳤다.

어둠이 짙어질수록 달은 빛났다. 간간이 배에서 말 울음소리가 들려오는데 제의에 참석한 사람은 모여 앉아 제물을 음복하며, 여정이 무탈하기를 바라는 덕담을 나눴다.

동쪽 하늘에 짙게 깔린 구름을 붉게 물들이던 여명이 옅어지고, 붉은 해가 구름 위로 떠올랐다. 힘차게 울리는 나각 소리에 맞춰 배는 돛을 내리고 미끄러지듯 조천포를 떠났다. 환송하는 사람들은 손을 흔들며 이별을 아쉬워했다.

펄럭이는 배의 깃발을 따라 포구에서부터 따라오던 갈

매기들이 아쉬움을 남기며 오던 길로 되돌아갔다. 구름을 뚫고 우뚝 솟은 한라산이 어머니 품처럼 포근하게 느껴질 때쯤에 배가 흔들리기 시작했다.

바람은 쉼 없이 바다 위를 달리면서 하얀 파도를 만들어 냈고, 밀려오는 파도는 배를 흔들었다. 배가 흔들릴 때마다 맞닿은 널판들의 삐걱대는 소리가 귀에 거슬렸다. 높은 파도를 힘겹게 넘을 때마다 배는 앞뒤로 출렁거렸고, 목책에 서로 엇대어 단단히 묶인 말들도 어지러운 듯 소리를 질러댔다.

인호는 난간을 단단히 붙잡고 눈을 감았다. 이내 속이 느글거리더니 토악질이 나오면서, 새벽에 먹은 음식물들이 바다 위로 떨어졌다. 머릿속이 빙빙 돌았다. 짙푸른 수평선이 뱃머리 밑으로 숨었다가 배 위로 떠오르기를 반복했다. 말들이 뱉어낸 토사물과 분뇨가 바람에 날아다녔다. 서 있을 수가 없어 눈을 감은 채 그냥 바닥에 주저앉았다. 현이는 모로 누운 채 눈을 감고 있었다. 머릿속에서 윙윙거리는 소리가 들리는데 의식이 몽롱해졌다.

누군가 '화탈섬'이다 소리쳤다. 눈을 뜨고 일어나 배 난간 위로 보니 멀리 화탈섬이 보였다. 배 타고 제주로 오는 수령들이 이 바위섬을 보면 갓을 벗어 운명에 맡긴다고 해서 관탈도冠脫島라고도 불렀다.

어느새 파도는 잦아들었고 돛은 바람을 받아 한껏 부풀어 오르며 배를 앞으로 내몰았다. 앞서가는 지휘선 뒤에 두 갈래로 나뉜 배들이 한 줄에 엮인 듯 연이어 따라왔다.

인호는 허리를 굽혀 잠자는 아들을 흔들었다.

– 현아. 괜찮아?

현이는 아버지의 흔드는 손길도 못 느낀 채 콧소리만 드르렁거렸다. 인호도 아들 옆에 앉아 가만히 눈을 감았다. 힘겨웠던 순간들이 떠올랐다. 윤아를 처음 만나 가슴을 설렜던 장면, 부친과 함께 통졸은 말 구했던 장면, 목관아에 끌려가 고문을 당하던 끔찍한 순간이 떠오르면서 까무룩 잠이 들었다.

바다 밑에서 들리는 북소리에 눈을 떴다. 몸을 일으켜 배 밖을 보니 출발할 때 보이지 않던 여러 개의 노가 날개처럼 펼쳐지며 한 몸인 것처럼 바다를 젓고 있었다.

뒤따라오던 배들도 모두 날개를 펼치고 있었다. 하늘 높이 태양은 빛났고 바람은 살랑거렸지만, 돛은 내려져 있었다. 바람의 방향이 바뀌었다. 북을 때리는 소리에 맞춰 격군들은 '영차' 소리를 내며 하나의 동작으로 노를 잡아당기고 놓았다. 그 힘으로 배는 앞으로 조금씩 나갔다.

해가 저물 무렵, 커다란 섬 포구에 기항했다. 추자도였다. 밧줄을 던져 포구의 돌기둥에 배를 묶자, 사람들이 쏟아져 나왔다. 배 안에서 하루를 묵고 동이 틀 무렵 공마선은 포구를 떠났다.

망망대해 수평선 밖에 숨어 있던 섬들이 하나둘 나타나기 시작했다. 커다란 바위 성채 위에 나무들이 파수꾼처

럼 서 있는 섬 사이를 헤치며 배는 거침없이 나갔다. 보길
도가 보이고 소안도 앞에서 정선을 알리는 나각소리가 들
려왔다. 배를 포구에 대고 선장들은 지휘선이 있는 곳으
로 몰려갔다.

지참한 음식을 먹으며 각자 휴식을 취하는데 선장들이
돌아와 돛을 올리며 강진 쪽으로 간다고 했다. 바람의 방
향이 서남풍으로 바뀌어서 기항지를 바꾸었다고 했다.

순풍을 받으며 배는 완도 오른쪽으로 돌아 섬 사이를
한참 헤치며 나아가더니 나각소리에 돛을 내렸다. 강진
마량항이었다.

영선천호의 지시에 따라 차례로 배를 댔다. 평상시에
자리했을 조운선과 어선들을 저만치 대피시키고 공마선
이 도착할 곳은 비워놓았다. 마량항은 이진포구로 항해가
어려울 때 공마선이 기항하던 항구다. 하늘에는 까마귀가
떼로 몰려다니며 접안을 환영하는 듯 울어댔다. 마량항
앞에 있는 까막섬이 큰 파도와 바람을 막아주어 바다는
늘 잔잔했다. 마량항은 굴곡을 이룬 해안선이 길게 이어
져 많은 배가 한꺼번에 정박할 수 있는 천혜의 항구다.

마량항에 내리니 마량천을 끼고 평평하고 넓은 들이 끝
없이 펼쳐져 있었다. 말을 하선시켜 풀어놓고 먹이를 가
져다 놓았으나, 말들은 풀을 먹을 힘도 없는 듯 멍하니 바
라보며 투레질만 했다.

- 저거 보라. 힘이 없어 쓰러지겠네.

말들도 배멀미를 지독하게 한 모양이었다.

영선천호는 말을 다 하선시키고 난 후 압령천호에게 지휘봉을 내줬다.

- 제 임무는 여기까집니다. 수고하십시오,

영선천호는 중림에게 인사를 건네고 강진군에서 마련한 말을 타고 먼저 떠났다.

인호는 현의 새파란 얼굴을 보며 걱정했다.

- 너 이러고 한양까지 갈 수 있겠어? 달포나 걸린다는데.

- 걱정마세요. 이래 보여도 아버지보단 힘이 셉니다.

- 어디 씨름 한판 할까?

정말 씨름을 할 듯이 인호가 현의 허리춤을 잡았다. 현이 재빠르게 인호의 발을 호미걸이로 걸자 인호의 몸이 뒤뚱거렸다. 넘어지려는 인호를 현이 부축했다. 이 광경을 중림이 지켜보다가 웃으며 한마디 했다.

- 거 만년 청춘 아니다. 세월 금방이야.

중림은 일흔하나였다. 이미 이승을 하직한 동년배들이 많지만, 중림은 젊은이처럼 혈기가 왕성했다. 인호는 부친이 긴 여정을 무사히 완수해 낼 수 있을까 걱정했지만, 카랑카랑한 목소리와 가벼운 몸놀림을 보고선 기우였음을 알았다. 비결이 뭘까? 인호는 지난날 통좋은 말을 구할 때 부친이 했던 말을 기억했다. '욕망.' 아직도 아버지에겐 욕망이 남아있는 것이라고 판단했다. 일에 대한 욕망, 그건 삶에 대한 끝없는 애착이고 의지였으니 늙을 틈이 없는 것이다. 일그러진 욕망은 남에게 눈물 주고 어둠을 낳지만, 올곧은 욕망은 자신의 땀으로 빛을 만든다. 그 욕망이 이제 파도를 넘어 한양으로 간다.

마량 객사에서 이틀을 쉬었다. 강진군수가 견마군과 농악대를 대동하고 왔다. 군수는 생기를 되찾은 말을 둘러보며 중림에게 물었다.

– 그것 참 아주 훌륭합니다. 직접 기르신 말이라고요? 이 제주말의 특성이 어떻습니까?

– 오랜 기간 외래종과 교배를 하면서 만들어 낸 겁니다.

중림은 적다말의 발굽을 들어서 보이며 말했다.

– 여기 보세요. 육지서 기른 말하고는 발굽부터 달라요. 돌 많은 곳에서 자라서 무릎이 강하고 다리가 짧지만 빠르고 지구력이 좋습니다. 게다가 온순하고 튼튼해서 잔병치레도 없습니다. 그래서 장거리 승용으로, 역마, 군마, 파발마, 태마 등 어떤 일도 가능합니다.

– 거 탐이 납니다. 으흐흐.

– 이렇게 환영해주시니 저도 한 마리 드리고 싶습니다만. 이제 이건 임금님 겁니다.

– 농담입니다. 흐흐흐.

군수는 어색하게 웃어넘겼다.

– 제주에 오십시오. 오시면 좋은 말 권해 드리겠습니다.

– 말씀만으로 고맙습니다. 참으로 장하십니다. 어렵게 기른 많은 말을 나라에 바치신다니. 헛헛헛.

중림은 탐이 나면 무조건 자기 것으로 만들려는 것은

관리들의 일반적 타성이라고 생각했다. 이 대상성이 수령의 수탈을 이겨내기 위한 고육지책이라는 걸 떠올리며 씁쓸한 웃음으로 화답했다.

농악대가 장도를 축하하는 놀이를 한판 벌이는 가운데 견마군들이 말들을 정렬시키고 차례로 내보냈다. 대장정이 시작했다. 맨 앞에는 수帥자, 영솔자 깃발을 든 기마병 사이에 중림과 압령천호, 인걸이 나란히 섰고 뒤를 인호와 현이가 따랐다. 그 뒤를 형형색색 깃발을 든 견마군이 오십여 필씩 무리를 만들어 주행을 관리했다.

인가가 없는 들길에서 말들은 갈기를 휘날리며 땅을 힘차게 밟았다. 오백 필의 말이 달리는 우렁찬 말발굽 소리는 천둥처럼 지축을 흔들었고, 발굽에 차이며 하늘로 날아오른 흙먼지는 들불이 번지며 타오르는 것 같았다. 말들은 곁에서 달리는 동료에 뒤지지 않으려고 경쟁하듯 굵은 콧심을 쉭쉭 내쉬며 앞발을 힘껏 구부렸다 펴기를 반복했다. 대열에서 삐져나오려는 말은 견마군이 내지르는 '어허러러' 하는 소리와 함께 허공에 날리는 채찍 소리에 놀라 다시 제자리로 돌아갔다. 달리다 서로 부딪히면 한번 히힝 거리고는 앞말의 꼬리만 보며 내달렸다.

밭에서 일하는 농부들도 우레 같은 말발굽 소리에 놀라 허리를 펴서 보다가 함부로 보기 힘든 장관에 소리를 내지르며 박수를 치기도 했다.

선두에선 압령천호가 속도를 통제했다. 마을 앞을 지날

때나 구불구불 재를 넘을 때는 속도를 늦추었고, 다리를 지나거나 개울을 건널 때는 한두 줄로 세워야 했다. 말이 힘껏 달리다 지치면 휴식을 취하며 먹이를 줬고, 하천이나 저수지가 있는 곳에서는 물을 먹였다. 한 줄로 세우면 길이가 삼 리나 됐기 때문에 하루에 주행할 수 있는 거리는 짧았다. 첫날은 강진군 관할 구역인 탐진강 유역에서 한둔을 했다.

이튿날, 날은 밝았는데 짙고 낮은 구름이 하늘을 가려 어둡더니, 기어코 오전부터 비가 내렸다. 관리들은 우장을 걸쳤지만 견마군은 비를 맞으며 달렸다. 말들은 머리를 흔들어 갈기에 묻은 빗방울을 털어내며 젖은 땅을 밟았다. 웅덩이에 고인 물을 만나도 아랑곳없이 흙탕물을 튕기며 달렸다. 압령천호는 비가 오는 지역을 빨리 벗어나려 쉬는 시간도 생략하며 달렸다.

그렇게 한참을 달려 온몸이 후줄근하게 젖을 무렵, 울퉁불퉁 험준한 월출산이 구름 속에서 벗어나 제모습을 보일 때에 비가 그쳤다. 그제야 속도를 늦추며 평보로 걸었다. 병사들은 젖은 옷을 손으로 털었다. 빠른 속도로 달려온 말들도 투레질하며 머리를 흔들었다. 갈기마다 숨었다 떨어져 나온 물방울이 안개를 만들어 사방이 뽀얗게 변했다.

월출산 부근에 도착하여 잠시 휴식을 취하고 있는데 군사들이 갑자기 환성을 질렀다. 기다리고 있던 영암의 견마군들이 위풍당당하게 다가왔기 때문이다. 부사가 재임

하는 지역이라 견마군의 숫자가 강진보다 많았다. 강진의 군사들은 인수인계를 마치고 돌아갔다.

현은 고뿔에 걸려 무진 고생했다. 강진에서 비를 맞은 날 밤부터 기침하며 고열이 나더니 나주에 도착했을 무렵에는 심하게 앓았다. 인호는 현이를 데리고 행렬에서 이탈하여 인근 광산 의원에 들렀다. 의원이 권하는 대로 하룻밤 입원하여 탕제를 먹인 후 공주에서 일행을 따라잡아 합류했다. 그렇게 헌마의 행렬은 고을을 지날 때마다 환영을 받으며 이어졌다. 피로가 겹친 말이 뜻하지 않게 미끄러지거나 넘어지는 등 자잘한 사고가 생기기도 했으나 다행스럽게도 큰 문제는 발생하지 않았다.

그렇게 고행의 장정은 천안을 거쳐 한양에 이르러 끝났는데, 제주를 떠난 지 33일 만이었다.

도성은 넓었다. 사복시에 말을 인계한 후, 그들이 안내해 준 곳에 머물며 임금의 부름을 기다렸다. 성안으로 들어갔으나 거기엔 높은 담장으로 둘러친 또 다른 세상이 여럿 있었다. 수병이 창을 들고 문 앞을 막고 있어서 일반 백성은 함부로 드나들 수 없는 곳이었다.

현은 외부와 절연된 공간에, 화려한 복장을 한 사람들끼리 모여 사는 다른 나라에 온 것 같은 착각이 들었다. 섬과는 공기마저 달랐다. 그들의 입에서 나오는 말이 다르고, 복장에서 신분이 구분되고, 얼굴빛에서 사는 형편이 구별되었다. 말과 의복이 사람을 구분한다는 것을 현은 처음 알았다.

– 아부지. 과거에 급제허믄 이런 곳에서 일할 수 이시카마씸?

현이 입에서 나오는 제주말이 어색하게 들려서 인호는 웃음부터 나왔다.

– 게게. 헌디 저프게 좋은 성적으로 인정 받아사주.

– 에고. 게믄 난 말이나 키워사쿠다.

부자는 남들이 알아들을 수 없는 비밀스런 말을 주고받는 것이 신기해서 마주 보며 웃었다.

중림이 말 오백 필을 끌고 도성 안으로 들어서는 것을 본 목격자들의 입을 통하여 소문은 금세 장안에 퍼졌다.

마침내 임금은 중림을 비롯한 네 사람을 궁 안으로 불러 치하했다. 헌마에 대한 보답으로 벼슬도 내렸다. 중림을 정2품 벼슬인 오위도총부도총관에 임명했으니 이는 육조 판서와 같은 직급이었다. 인걸에게는 보성군수겸순천진영첨절제사를, 인호는 종3품인 절충장군행용양위부호군에 봉해졌다. 현은 훈련원에서 왕명을 출납하는 선전관 일을 하다가 이후 전라도다경포만호로 임명됐다.

이들에게 내린 벼슬은 조정 중신들의 거센 반발을 샀다. 아무리 많은 말을 바쳐 공을 세웠다지만, 섬 구석에서 온 촌놈에게 정2품 도총관은 과하다는 것이었다. 이를 시기하여 사헌부와 사간원에서는 연일 관직 제수를 거두어 줄 것을 청하였으나 광해 임금은 끝내 윤허하지 않았다.

마주치는 중신들이 대놓고 욕을 하고 섬놈이라고 손가락질했지만, 그럴수록 중림은 어깨를 펴고 헛기침 한번 호기롭게 하고는 당당하게 행동했다. '입으로만 나라 걱정말고 내 반의 반만이라도 행동으로 보여 봐.'라고 중얼거리며 코웃음을 쳤다.

　중림은 손자 현과 청계천 변에 집을 얻어 머물면서 궁에 드나들었다. 어느 날 의관을 정제하고 광화문을 막 통과하려는데 허름한 복장의 젊은 청년이 그들을 붙들었다.
　- 저 혹시?
　- 훈이 형? 형 맞지?
　핏줄은 서로 잡아다니는 모양이다. 현은 사촌을 단번에 알아보고 훈을 와락 껴안았다. 중림은 수륙천리 낯선 곳에서 만난 손자를 멀뚱하게 바라보다가 초라한 행색에 실망하며 나무랐다.
　- 녀석. 나타나려면 느네 아방 벼슬 받아 내려가기 전에 왔어야지. 꼬락서니 하고는.
　훈은 사람들이 지나다니는 것도 아랑곳하지 않고 길 위에 무릎을 꿇었다.
　- 할아버지 죄송합니다. 전 성공하기 전에는 아버질 만나지 않겠습니다.
　현이 행인들 눈치를 보며 훈을 일으켜 세우자, 중림이 혀를 차며 손자를 꼬나보았다.
　- 너도 우리랑 함께 왔으면 이런 관복을 입었을 텐데.

장손이란 놈이 이게 무슨 꼬락서니고?

훈은 조부의 나무람에 개의치 않고 숙였던 고개를 쳐들며 말했다.

- 성균관에 있으면서 궐내의 소식 다 들었습니다.

- 다 들었다면 연일 하르방 비방한다는 소리도 들었겠구나?

- 궁중이라고 다 충신만 있는 건 아닙니다. 그들은 바른 소리라고 말하지만 실은 배가 아픈 겁니다. 할아버지가 하신 일은 대단한 일이고 상찬을 받아 마땅합니다.

- 됐다. 이만하면 보상도 받았고 영화도 맛보았다. 이런 좋은 옷을 입고도 시비만 다투는 사람을 매일 대하는 것도 고역이다. 그래서 오늘이 마지막 등청이다.

뜬금없는 말에 현의 눈이 휘둥그레졌다.

- 할아버지. 제게는 한마디 기색도 없이.

중림은 현의 말에는 대답도 없이 훈을 바라보며 말을 이었다.

- 내가 있어야 할 곳은 이 굳게 닫힌 궁궐이 아니라, 말이 노니는 한갓지고 자유로운 곳이야. 차라리 말의 왕이 낫겠어. 말은 욕망이 없으니까 시비를 가리거나 불평하지 않거든. 훈아, 너도 이 하르방과 함께 가지 않을 테냐?

중림을 외경스러운 눈으로 바라보던 훈이 여유를 찾은 듯 웃으며 대답했다.

- 훌륭한 피를 물려받은 저 자신이 자랑스럽습니다. 하지만 말의 집안에 글로 출세한 후손도 필요치 않겠습니

까?

중림은 대견스럽게 생각하며 고개를 끄덕였다. 그리고 서는 손자를 와락 끌어안았다.

– 그래. 넌 섬놈의 개량종이구나.

중림은 80여 일 만에 사모관대를 벗어 던지고 제주로 내려왔다. 그리고 다시 말 옆에서 말과 놀았다.

살갑게 환대해 주었던 광해 임금은 반정이 일어나 왕위에서 물러났다는 소식이 들렸다. 보성군수를 다녀왔던 인걸은 병을 얻어 시름시름 앓다가 쉰 중반의 나이로 부친보다 먼저 세상을 떠났다.

중림은 팔십이 되던 설 명절 날 증손자들의 세배를 받고 난 후 식구들을 복식방에 다 모이게 했다.

– 나 참 오래 살았다. 내게 아직도 무슨 할 일이 남았다고 이렇게 살려두는지. 허나 내가 하늘로부터 하명받는 일은 오늘부터 거부하련다. 거동도 불편하고 손자들 이름도 기억 못 할 정도로 정신이 가물가물하다. 앞으로 집안 종사의 섭행은 인호가 해라. 부디 가업을 번창시켜서 자손대대로 이어 갈 수 있게 잘 부탁한다.

그날 이후 중림은 부친이 살던 생가를 보수해서 거처를 옮겼다. 그는 아침을 먹고나면 말들이 한가롭게 풀을 뜯는 들판에서 지냈다. 햇살이 따갑게 느껴지면 말들이 다가와 그늘을 만들어 줬다. 팔을 베고 누우면 과거의 인연들이 꿈속으로 찾아왔다. 말과 인연을 맺게 해 준 큰 부인이 자주 찾아와 보챘다.

- 영감. 그만 여기로 올라와요. 고생 많이 했으니 이제 편안히 쉬어요.
- 고마워. 다 할망 덕분이야. 이제 곧 갈 테니 기다려.

어느 날은 자신을 그렇게 괴롭혔던 양시훈이 찾아왔다.
- 잘 지내시는가? 미안하네. 사실은 임자가 너무 잘나가는 게 배가 아팠어. 섬놈의 좁쌀 근성을 어쩌겠나. 너무 질책 마시게.
- 썩을 놈. 조랑말이 왜 강한지 알아? 돌바닥 길을 달리고 모진 해풍을 이겨내서 그래.

그러던 어느 날, 광해 임금이 찾아왔다.
- 이봐요. 영감님. 행복하신가요?
- 아이구, 주상전하.

중림이 놀라며 일어나 절을 올리려 하자 광해가 말렸다.
- 이러지 마십시오. 이젠 주상도 아니고 쫓겨난 죄인의 몸이오.
- 소신은 덕분에 종1품 숭정대부에 제수되었습니다.
- 당연히 등진하셔야지요. 과인이 만난 백성 중에 최고였어요. 나라 사랑을 행동으로 수범하신 분이시니까요.
- 전하. 한번 뵙고 싶은데 어디 계십니까?
- 내 곧 그리 찾아가리다. 만납시다. 내가 갈 때까지 꼭

기다리셔야 합니다, 영감님.

　하루는 풀밭에 누워있는데 돌사니가 찾아왔다. 중림은
때가 되었음을 알았다.
　- 주인님.
　- 너 찬란한 젊음 아니냐?
　- 내 주인님, 이제 떠나셔야죠.
　- 어디로 가게?
　- 주인님의 별로 가야죠. 천사방성.
　- 그래. 갈 때가 되었구나. 가자.
　중림이 돌사니 등 위로 올라타자, 주변의 말들이 모여
들었다. 돌사니는 서서히 달리기 시작했다. 뒤따르던 말
들도 달렸다. 들길이 다하는 곳에 숲길이 열리고 말들은
세상 끝까지 달릴 듯했다. 하늘에서 반짝 별이 빛났다. 돌
사니는 날개를 펴더니 하늘로 날아올랐다. 하늘 위에서
인간 세상을 내려다보며 중림이 중얼거렸다.
　- 멀리서 보니 다 아름답구나.

　섬은 멀리서 보면 아름다운 시지만, 애잔한 서사 때문
에 빛난다. 사람도 그렇다.
　중림은 여든세 해를 살고 고해를 떠났다. 그가 다녀간
이후 세상은 좀 빨라지고 편리해졌지만, 사람들 욕망은
더 다양해졌다. ✱

| 발문 | **허상문** 문학평론가, 영남대 명예교수

욕망의 어둠과 빛

　소설을 쓰는 사람은 누구인가라는 질문이 성립할 수 있는가. 이 질문은 너무 자명해서 무의미하기까지 한다. 소설을 쓰는 사람은 '소설가'가 아니라면 무엇이란 말인가. 그런데 조금만 깊이 있게 따져 묻기 시작하면, 그 질문은 자명하지도 대답하기에 그리 용이한 것도 아니다. 소설가는 세상과 역사 속을 떠돌면서 우리가 보지 못하고 드러내지 못하는 욕망을 보여주는 존재이다. 소설을 쓰는 사람은 우리가 읽지 못하는 욕망의 서사를 드러내고 감추는 사람이다.

　인간은 욕망의 세상에서 욕망을 꿈꾸며 살아간다. 라캉이 타자의 욕망을 욕망하는 존재가 인간이라고 한 이유도 여기에 있다. 삶의 동력이기도 하지만 불행의 시작이기도 한 욕망, 강준의 신작 장편소설 『말은 욕망하지 않는다』에서 이루어지는 중림의 말馬 이야기에는 나와 말이라는 타자의 욕망 서사가 담겨 있다.

　중림은 비극적인 시대를 살았으나 아직 당도하지 않은 만인의 축제를 위해 스스로 희생 제의를 감당하는 사람이

다. 그는 세상의 죄를 대속代贖하는 존재라는 고전적 운명을 몽땅 뒤집어쓰고 우리 앞에 회귀하고 있다. 작품에서 "일그러진 욕망은 남에게 눈물 주고 어둠을 낳지만, 올곧은 욕망은 자신의 땀으로 빛을 만든다. 그 욕망이 이제 파도를 넘어 한양으로 간다."고 표현되고 있듯이, 중림의 바른 욕망은 세상에 어둠이 아니라 빛을 가져온다. 그는 욕망의노예가 아니라 욕망의 주인이 되고자 노력한다.

작가는 욕망을 쓰지만 독자는 인생과 세상을 읽는다. 대체 어디에서, 어떤 시간에, 무엇에 사로잡히며 욕망을 드러내는 것인가. 은밀성을 수반하는 소설가의 욕망 드러내기는 열정적이지만 고통스럽고, 전복적이면서 불온한 존재 양상을 보인다. 그리하여 욕망을 쓴 작가와 이를 읽는 독자는 함께 마주 서서 상실되었지만 회복해야 할 우리의 인생과 세상과 역사를 생각하게 된다. 소설 『말은 욕망하지 않는다』는 '지금, 어떻게 살아야 할 것인가'라는 욕망을 사유케 한다. ⚘

말은 욕망하지 않는다

1쇄 발행일 | 2025년 03월 03일

지은이 | 강준
펴낸이 | 윤영수
펴낸곳 | 문학나무
편집 기획 | 03085 서울 종로구 동숭4나길 28-1 예일하우스 301호
이메일 | mhnmoo@hanmail.net

출판등록 | 제312-2011-000064호 1991. 1. 5.
영업 마케팅부 | 전화 | 02-302-1250, 팩스 | 02-302-1251
ⓒ 강준, 2025

*이 책은 제주특별자치도와 제주문화예술재단의 2025년 제주문화예술재단
지원사업 후원을 받아 발간되었습니다